KALTER SAND

Anja Behn, geboren 1972 in Rostock, studierte Bauingenieurwesen und arbeitet in einer Rostocker Baufirma. Sie lebt mit ihrer Familie in einem kleinen Dorf in Mecklenburg.

Dieses Buch ist ein Roman. Handlungen und Personen sind frei erfunden. Ähnlichkeiten mit lebenden oder toten Personen sind nicht gewollt und rein zufällig.

ANJA BEHN

KALTER SAND

Küsten Krimi

emons:

Bibliografische Information der Deutschen Nationalbibliothek
Die Deutsche Nationalbibliothek verzeichnet diese Publikation
in der Deutschen Nationalbibliografie; detaillierte bibliografische
Daten sind im Internet über http://dnb.d-nb.de abrufbar.

© Emons Verlag GmbH
Alle Rechte vorbehalten
Umschlagmotiv: mauritius images/Westend61/Thomas Jäger
Umschlaggestaltung: Nina Schäfer, nach einem Konzept
von Leonardo Magrelli und Nina Schäfer
Umsetzung: Tobias Doetsch
Gestaltung Innenteil: César Satz & Grafik GmbH, Köln
Lektorat: Lothar Strüh
Druck und Bindung: CPI – Clausen & Bosse, Leck
Printed in Germany 2018
ISBN 978-3-7408-0281-3
Küsten Krimi
Originalausgabe

Unser Newsletter informiert Sie
regelmäßig über Neues von emons:
Kostenlos bestellen unter
www.emons-verlag.de

Für Volkmar und Oliver

Prolog

Vor sechs Jahren

Er drückte sie an sich, fühlte, wie sich ihre Brust an seiner rieb. Mit jeder Bewegung, jedem Atemzug spürte er sie deutlicher. Eine feste, apfelrunde Brust. Sogar der Duft ihres Shampoos verströmte den Geruch von Äpfeln. Grüne, säuerliche Äpfel. Granny Smith? Er inhalierte tief. Ja, er war sicher. Granny Smith. Er hatte diese Sorte nie vertragen. Schon der kleinste Bissen bescherte ihm taube Schlauchbootlippen. In null Komma nichts. Im Gegenzug dauerte es Stunden, bis die Schwellung wieder abgeklungen war. Seit jeher fasste er Granny Smith nicht an.

Er hätte auch sie niemals anfassen sollen.

Kurz hielt er inne, bog seinen gekrümmten Rücken nach hinten. Ein Schmerz durchzuckte die Lendengegend. Heiß und stechend. Er presste die Kiefer aufeinander, darauf bedacht, nicht laut aufzustöhnen. Die Nacht war zu still, die stickige, schwülwarme Luft nur vom Surren der Insekten erfüllt. Keuchend stolperte er weiter. Der Mond brach sich durch die schwere Wolkendecke, entblößte ihre milchweiße Haut. Den gebogenen Hals, die kleine Mulde unter ihrer Kehle, den leblos baumelnden Arm. Nur Sekunden, dann hüllte die Dunkelheit sie wieder ein und verbarg sein Vergehen.

Seine Muskeln zitterten, verkrampften unter der Last in seinen Armen. Dabei wog sie nicht viel, war federleicht. Sechzig Kilo würde er meinen. Eher weniger. Er versuchte, sich ihr Gewicht in Äpfeln vorzustellen. Kein Granny Smith. Boskop, den vertrug er. Sechs Äpfel waren etwa ein Kilo. Sechzig zehn. Dreihundertsechzig Äpfel sechzig. Er sah sie vor sich. Dreihundertsechzig reife, verwaschen rote Äpfel. Ein bittersüßer Brei schoss in seinen Rachen. Er schluckte angestrengt. In seinem ganzen Leben würde er keinen einzigen Boskop mehr essen können.

Er blieb stehen, ging mit einem heiseren Stöhnen in die Hocke. Das Hemd klebte nass an seinem Rücken. Von Schweiß und Grauen durchtränkt. Lautlos glitt ihr schlaffer Körper aus seinen steifen Armen. Er sackte auf die Knie, spürte die kühle Erde zwischen seinen schwitzenden Fingern. Er hob den Kopf und starrte in die Finsternis, bis das Mondlicht sie erhellte. Ein letztes Mal betrachtete er sie. Die tote Hülle im kalten Sand. Dann stand er langsam auf und tat, was er im Grunde immer tat.

1

Die Abenddämmerung war bereits hereingebrochen, als der dunkelblaue Volvo das Ortsschild Dortmund passierte. Richard Gruben machte sich auf dem Fahrersitz gerade und lockerte seine verspannten Schultern. Er hatte für die Rückfahrt von Hamburg bis ins Ruhrgebiet über fünf Stunden benötigt. Auf halber Strecke war er wegen eines Unfalls in den Stau geraten. Ein umgestürzter Lkw hatte die Autobahn komplett blockiert. Sechzig Minuten hatte er ausharren müssen, ehe die Einsatzkräfte den Verkehr über den Nebenstreifen umgeleitet hatten. Nach dieser Tortur war er froh, endlich wieder zu Hause zu sein.

Richard spürte ein Kratzen im Hals. Hoffentlich hatte er sich keine Grippe eingefangen. Jetzt, Anfang November, hatten Erkältungsviren Hochsaison, und in einem Flughafenterminal wimmelte es bekanntlich nur so davon. Ohne hinzusehen, tastete er neben sich nach dem Traubenzucker in Henriks Kindersitz und zog mit den Lippen ein Dragee aus der Rolle. Sein Blick streifte die Uhr im Armaturenbrett. Viertel vor fünf. Vermutlich waren Henrik, Charlotte und ihr neuer Lebenspartner gerade im Landeanflug auf Lanzarote, wo sie die nächsten vierzehn Tage in der kanarischen Sonne entspannen wollten. Da Charlotte einen zweisitzigen Smart fuhr und das Auto ihres Freundes mit einem Motorschaden in der Werkstatt stand, hatte Richard sich angeboten, die drei zum Flughafen zu bringen.

Seitdem er vor einem knappen Jahr von Münster nach Dortmund gezogen war, hatte sich sein Verhältnis zu Charlotte deutlich entspannt. Der Umstand, nur ein paar Straßen voneinander entfernt zu wohnen, machte für sie als getrennt lebende Eltern vieles unkomplizierter. Vor allem für ihn. Durch die räumliche Nähe war Richard einfach flexibler, wenn sein zweijähriger Sohn unerwartet wegen Fieber oder Windpocken aus der Kita abgeholt werden musste und Charlotte mitten in einem Termin steckte. Was umgekehrt aber öfter der Fall war. Als freiberuflicher Gutachter und Experte für britische Kunst war er häufig gezwungen, kurzfristig seine Koffer zu packen und auf die Insel zu fliegen. Doch mittlerweile hatten Charlotte und er sich eingespielt, und Richard hoffte, Henrik würde in dreizehn Jahren von seinem Vater nicht nur als seinem Erzeuger reden.

Bei dem Gedanken drehte er den Kopf zum Kindersitz, in dem die schwarz-gelbe Plüsch-Emma seines Sohnes lag. Richard lächelte. Er hatte in seinen vierundvierzig Lebensjahren oft falsche Entscheidungen getroffen. Aber die, nach Dortmund zu ziehen, gehörte nicht dazu.

Die letzte Kreuzung kam in Sicht. Richard blinkte und bog kurz darauf in seine Straße ein. Nach fünfhundert Metern hatte er die Wohnanlage erreicht. Er parkte in der Tiefgarage, stieg aus und öffnete die Heckklappe. Dabei fiel ihm auf, dass er das Auto noch immer nicht bei der Zulassungsstelle umgemeldet hatte. Inzwischen dürfte ihm seine Müßigkeit ein saftiges Bußgeld eingehandelt haben. Er holte seinen schwarzen Wollmantel aus dem Kofferraum und zog ihn über. Dann griff er nach dem flachen Päckchen, das er heute früh auf dem Weg zu Charlotte bei der Packstation abgeholt hatte, und klemmte es sich unter den Arm. Richard verriegelte den Volvo und betrat den Fahrstuhl.

Wieder betrachtete er grübelnd den Namen des Absenders auf der Paketmarke. Philipp Stöbsand war einer seiner ältesten und besten Freunde. Während Richards Studienzeit in Münster hatten sie beinahe fünf Jahre zusammen in einer Wohngemeinschaft gelebt. Er hatte Kunstgeschichte studiert, Philipp eine professionelle Ausbildung zum Fotografen gemacht. Danach waren sie beide in Münster hängen geblieben und hatten sich häufig zum Sport verabredet oder ab und an auf ein Bier getroffen. Jedoch gestalteten sich die gemeinsamen Kneipenbesuche mit der Zeit immer schwieriger. Philipp war Alkoholiker. Ein Quartalssäufer. Mitunter rührte er monatelang keinen einzigen Tropfen an, bis er einen Rückfall erlitt und regelrecht abstürzte. In den letzten Jahren wurden die trockenen Phasen dann immer kürzer und die Abstürze heftiger, aber jegliche Versuche seinerseits, Philipp zu einem Alkoholentzug zu bewegen, blieben fruchtlos.

Wie er war auch Philipp nie verheiratet gewesen. Und von Kindern wusste Richard nichts. Doch bekanntermaßen konnten sich solche Dinge schneller ändern, als man dachte. Seit seinem Umzug hatte er Philipp Stöbsand nicht mehr gesehen. In den zurückliegenden elf Monaten bestand ihr Kontakt lediglich aus sporadischen, belanglosen Kurznachrichten per Handy. Allerdings hatte Philipp in keiner davon ein Päckchen erwähnt.

Die Fahrstuhltüren glitten auseinander. Richard schloss seine Wohnung auf, hängte den Mantel an die Garderobe, legte das Päckchen auf den Sofatisch und ging in die Küche. Gähnend begutachtete er den Inhalt des Kühlschranks und stellte fest, dass er dringend einen Supermarkt aufsuchen sollte, wenn er sich die nächsten Tage nicht allein von Eiern, Käse und Fruchtzwergen ernähren wollte. Schließlich nahm er eine überreife Banane aus dem Gemüsefach. Nach drei Bissen feuerte Richard sie in den Biomüll.

Im Wohnzimmer sank er erschöpft auf das Sofa. Mit gespreizten Händen fuhr er sich durch das dichte schwarze Haar, in dem sich wie in seinem Bart erste graue Strähnen zeigten. Für eine Weile schloss er die müden Augen und lauschte seinem Tinnitus nach. Dann öffnete er das Päckchen.

Drei Minuten später blätterte Richard ungläubig durch die Hochglanzseiten auf seinen Knien. Zerklüftete Steilküsten, urwüchsige Kiefernwälder, kilometerlange Sandstrände. Philipp hatte einen Bildband über die Ostsee herausgebracht. Für einen professionellen Fotografen war es sicher nicht ungewöhnlich, seine Arbeit in dieser Form zu präsentieren. Doch Philipp Stöbsand war Porträtfotograf, dazu ein sehr erfolgreicher. Zahlreiche Prominente aus Kunst und Politik hatte er in den vergangenen Jahren mit Image- und Pressefotos in Szene gesetzt. Das war es, womit er sich einen Namen gemacht hatte. Aber Landschaftsfotografie?

Dass es ausgerechnet die mecklenburgische Ostseeküste war, konnte Richard hingegen nachvollziehen. Philipp war auf der Halbinsel Fischland-Darß-Zingst aufgewachsen und hatte immer noch Freunde in Gellerhagen. Bis vor wenigen Jahren besaß er sogar ein eigenes Haus in dem kleinen Urlauberort. Dennoch verwirrte Richard der plötzliche Genrewechsel.

Er riss den Briefumschlag auf, der mit in dem Päckchen lag. Darin war eine Einladung zu einer Vernissage in Gellerhagen, wo Philipp die Fotografien aus seinem Bildband in den kommenden drei Wochen auszustellen beabsichtigte. Richard drehte die Karte um und las die handschriftliche Nachricht: »Ich weiß doch, dass du eine Schwäche für die Ostsee hegst. Komm vorbei. Philipp.«

Er ließ sich tiefer in das Sofa sinken. Nachdenklich starrte er auf die geschwungenen Buchstaben. An seine letzten Besuche an der Ostsee hatte Richard weniger schöne Erinnerungen. Wenngleich er seine Panikattacken inzwischen besser kontrollieren konnte, gelang es ihm nicht, die erdrückenden Bilder zu vergessen, die ihn bisweilen im Schlaf überfielen. Zu viele menschliche Abgründe hatten sich vor ihm aufgetan. Aber trotz allem hatte Philipp nicht unrecht: Richard hegte eine Schwäche für diesen Landstrich.

Der Ort Gellerhagen fiel in den Zuständigkeitsbereich von Bert Mulsows Polizeirevier. Niederwiek und Gellerhagen lagen nur einen Katzensprung voneinander entfernt. Er schmulte auf das Datum in der Einladung. Übermorgen. Richard dachte nach. Für die nächsten vierzehn Tage war er kinderlos, und die Expertisen, die er auf seinem Schreibtisch hatte, könnte er auch in einem Hotelzimmer an der Ostsee fertig schreiben. Diese Vernissage wäre durchaus eine gute Gelegenheit, seinem alten Freund Mulsow einen Besuch abzustatten. Er zog sein Smartphone aus der Hosentasche und wählte Philipps Nummer. Nach dem dritten Klingeln ging er ran.

»Egal, was du vorbringen willst: Vergiss es!«

Richard musste grinsen. »Auch keine Lobeshymnen auf deinen Bildband?«

»In dem Fall darfst du dich gern äußern. Wir Künstler lechzen schließlich nach Bestätigung. Schieß los!«

»Tolle Fotos«, sagte Richard trocken.

Philipp lachte. »Eine sehr aufschlussreiche Interpretation, Professor Gruben. Herzlichen Dank!«

Richard merkte, wie er unweigerlich versuchte, den Tonfall seines Freundes zu ergründen. Er klang nüchtern.
»Was soll ich sagen?«, fragte Richard. »Du weißt doch, dass sie gut sind.«
»Nichts anderes wollte ich von dir hören.« Erneut blätterte er durch den Bildband auf seinen Knien. »Nur wieso um alles in der Welt Landschaftsfotografien?«
Für einen Moment blieb es am anderen Ende still. Er glaubte schon, Philipp hätte beleidigt aufgelegt, doch dann sagte er in hörbar ernsterem Ton: »Hör zu, Richard. Ich will dir nichts vormachen. Mein letztes richtig gut bezahltes Shooting liegt schon einige Monate zurück. Ich bin ziemlich klamm.«
Richard hielt mit dem Blättern inne. Er hatte keine Ahnung von Philipps Geldproblemen gehabt. Wie auch, wenn sie einander nur Kurznachrichten übers Handy verschickten? Augenblicklich meldete sich sein schlechtes Gewissen. »Das wusste ich nicht«, sagte er überflüssigerweise.
Philipp knurrte etwas wie »Kein Problem, alter Freund« und fuhr mit seiner Erklärung fort: »Du siehst, ich musste meine finanzielle Lage dringend verbessern. Da eine Jugendfreundin von mir einen Buchverlag in Gellerhagen hat, kam mir die Idee mit dem Bildband.«
»Verstehe.« Richard betrachtete die aufgeschlagene Seite, auf der eine blutrote Abendsonne am Horizont versank. »Aber du bist Porträtfotograf. Wieso hast du dich für einen Genrewechsel entschieden?«
»Ernsthaft, Richard? Geliftete Schauspieler und fade Politikervisagen?« Philipp lachte laut auf. »Niemand will das wirklich sehen und kaufen noch viel weniger. Das Geschäft mit der See läuft immer.«
Richard löste den Blick und sah zum Fenster, hinter dem es inzwischen stockdunkel war. *Das Geschäft mit der See läuft immer.* Diesen Satz hatte schon mal jemand zu ihm gesagt. Aber das war so lang her, dass es ihm vorkam wie aus einem anderen Leben.
»Für wann soll ich das Gästebett nun beziehen?«, holte Philipp ihn aus seinen Erinnerungen.

»Gästebett?«, fragte Richard verdutzt. »Ich dachte, du hättest dein Haus in Gellerhagen schon vor Jahren an einen Ferienhausvermieter verkauft.«

»Der aber ein sehr guter Freund von mir ist. Er stellt es mir für die Dauer der Ausstellung mietfrei zur Verfügung.«

»Du willst nach der Vernissage nicht zurück nach Münster fahren?«

»Ich habe mit dem Kunsthaus ein paar Führungen ausgehandelt. Schließlich muss ich ein Auge darauf haben, dass die Leute am Ende auch mit meinem Bildband unterm Arm hinausmarschieren.«

Um Philipps Auftragslage schien es wirklich schlecht zu stehen, wenn er Zeit für Führungen in einem Museum aufbringen konnte.

»Also, wann ziehst du bei mir ein?«

»Bist du sicher, dass ich dir nicht in die Quere komme?«

»Hm, lass mich überlegen. Da wir bei Frauen schon immer unterschiedliche Geschmäcker hatten, dürfte der Fall nicht eintreten.«

»Bezieh mir das Bett für morgen«, erwiderte Richard lachend.

»Hervorragend«, sagte Philipp überschwänglich. Er schien sich ehrlich zu freuen. »Unsere dreckigen Männergespräche haben mir gefehlt.«

Bald darauf beendeten sie ihr Gespräch. Richard schlug den Bildband auf seinen Knien zu. Gedankenversunken stierte er auf das Cover. Hoffentlich war diese Reise an die Ostsee nicht wieder eine seiner Entscheidungen, die er hinterher bereuen würde.

2

Richard Gruben stand an einem der mit weißen Hussen überzogenen Stehtische. Das Glas Prosecco vor ihm war unangetastet. Nachdem er mehrmals versucht hatte, der Frau vom Catering verständlich zu machen, dass er ein Glas Wasser wollte, hatte er schließlich resigniert abgewinkt und sie gebeten, den Prosecco einfach dorthin zu stellen. Allerdings war seine Chance, bei einer anderen Servicekraft erfolgreicher zu sein, mittlerweile gleich null. Richard spürte das dringende Verlangen, die Vernissage zu verlassen.

Die lärmende Menschenmenge, die sich in den drei Ausstellungsräumen des Gellerhäger Kunsthauses aneinanderdrängte, zermürbte ihn. Er hatte den Eindruck, dass sich niemand der anwesenden Gäste ernsthaft für Philipps Fotografien zu interessieren schien. Den Lachs-Canapés auf dem Büfett wurde weitaus mehr Beachtung geschenkt. Zum anderen schmerzte das Stimmengewirr in seinem tinnitusgeplagten Ohr. Richard sehnte sich nach der Stille und Abgeschiedenheit im Ferienhaus.

In der Innentasche seines Jacketts spürte er das Handy vibrieren. Er zog es heraus. Eine SMS von Bert Mulsow. Der Polizist hatte ihr Treffen morgen Mittag bestätigt und ein Restaurant in Gellerhagen vorgeschlagen. Richard überlegte, ob er zurückrufen sollte. Auch wenn Mulsow um diese Uhrzeit sehr wahrscheinlich über Bratkartoffeln und Spiegelei saß und ein störender Anruf ihm wenig gefallen dürfte, war es das Risiko wert, bei Mulsow durchzuklingeln. Ein paar Atemzüge in der kühlen Novemberluft würden nicht schaden, und das Telefonat bot ihm die Möglichkeit, dem Höllenlärm für einige Minuten zu entkommen. Kurz entschlossen steckte Richard das Handy zurück in sein Jackett. Mit einem aufgesetzten Lächeln quetschte er sich durch die von Alkohol und Hitze rot glänzenden Gesichter. Der Geruch von scharfem Rasierwasser und schwerem Parfüm raubte ihm fast den Atem. Gerade noch konnte er dem Arm eines eifrig gestikulierenden Schlipsträgers ausweichen, aber bald darauf schoss der nächste Ellenbogen auf ihn zu und stieß ihm hart gegen die Brust.

Im Foyer lichtete sich endlich die Menge. Richard atmete auf, erleichtert, diesem Irrsinn entkommen zu sein. Zügig durchschritt er die Eingangshalle, als sich plötzlich eine Hand auf seine Schulter legte.

»Wollen Sie sich davonstehlen, Professor Gruben?«

Richard drehte sich um und blickte in das rotwangige Gesicht von Isa Wienke. Er hatte Philipps Verlegerin und Jugendfreundin bereits gestern bei einem ersten Rundgang durch die Ausstellung kennengelernt. Eine kleine, burschikose Frau mit kupferrotem Kurzhaarschopf, die etwa in seinem Alter war. Amüsiert sah sie aus hellgrünen Augen zu ihm auf.

»Um ehrlich zu sein, ich habe mit dem Gedanken gespielt«, erwiderte er schmunzelnd.

»Woran liegt's? Am miserablen Büfett oder an der endlos langen Laudatio unserer Museumsleiterin?«

»An der Rudelbildung.« Richard nickte zu dem Raum, aus dem er eben geflohen war. »Ich bin wohl das, was man gemeinhin als einsamen und inzwischen auch grauen Wolf bezeichnet.«

»Oh, das kommt mir reichlich bekannt vor. So ein Exemplar habe ich auch zu Hause.« Lachend deutete sie mit dem Daumen in eine unbestimmte Richtung hinter sich. »Mein Mann Sven ist Natur-Ranger im Nationalpark Vorpommersche Boddenlandschaft. Nichts tut er lieber, als allein und schweigend mit dem Fernglas durch sein Revier zu streifen.«

»Ich kann nicht behaupten, dass es mir Ihren Mann unsympathisch macht.«

Sie rollte belustigt mit den Augen. »Für Außenstehende mag das alles nach furchtbar verwegenen Männerabenteuern klingen. Doch ich schätze, Sven kennt seine haarigen Fischotter und quäkenden Wasservögel besser als die eigene Ehefrau.«

Richard grinste, obwohl er nicht sicher war, ob sie tatsächlich nur spaßte. »Wie viele Hektar umfasst das Gebiet, für das Ihr Mann im Nationalpark verantwortlich ist?«

»In Zahlen kann ich das auf die Schnelle gar nicht so exakt sagen«, überlegte sie und zupfte dabei am Kragen ihres marineblauen Blazers. »Auf jeden Fall erstreckt sich Svens Revier von der Boddenseite bis hin zum Darßer Weststrand.«

»Dann ist Ihr Mann also schuld.«

»Schuld? Woran?«, fragte sie irritiert.

Richard machte eine umfassende Geste. »An Philipps plötzlichem Interesse an Landschaftsfotografie. Er hat mir erzählt, viele der Aufnahmen im Bildband stammen aus dem hiesigen Nationalpark. Insbesondere die Schwarz-Weiß-Fotografien vom Weststrand.«

»Ach das.« Sie winkte ab. »Glauben Sie mir, mein Mann trägt an vielem die Schuld, aber daran gewiss nicht.«

Isa Wienke hatte es zwar in scherzhaftem Ton gesagt, aber ihre Augen hatten dabei nicht gelächelt. Er beschloss, besser ein anderes Thema anzuschneiden.

»Habe ich es bei der Laudatio richtig verstanden? Das Kunsthaus wird durch einen privaten Verein unterhalten?«

»Das haben Sie«, bestätigte sie nickend. »Beim Bau wurden wir zwar durch Zuschüsse von Land und EU unterstützt, doch jetzt finanzieren wir uns allein durch selbst erwirtschaftete Erlöse aus dem Museumsbetrieb, regelmäßigen Veranstaltungen und einem kleinen Buchverkauf. Derzeit stellen wir Überlegungen an, eine Stiftung zu gründen.«

»Wir?«

»Ich bin Mitglied im Verein und arbeite hin und wieder als ehrenamtliche Museumsbegleiterin.« Isa Wienke legte den Kopf in den Nacken und musterte ihn fragend. »Ich kann Ihnen bei Gelegenheit gern mehr über unseren Verein erzählen, wenn Sie das Thema interessiert. Wie lange beabsichtigen Sie, in Gellerhagen zu bleiben?«

»So genau weiß ich das noch nicht.« Richard hob die Schultern. »Vermutlich, bis Philipp genug von meinen Marotten hat und mich im hohen Bogen rauswirft.«

»Sollten Sie beide anfangen, sich auf den Wecker zu gehen, kommen Sie gern auf einen Kaffee zu uns ins Kapitänshaus«, sagte sie lächelnd.»Mein Mann und ich wohnen im Bernsteinweg. Direkt am Saaler Bodden. Das Haus können Sie nicht verfehlen.« Auf einmal huschten ihre Augen nervös an ihm vorbei. Richard wandte den Kopf zur Seite. Am Eingang erblickte er die nach vorn gebeugte Gestalt eines Mannes. Obwohl das ausgedünnte hellgraue Haar ihn um zehn Jahre älter erscheinen ließ, vermutete Richard, dass er um die fünfzig war. Der dürre Körper in brauner Strickjacke und zerbeulter Jeans wirkte wie ein Fremdkörper zwischen all den durchgestylten Gästen. Mit aschfahlem Gesicht starrte der Mann auf Philipps Ausstellungsplakat in der Nähe der Eingangstür.

»Würden Sie mir einen Gefallen tun, Professor Gruben?« Isa Wienke berührte ihn leicht am Arm. Ihre Stimme war nun angespannt.

»Jederzeit.«

»Können Sie Philipp suchen und ihm ausrichten, dass ich ihn dringend sprechen muss?«

Er nickte.»Ja, sicher.«

»Danke«, murmelte sie wie geistig abwesend und ließ ihn stehen.

Richard sah Isa Wienke nach, wie sie hektisch um sich blickte und schließlich in der Menge untertauchte. Dann machte er sich auf die Suche nach Philipp.

Er fand ihn im Ausstellungsraum zu seiner Rechten. Philipp lehnte an einem Stehtisch und war angeregt in ein Gespräch mit der Museumsleiterin vertieft. Eine ältere, freundlich blickende Frau, deren Namen Richard jedoch entfallen war. Sie nippte an einem Rotwein, Philipps Finger umklammerten ein halb volles Glas Wasser. Zumindest ließ die Zitronenscheibe darin es vermuten. Das Jackett hatte er ausgezogen und die weißen Hemdsärmel leger aufgekrempelt. Wenngleich sich die Spuren des Alkohols in seinem Gesicht mit den Jahren eingegraben hatten, war Philipp Stöbsand immer noch von kräftiger, sportlicher Statur. Seine dunkelblonden Haare standen ihm wirr auf dem Kopf. Die freie Hand wedelte durch die Luft. Er schien aufgekratzt, aber nüchtern.

Philipp bemerkte ihn erst, als er unmittelbar vor ihm stand. »Ah, Richard! Wir haben gerade von dir gesprochen.« Er deutete mit dem Glas zu der Museumsleiterin. »Man ist hier schwer beeindruckt, dass ich mit einer Koryphäe wie dir befreundet bin.« Die Frau lächelte Richard verlegen an. »Als Kunstliebhaberin habe ich selbstverständlich mitbekommen, dass Sie vor einiger Zeit Smiths ›Windflüchter‹ bei uns in der Gegend aufgestöbert haben.«

Er nickte nur stumm. Zu viele Gesichter waren mit dem Gemälde des deutsch-englischen Ausnahmekünstlers verbunden. Einige, die er vergessen wollte, andere, die er vergessen musste, weil er den Zeitpunkt verpasst hatte. Johanna war seit fünf Monaten verheiratet.

Schnell schüttelte Richard den Gedanken ab und sah Philipp an. »Deine Verlegerin sucht dich.«

»Worum geht's?«

»Das hat sie nicht gesagt. Sie meinte nur, es sei dringend.«

Philipp verzog spöttisch das Gesicht. »Bei Isa ist immer alles dringend.«

»Sie können Ihren Freund ruhig begleiten, Herr Stöbsand«, versicherte die Museumsleiterin. »Wir haben doch so weit alles miteinander besprochen.«

Philipp machte eine theatralische Geste. »Papperlapapp! Isa kann warten. Es dürfte wohl auch im Interesse meiner Verlegerin sein, wenn das Kunsthaus eine meiner Arbeiten ankaufen möchte.« Er schaute auffordernd zu Richard. »Was meinst du? Welche Aufnahme sollte ich veräußern?«

Statt einer Antwort zuckte er nur unschlüssig mit den Achseln. Richard wusste, dass diese Frage rein rhetorisch gemeint war. Philipp Stöbsand befolgte grundsätzlich keine Ratschläge von Außenstehenden, die seine künstlerische Arbeit betrafen. Und auch in privaten Dingen hörte er selten auf das, was Freunde ihm nahelegten. Endlich einen Alkoholentzug zu machen, war nur ein Beispiel von vielen.

Philipp ließ nicht locker. »Nun komm. Sag schon!«

Richard tat ihm schließlich den Gefallen und blickte sich in dem Ausstellungsraum um. Erneut betrachtete er die Fotografien an den hohen Wänden. An einer großformatigen Schwarz-Weiß-Aufnahme vom Darßer Weststrand blieben seine Augen haften. Sie stammte aus einer kleinen Serie, die ihm bereits im Bildband aufgefallen war. Von Stürmen entwurzelte Bäume des angrenzenden Küstenwaldes lagen quer über den Strand verteilt. Eine urwüchsige Natur, die allein von Wind und Wellen gestaltet wurde. Doch was den eigentlichen Blick des Betrachters unweigerlich auf sich zog, war ein einziges farbiges Detail. Zwischen dem Totholz hatte sich ein blau gemusterter Schal verfangen, wie zufällig am Strand vergessen und vom Ostseewind dorthin getragen. Es war eine eindrucksvolle Bildkomposition.

Er streckte den Arm aus. »Die solltest du verkaufen.«

Philipp lächelte, beinahe traurig. »Ich wusste, dass du dich dafür entscheidest. Leider veräußere ich diese Aufnahmen nicht.«

»Schade«, meinte Richard. »Es sind wirklich deine besten Arbeiten.«

»Danke.«

»Wie bist du auf das farbige Detail gekommen? Auf den Schal?«

In Philipps eben noch wehmütiger Miene veränderte sich etwas. Er wirkte verstimmt, als hätte Richard ihn mit seiner Frage kritisiert. »Irgendetwas muss schließlich für den Colorkey-Effekt herhalten.«

»Herhalten?« Richard schob die Augenbrauen zusammen. »Ich kenne dich, Philipp. Du hast dich nicht grundlos für diesen Schal entschieden. Was hat es damit auf sich?«

»Herrgott noch mal, Richard! Was soll das?«, blaffte er gereizt. »Ich bin dir keine Rechenschaft über meine Arbeit schuldig.«

Konsterniert über den plötzlichen Anfall von Jähzorn, blickte Richard den Freund schweigend an. Wäre Philipp betrunken gewesen, hätte er sich sein Verhalten erklären können. *Aber so?*

Auch die Museumsleiterin schien irritiert. Betreten sah sie zu Boden. Doch Philipp fing an, sie wieder in ein Gespräch zu verwickeln, als wäre nichts gewesen. Noch einmal betrachtete Richard die Aufnahme vom Weststrand. Dabei fiel ihm der Mann aus dem Foyer ins Auge. Er stand nur drei, vier Schritte entfernt in der Menge und starrte wie paralysiert zu ihnen herüber. Das hagere, leicht eckige Gesicht war jetzt noch blasser. Schweißtropfen perlten von seiner Stirn. Scheinbar mühsam atmete er ein und aus, wobei sich die Strickjacke über dem mageren Brustkorb fest spannte.

Richard trat auf ihn zu und suchte seinen Blick. »Alles in Ordnung?«

Er reagierte nicht, so als hätte er ihn in dem Lärm nicht gehört. Er gab nur ein tiefes, röchelndes Keuchen von sich.

»Brauchen Sie Hilfe?«, versuchte Richard es erneut. Lauter und eindringlicher.

Nichts. Nur dieses atemlose Hecheln.

Er berührte den Mann am Jackenärmel. Zu seiner Verwunderung spannten sich darunter die sehnigen Arme hart an. Er stand offenbar extrem unter Strom. Richard drückte vorsichtig zu. Und erschrak, als der Kopf des Mannes blitzartig herumfuhr. Aber nicht wegen des eisigen, feindseligen Blicks, mit dem er ihm begegnete. Es war die erdrückende Hoffnungslosigkeit in seinen Augen, die ihn erschauern ließ.

Richard bemerkte, dass seine Hand noch auf dem Arm des Mannes ruhte. Rasch zog er sie zurück. »Entschuldigen Sie bitte. Ich wollte Ihnen nicht zu nahe treten.«

»Sie gehören zu ihm, stimmt's?« Seine Stimme klang wie harter, kalter Stahl.

Verwirrt schaute Richard ihn an. »Ich verstehe nicht ...«

»Stöbsand, der widerliche Hundesohn«, spie er verächtlich und riss den Kopf wieder zum Stehtisch herum.

Die ersten Besucher begannen, mit gedämpften Stimmen zu tuscheln und den Mann voller Neugier anzustarren. Doch Philipp schien nichts davon mitzubekommen. Er unterhielt sich nach wie vor lebhaft mit der Museumsleiterin.

»Andreas!«

Richard sah sich um. Isa Wienke war urplötzlich aufgetaucht und packte den Mann von hinten ans rechte Handgelenk. Energisch versuchte sie, ihn wegzuziehen. »Bist du noch ganz bei Sinnen?«

»Halt dich da raus, Isa!« Er rührte sich keinen Zentimeter von der Stelle.

Unbeirrt zerrte sie weiter an ihm herum. »Es reicht, Andreas. Komm jetzt endlich.«

»Lass mich!« Schnaubend machte er sich los und preschte auf Philipp zu.

»Dass du dich hierher traust!«, brüllte er.

Die Frau vom Museum blickte erschrocken, doch Philipp wirkte wenig überrascht. Richard schien es gar, als hätte sein Freund mit dieser Situation gerechnet. Nur ein Zucken um die Mundwinkel verriet eine gewisse Anspannung.

»Verschwinde, Schoknecht!«, sagte er mit fester Stimme.

»Soweit ich informiert bin, ist das eine öffentliche Veranstaltung. Du kannst mich nicht rauswerfen.«

Philipps rechte Hand ballte sich zur Faust. »Ich sage es dir noch einmal: Zieh Leine!«

»Wieso?« Der Mann stieß ein höhnisches Lachen aus. »Hast du Angst, die Leute könnten schockiert darüber sein, was der feine Herr Stöbsand für einer ist?«

Die Sehnen an Philipps Unterarm traten wie dicke Taue hervor. »Halt's Maul, Schoknecht!«

»Nein! Die können die Wahrheit genauso aushalten, wie ich es muss.« Mit der Hand griff er in seine Jacke, zog eine rote Hundeleine heraus und knallte sie auf den Stehtisch. »Philipp Stöbsand ist ein perverses Drecksschwein, das meine Annika kaltblütig erdrosselt hat.«

Noch während Richard darüber nachdachte, ob er einschreiten sollte, traf Philipps Faust den Mann hart unter dem Kinn. Einen Moment lang taumelte er in der entsetzt aufschreienden Menge hin und her, ehe er rücklings auf den Boden fiel. In dem einsetzenden Aufruhr sah Richard noch, wie Philipp einer Servicekraft ein Glas Whiskey vom Tablett schnappte. Dann stapfte er mit finsterer Miene davon.

3

Nur noch wenige Kilometer Landstraße lagen vor ihr. Jette Herbusch schaltete einen Gang höher und beschleunigte das Tempo. Kaum ein Auto kreuzte an diesem windigen, farblosen Novembermorgen ihren Weg. Die Herbstferien waren vorüber, und mit ihnen hatte auch der letzte große Urlauberansturm die Ostseeküste verlassen. Sie lenkte ihren Blick nach links, über die von tiefen Furchen durchzogene Ackerfläche. Dichte, regenverhangene Wolken trieben pfeilschnell am Horizont und tauchten die Halbinsel in ein trübes Dämmerlicht. Doch Jette verspürte beim Anblick der bleigrauen Trostlosigkeit eine ungeheure Erleichterung. Sie betäubte ihre Erinnerungen. Die Erinnerungen an jenen heißen, trockenen Sommer, der eine schmerzliche Lücke in ihr Leben gerissen hatte. Das triste Novemberwetter machte ihr die Rückkehr leichter.

Hinter der nächsten Biegung entdeckte sie auf der linken Seite den Parkplatz, der zum Gellerhäger Kunsthaus gehörte. Sie setzte den Blinker und bog in die Zufahrt ein. Nur ein Auto parkte um diese frühe Stunde am Museum. Jette stellte ihren altersschwachen Nissan in einiger Entfernung von der Straße ab und schaltete den Motor aus. Nach der fünfstündigen Fahrt ohne eine einzige Pause war sie müde und ihr Rücken völlig verkrampft. Mit Anfang vierzig steckte man Hunderte Autobahnkilometer eben nicht mehr spurlos weg. Sie sehnte sich nach Bewegung und frischer, klarer Luft. Doch Jette konnte nicht. Reglos saß sie da und lauschte dem Heulen des Windes. Sie brauchte noch einige Minuten, um diesen Ort zu betreten, die quälenden Gedanken wieder zuzulassen.

Durch das Seitenfenster betrachtete sie die fünf ineinandergeschobenen kubusartigen Baukörper des Museumsgebäudes. Die rotgoldene Metallfassade schimmerte stumpf im herbstdunklen Licht. Im Vergleich zu den Aufnahmen, die Jette aus den Medien kannte, wirkte das Kunsthaus in natura völlig unspektakulär.

Schmucklos und zurückhaltend. Aber etwas anderes hätte auch nicht an die mecklenburgische Ostseeküste gepasst. Sie versuchte sich zu erinnern, was damals an dieser Stelle gestanden hatte. Es fiel ihr nicht ein. Sie war an zu vielen Orten gewesen, und die vergangenen sechs Jahre hatten die Flut von Bildern nach und nach in ihrem Kopf gelöscht.

Eine Windböe schreckte sie auf. Kraftvoll rüttelte sie an dem Kunststoffbanner, das an der straßenseitigen Fassade des Museums angebracht war. Weiße, schnörkellose Buchstaben auf blauem Grund. Auch wenn Jette sehr genau wusste, für wessen Ausstellung hier geworben wurde, fühlte sie beim Lesen einen Stich in der Magengegend. »Faszination Ostsee – Philipp Stöbsand«.

Wie lange hatte sie nach diesem Namen gesucht? Sich nichts sehnlicher gewünscht, als dem hässlichen Dämon in ihrem Kopf endlich ein Gesicht zu geben? Sechs Jahre. Sechs lange Jahre, in denen Wut, Verzweiflung und der ewige Schmerz ihr Leben bestimmt hatten. Jetzt hatte sie ihn gefunden. Sie war kurz vor dem Ziel.

Es gab eine Zeit, da hatte Jette nicht mehr daran geglaubt und hätte es fast aus den Augen verloren. Damals lebte sie einfach weiter. Funktionierte. Irgendwie. Sie suchte nicht mehr so verbissen, richtete nicht mehr jeden Gedanken darauf. Und beinahe hatte sie vergessen. *Wollte* vergessen. Nur dass er sich von selbst zu erkennen geben würde, damit hatte Jette nicht gerechnet.

Sie drehte sich zur Rückbank um und öffnete das Seitenfach ihrer Reisetasche. Suchend tastete sie darin umher, bis sie den zusammengefalteten Zettel zu fassen bekam. Wahrscheinlich hätte sie den Weg zu Isa Wienkes Buchverlag problemlos an der nächsten Ecke in Erfahrung bringen können, doch sie hatte sich die Wegbeschreibung zur Vorsicht ausgedruckt. Sie wollte nicht fragen. Nicht auffallen. Womöglich zu früh Erinnerungen wecken. Bevor sie dem Monster gegenübertrat, wollte sie besser vorbereitet sein. Jette schaute auf ihre Armbanduhr. Viertel vor neun. Wenn sie Glück hatte, war die Verlegerin bereits in ihrem

Büro. Sie beschloss, die paar Meter zu Fuß zu gehen. Das Auto konnte sie später holen. Hier würde es niemanden stören, niemand würde es überhaupt beachten.

Ein kalter Windstoß fuhr durch die weiten Maschen ihres Strickpullovers, als Jette zügig die Straße überquerte. Am Hotel »Petermann« hielt sie kurz inne, knöpfte ihren grünen Parka bis unters Kinn zu und stülpte die Strickmütze über die kinnlangen dunkelblonden Haare. Mit schnellen Schritten lief sie durch den morgendlichen, fast menschenleeren Ort, den Blick auf das graue Pflaster geheftet. Auf Höhe der weitläufigen Pferdekoppel gegenüber dem Supermarkt hörte sie das Scheppern einer Autotür. Jette wandte den Kopf zur anderen Straßenseite.

Auf dem Parkplatz sah sie neben einem blauen Volvo einen hochgewachsenen Mann. Er trug einen schwarzen Wollmantel, das dunkle, mit grauen Strähnen durchzogene Haar hing ihm vom Wind zerzaust in der Stirn. Was genau sie dazu veranlasste, ihren Schritt zu verlangsamen, konnte sie nicht sagen. Vielleicht war es die Geste, mit der er sich über den Bart strich. Vielleicht auch das Lächeln, das sich beim Blick auf das Handy in sein Gesicht stahl. Jette wusste nur, dass sie irgendetwas störte. Doch sie kam nicht darauf.

Er steckte das Telefon in die Hosentasche, brachte den leeren Einkaufswagen zurück und setzte sich in das Auto. Einen Moment später verließ er den Parkplatz. Dabei konnte Jette einen kurzen Blick auf sein Profil werfen. Nein, sie kannte den Mann nicht, hatte ihn nie im Leben gesehen. Grübelnd sah sie dem davonfahrenden Wagen nach. Ihre Augen streiften das Nummernschild, und im gleichen Atemzug wusste sie, was sie irritierte. Eine nebulöse Ahnung stieg in Jette auf. Der Mann gehörte zu *ihm*.

4

Richard Gruben fuhr auf das Grundstück im Lotsenweg ein. Durch die Frontscheibe betrachtete er die jagenden schwarzen Wolken über dem Reetdach. Die schirmartigen Kronen der Kiefern beugten sich im Wind. Es sah nach einem weiteren nasskalten, stürmischen Novembertag aus. Er parkte neben dem schwarzen Mercedes, nahm die Einkaufstüte vom Beifahrersitz und verriegelte das Auto. Mit eingezogenem Kopf lief er durch die kalte Morgenluft auf das Ferienhaus zu. In der Diele schälte Richard sich aus seinem Mantel und blieb lauschend am Treppenabsatz stehen. Absolute Stille. Aus den Zimmern unterm Dach war kein einziger Laut zu vernehmen. Philipp schlief noch immer seinen Rausch aus.

Nachdem er das dritte Glas Whiskey geleert und seinen Vorschlag, besser zu Hause weiterzufeiern, als spießig abgetan hatte, war Richard gegangen. Wie der Großteil der Vernissage-Besucher auch. Kurz nach dreiundzwanzig Uhr hatte Isa Wienkes Mann ihn mit seinem Geländewagen ins Ferienhaus gebracht. Wie es ihnen gelungen war, Philipp, stramm, wie er war, die steile Holztreppe hinaufzumanövrieren, war Richard auch jetzt noch ein Rätsel. Oben hatten sie ihn in Hemd und Hose aufs Bett gelegt und bloß die Schuhe abgestreift. In den frühen Morgenstunden hatte Richard ihn dann vom Nebenzimmer aus fluchend ins Bad stolpern und sich lautstark übergeben hören. Auch wenn er an diese Geräusche aus ihrer gemeinsamen WG-Zeit noch gute Erinnerungen hatte, kamen sie ihm heute sehr befremdlich vor.

Richard ging in die Küche. Er stellte die Einkaufstüte auf der Arbeitsplatte ab und schaltete den Wasserkocher ein. Anschließend räumte er die Lebensmittel in den Kühlschrank und schüttete die Brötchen in einen Korb. In einem der Schränke fand er eine Stempelkanne. Er häufte Kaffee hinein und brühte ihn mit dem sprudelnden Wasser auf. Dann setzte er sich mit Tasse und Kanne an den eckigen Tisch am Fenster. Er zückte das

Smartphone und tippte eine kurze Antwort an Charlotte, deren Nachricht am Supermarkt eingegangen war. Hotel und Wetter hielten, was der Reiseveranstalter versprochen hatte, und sein Sohn amüsierte sich prächtig. Richard goss sich von dem Kaffee ein. Nach dem ersten, heißen Schluck drifteten seine Gedanken wieder zu der Vernissage ab.

Noch immer hatte er nicht realisiert, was da eigentlich vor sich gegangen war. Die hasserfüllten Blicke und Worte des Mannes, Isa Wienkes vergebliches Bemühen, die nahende Katastrophe aufzuhalten, und letztlich Philipps impulsiver Gewaltausbruch. Richard konnte sich nicht erinnern, seinen Freund je so erlebt zu haben. Weder nüchtern noch volltrunken hatte er jemandem Schläge angedroht, geschweige denn sie verteilt. Doch gestern Abend hatte er zugeschlagen. Bei klarem Verstand und unter den entsetzten Blicken hundert anwesender Menschen. Was war zwischen Philipp und diesem Mann in der Vergangenheit vorgefallen, dass er derart die Kontrolle über sich verlor?

Als Richard letzte Nacht schlaflos im Bett gelegen und den Geräuschen aus dem Badezimmer gelauscht hatte, hatte er sein Gehirn nach dem Namen Schoknecht durchforstet. Aber nichts. Philipp hatte ihn nie erwähnt. Zumal Richard der Name sicher nicht entfallen wäre, wenn jemand Philipp des Mordes bezichtigt hätte. Doch nun war er selbst Zeuge geworden, wie dieser Andreas Schoknecht mit solch einer Behauptung auf seinen Freund losgegangen war. Und dafür musste es einen Grund geben.

Richard stand auf und ging ins Wohnzimmer, wo sein iPad auf dem Esstisch lag. Noch während er zurück in die Küche schlenderte, gab er bereits die ersten Suchbegriffe in das Kästchen unter dem farbigen Schriftzug ein: Mord, Gellerhagen, Annika, Schoknecht. Der erste Eintrag, den die Suchmaschine ausspuckte, war ein sechs Jahre alter Online-Artikel einer hiesigen Lokalzeitung:

Gellerhagen. Eine Joggerin machte in den frühen Sonntagmorgenstunden einen grausigen Fund. In einem Abschnitt des Darßwalds fand sie einen leblosen Körper. Bei der Leiche handelt es sich um die fünfzehnjährige Schülerin

Annika S. aus Gellerhagen. Die Polizei geht von einem Gewaltverbrechen aus. Ein Tatverdächtiger ist bereits in Haft – ein neununddreißigjähriger Mann aus Münster.

Erschüttert starrte Richard auf die Zeilen. Für ihn bestand kein Zweifel daran, dass es sich bei dem ermordeten Mädchen um die Annika handelte, von der Andreas Schoknecht gesprochen hatte. Sehr wahrscheinlich war sie seine Tochter. Noch weniger bezweifelte er, dass der genannte Tatverdächtige aus Münster Philipp war. Das Verbrechen lag sechs Jahre zurück, Anfang Mai war er fünfundvierzig geworden. Es wären zu viele Zufälle auf einmal. Trotzdem wollte sein Verstand nicht fassen, was er da las: Philipp hatte als Verdächtiger in einem Mordfall in Haft gesessen.

Richard setzte sich wieder an den Küchentisch, klickte zurück zur Suchmaschine und öffnete einen weiteren Artikel. Er war nur wenige Tage später auf der Seite einer überregionalen Zeitung erschienen:

Rostock/Gellerhagen. Im Mordfall Annika S. (15) konnte sich der Verdacht gegen Philipp S. (39) nicht erhärten. Der Mann wurde gestern aus der U-Haft entlassen. Die polizeilichen Ermittlungen dauern an.

Während sein Kopf auf Hochtouren arbeitete, fand er noch drei weitere Einträge. Im letzten, jüngeren Datum hieß es:

Rostock. Der brutale Mord an der Schülerin Annika S. in Gellerhagen beschäftigt die Polizei weiter. Es gebe derzeit keine neuen Erkenntnisse, sagte ein Sprecher der zuständigen Polizeibehörde am Freitag auf Anfrage.

Richard klappte den Schutzdeckel der Hülle herunter und legte das iPad auf die Fensterbank. Allmählich begann er zu verstehen, worum es gestern bei dem Zwischenfall im Museum gegangen war. Andreas Schoknecht verdächtigte Philipp offenbar weiterhin, seine Tochter getötet zu haben. Dabei schien es den Mann wenig zu kümmern, dass sich der Verdacht gegen ihn nicht erhärten konnte. Irgendetwas musste Schoknecht Anlass geben, dass er auch Jahre später von Philipps Schuld überzeugt war. Aber was? Den Berichten hatte Richard nicht entnehmen können, wie genau das Mädchen zu Tode gekommen war, doch er hatte die Worte »pervers« und »erdrosselt« noch gut in den Ohren. Annika Schoknecht war vermutlich das Opfer eines Sexualtäters geworden. Wie, um Himmels willen, passte Philipp da hinein? Welche Beweise konnte man gegen ihn vorbringen, die Rechtfertigung für eine vorübergehende U-Haft waren? Richard nahm an, dass es für alles eine einleuchtende Erklärung gab. Nur nicht dafür, wieso Philipp ihm die ganze Geschichte bis heute verschwiegen hatte.

Durch die angelehnte Tür hörte er im Dachgeschoss schwere Schritte über den Flur schlurfen. Richard erhob er sich von seinem Stuhl und holte Wurst und Käse aus dem Kühlschrank. Als er anfing, die Scheiben auf einen Teller zu legen, erschien Philipp im Türrahmen.

»Für mich kein Frühstück, nur Kaffee.«

Richard musterte den Freund aus dem Augenwinkel. Er trug eine dunkle Anzughose, dazu Oberhemd und Krawatte, war glatt rasiert und der hölzerne Duft seines Duschgels umwehte ihn. Doch seine frische, tadellose Aufmachung konnte nicht darüber hinwegtäuschen, wie dreckig es ihm ging. Leicht aufgedunsene Wangen umrahmten seine spröden Lippen. Das Weiß in den Augen war blutunterlaufen. Sein Teint wirkte wächsern und leblos, einer Totenmaske gleich.

Und er hatte eine kräftige Alkoholfahne.

Als Philipp die Kühlschranktür aufzog, um eine Flasche Mineralwasser herauszunehmen, bemerkte Richard das Jackett unter seinem Arm. »Du willst weg?«, erkundigte er sich mehr argwöhnisch als neugierig.

Der grüne Schraubverschluss knirschte geräuschvoll. »Um elf hat sich eine Besuchergruppe angemeldet.«

»Hältst du es für klug, heute eine Führung zu machen?« Es

war sicher nicht im Interesse des Kunsthauses, dass er mit einer Fahne vor die Besucher trat. In Philipps dürfte es noch weniger sein.

»Es wird sich schon niemand groß an meinem Anblick stören«, brummte er, wie stets gut gemeinte Ratschläge ignorierend. »Gestern Abend war die Ausstellungseröffnung. Da kann es durchaus vorkommen, dass der Künstler beim Feiern zu tief ins Glas guckt.«

Mit der Hüfte lehnte Philipp sich gegen die Arbeitsplatte, hob die Flasche an die Lippen und trank mehrere Schlucke, wobei sein Adamsapfel gleichmäßig auf und ab hüpfte.

Richard langte nach einer weiteren Tasse und stellte sie zusammen mit dem Wurstteller auf den Tisch. »Nun, die Feierstimmung war ziemlich schnell dahin«, meinte er und setzte sich auf seinen Platz zurück.

Die Hand mit dem Wasser sank schlagartig herab.

»Bitte, Richard! Komm mir jetzt nicht wieder damit.« Entnervt knallte Philipp die Flasche auf die Arbeitsplatte und warf das Jackett über eine Stuhllehne. »Ich habe heute Morgen echt keinen Bock auf dieses Willst-du-nicht-endlich-einen-Entzug-machen?-Gedöns.«

»Ich rede von Andreas Schoknecht.«

Philipp schaute für einen Augenblick verdutzt auf ihn hinunter, dann winkte er achtlos ab. »Schoknecht ist selbst schuld, wenn er da aufkreuzt und Ärger sucht.«

»Der Mann ist verzweifelt.«

»Der Mann ist nicht ganz richtig im Kopf.« Er tippte sich gegen die Stirn.

»Und wieso hast du dann derart die Beherrschung verloren?«

»Weil ich diesen Schwachsinn allmählich nicht mehr ertrage.« Philipp nestelte fahrig an seiner Krawatte. Als er den Knoten endlich gelockert hatte, atmete er hörbar aus. »Klar, die Sache mit seiner Tochter wünscht man seinem ärgsten Feind nicht. Doch das im Kunsthaus ging eindeutig zu weit. Schoknecht gehört weggesperrt. Nicht ich.«

»Was genau ist überhaupt passiert?«, tat Richard ahnungslos.

Er hielt es für ratsamer, seine morgendliche Recherche im Internet zu verschweigen. Es würde Philipps Laune nicht unbedingt anheben. Außerdem wollte er es gern von ihm selbst hören.
»Annika war Schoknechts Tochter. Sie wurde nach dem Strandfest umgebracht. Das ist jetzt sechs Jahre her.«
»Eine private Feier am Strand?«
»Nein, eine jährliche Veranstaltung der Gellerhäger Kurverwaltung. Du weißt schon, Kinderbelustigung, Livemusik und Feuerwerk. Das überall ewig gleiche Programm.« Philipp kam zum Tisch und füllte sich Kaffee in seine Tasse. »Ich war derzeit im Sommerurlaub hier.«
»Du meinst, hier im Ferienhaus?«
»Genau. Zumal es mir da noch selbst gehörte.« Er lehnte sich wieder an. »Jedenfalls muss Annika nach dem Fest zu irgendeinem geilen Bock ins Auto gestiegen sein. Sie wird wohl keine Lust verspürt haben, sich von ihm begrapschen zu lassen, und der Kerl hat sie aus Frust mit ihrer Hundeleine erwürgt.«
»Was heißt mit *ihrer* Hundeleine?«
»Schoknechts Köter war noch ein Welpe. Annika war recht häufig mit ihm unterwegs. An dem Abend muss sie die Leine in ihrer Tasche dabeigehabt haben.« Er pustete kurz in den Kaffee, ehe er weitersprach. »In den frühen Morgenstunden wurde ihre Leiche dann im Darßwald gefunden. Ganz in der Nähe eines Parkplatzes. Das Mädchen war gerade mal fünfzehn.«
Philipp führte die Tasse zum Mund. Richard wartete darauf, dass er mit seinen Ausführungen weiter ausholen würde, doch er stierte nur laut schlürfend auf den Fliesenboden.
»Und was hast du mit all dem zu tun?«, hakte er deshalb nach.
»Ich saß als Hauptverdächtiger in U-Haft.« Philipp schaute ihn angriffslustig an. »Schockiert?«
Natürlich war er das, doch Richard schüttelte den Kopf. »Ich bin verwundert, dass du nie davon erzählt hast.«
»Weil es nichts darüber zu erzählen gibt. Ich war es nicht. Basta! Die Polizei hatte den Falschen verdächtigt.«
»Wie ist man überhaupt auf dich gekommen?«
Philipp machte eine ausschweifende Geste, wobei Kaffee über

den Tassenrand schwappte.»Du weißt doch, wie das läuft. Wenn die Kleine und irgendein dahergelaufener Kerl stundenlang an der Theke stehen, erinnert sich später niemand mehr daran. Aber sobald der Herr Promifotograf ein paar Worte mit ihr wechselt, behalten die Leute das in Erinnerung.«

»Dann hast du das Mädchen also gekannt?«

»Was ist das für eine bescheuerte Frage?«, erwiderte er ungehalten. »Natürlich habe ich Annika gekannt. Ich bin in diesem Ort aufgewachsen, Schoknecht ist nur um einiges älter als ich. Auch wenn ich gleich nach der Schule weg aus Gellerhagen bin, war ich oft genug hier, um mitzubekommen, dass Annika seine Tochter war.«

Philipps Gereiztheit nahm mehr und mehr zu. Daher ließ Richard ihn erst einmal seinen Kaffee austrinken, bevor er ihn weiterlöcherte.

»Aber weshalb geht der Mann auf dich los, wenn du nichts mit der Sache zu tun hattest?«, fragte er schließlich.

»Schoknecht braucht jemanden, an dem er seine Wut ablassen kann«, antwortete Philipp. Er stellte seine Tasse beiseite und stützte die Hände auf die Arbeitsplatte. »Die Polizei sieht sich bis heute nicht imstande, Annikas Mörder dingfest zu machen. Nicht einmal einen halbwegs Verdächtigen konnte sie in sechs Jahren präsentieren. Nur mich. Ich bin Schoknechts Feindbild Nummer eins.«

Wieder sah Richard den Mann vor sich. Tief verzweifelt und gleichzeitig voller Hass. Er konnte Andreas Schoknechts Gefühle nachvollziehen. Der Mörder seiner Tochter lief noch immer frei herum. Aber müsste seine Verbitterung sich inzwischen nicht gegen die Polizei richten statt gegen Philipp? Wieso war er dermaßen von seiner Schuld überzeugt?

Richard suchte Philipps Blick, der erneut Löcher in den Boden guckte.

»Dass man dich mit dem Mädchen auf dem Fest gesehen hat, ist kein hinreichender Grund, um dich in Untersuchungshaft zu nehmen. Ein paar stichhaltigere Indizien musste die Polizei doch noch gehabt haben.«

Philipp sinnierte unverändert vor sich hin. Nur seine Finger spannten sich fester um die Kante der Arbeitsplatte. Eine starre, eiserne Klammer, die sich tief in das Holz zu bohren schien.

»Philipp?«

Sein Kopf ruckte herum. Die blutunterlaufenen Augen funkelten zornig. Als Philipp sich zu ihm hinunterbeugte, nahm er den abgestandenen Alkoholatem noch intensiver wahr.

»Wieso fragst du mich nicht geradeheraus, Richard?«

»Was?«

»Ob ich's mit der Kleinen getrieben hab«, schnauzte er. »Das ist es doch, was du eigentlich wissen willst.«

Richard sagte nichts, starrte sein Gegenüber bloß an. Einige Sekunden vergingen, bis Philipp sich abrupt aufrichtete. Mit den Händen fuhr er sich mehrere Male über das Gesicht.

»Entschuldige«, nuschelte er durch die gespreizten Finger.

»Ist schon in Ordnung.«

Philipp ließ die Arme sinken und griff nach seinem Jackett. »Die Sache ist: Ich rede nur ungern darüber.«

»Das verstehe ich.« Richard nickte. »Aber wir sind Freunde, schon vergessen?«

»Ich weiß.«

»Warum hast du es mir nie erzählt?«

Philipp schaute zum Fenster. Plötzlich schien er ihn gar nicht mehr wahrzunehmen. Beinahe apathisch stierte er in den Vorgarten. Das Gesicht noch fahler, die roten Augen glänzten nass. Erst als Richard sich räusperte, schreckte er aus seiner Versunkenheit auf. »Philipp?«

»Ich hatte eben meine Gründe«, murmelte er und verließ grußlos die Küche.

Zum zweiten Mal an diesem Morgen war er ihm auf seine Fragen ausgewichen.

Aus der Diele vernahm Richard, wie er Jackett und Jacke überstreifte. Dann fiel die Haustür ins Schloss. Er drehte sich zum Fenster um. Zu seiner Erleichterung stapfte Philipp am Mercedes vorbei. Er war augenscheinlich zu der Einsicht gekommen, die paar Wege zum Kunsthaus heute besser zu Fuß zu nehmen. Richard sah dem breiten Rücken nach. Auch als dieser hinter dem Gartentor aus seinem Blickfeld verschwand, starrte er weiter in den grauen Morgen. Etwas passte in Philipps Geschichte nicht, störte ihn. Doch sosehr er auch grübelte, er konnte es nicht greifen.

Richard warf einen Blick auf seine Uhr. Fast zehn. In drei Stunden war er mit Bert Mulsow verabredet. Vielleicht könnte der Polizist ihm dabei helfen, seine Gedanken zu entwirren.

5

Das mechanische Klacken des Kaffeeautomaten verstummte. Isa schmiss ein Stück Würfelzucker in die Tasse, griff nach dem Cappuccino und nippte an dem warmen Milchschaum. Als Sven ihr das sündhaft teure Gerät vor fünf Jahren zur Verlagsgründung geschenkt hatte, war sie im ersten Moment wütend gewesen. Ihr Schritt in die Selbstständigkeit hatte ohnehin schon Unsummen verschlungen: die Ausgaben für Werbung und Marketing, die Kaution für das Büro, das sie unmittelbar an der Gellerhäger Einkaufsstraße angemietet hatte, und nicht zuletzt die hohen Herstellungskosten für die Bücher, mit denen sie bei der Druckerei in Vorkasse gehen musste. Doch inzwischen war Isa ihrem Ehemann dankbar für diese »unnütze Anschaffung«. Irgendwie hatte der cremig süße Geschmack des Cappuccinos ihr immer Trost gespendet. Vor allem in den letzten Wochen, seit Philipps Bildband kaum über den Ladentisch ging.

Heute früh hatte sie die aktuellen Verkaufszahlen gecheckt: zwei kümmerliche Exemplare, mehr waren in den vergangenen sieben Tagen nicht dazugekommen. Auch gestern auf der Vernissage hatten die Leute lediglich zu den Gratis-Canapés auf dem Büfett gegriffen. Langsam musste Isa sich eingestehen, dass ihr Entschluss, Philipps Bildband zu verlegen, ein fataler Fehler gewesen war. Philipp Stöbsand war nicht mehr der umworbene Starfotograf, den er seinen Mitmenschen vorgaukelte. Sein Name war längst Schall und Rauch. Zu schnell hatte sie sich von seinen Beschwörungen einwickeln, zu leicht von ihm manipulieren lassen. Wie damals war sie ihm blind gefolgt.

Isa wandte sich zum Fenster um und blickte auf die Dorfstraße. Obwohl es längst Mittag war, waren kaum Passanten unterwegs. An tristen, verregneten Tagen wie heute schlenderten nur selten Urlauber durch den Ort. Im November, wenn der Besucherstrom auf der Halbinsel erlahmte, blieben die Dorfbewohner meist unter sich. Wer zu dieser Jahreszeit nach Gellerhagen kam, suchte Ruhe und Abgeschiedenheit, wollte allein sein. Wie ihr eigener Gast, der am Morgen in den alten Campinganhänger auf ihrem Grundstück eingezogen war.

Sie hatte Jette Herbusch im Oktober auf der Frankfurter Buchmesse kennengelernt, wo Isa ihren Ein-Frau-Verlag mit einem winzigen, kaum bezahlbaren Stand präsentiert hatte. Zuerst war sie vehement gegen diese Art von Werbung gewesen. Ebenfalls so eine nutzlose Investition, bei der am Ende nie etwas herumkam und die sie sich eigentlich auch nicht hätte leisten können. Aber Philipp hatte sie gedrängt und ihr versprochen, sich an den Kosten zu beteiligen. Auf sein Geld wartete Isa bis heute. Doch wie Svens Kaffeeautomat hatte sich auch die Sache mit der Messe im Endeffekt als nützlich erwiesen.

Jette Herbusch war plötzlich an ihren Stand getreten. Sie hatte Philipps Bildband in die Hände genommen und völlig fasziniert darin umhergeblättert. Isa musste sie mehrmals ansprechen, ehe sie Notiz von ihr nahm. Schnell waren sie beide ins Gespräch gekommen, und wie sich herausstellte, war Jette nach Frankfurt gereist, um nach einem Verleger für ihren Debütroman zu suchen. Nach dem obligatorischen Austausch von Visitenkarten hatte Isa angenommen, nie wieder von ihr zu hören. Aber drei Tage darauf rief Jette Herbusch sie an, ob sie Interesse an ihrem Manuskript habe, an dem sie momentan schreibe. Ein Gegenwartsroman.

Auch wenn Isas eigentliche Vorstellungen über die Ausrichtung ihres Verlages in eine andere Richtung gingen, war sie nicht abgeneigt gewesen. Außer einem siebzigseitigen Sachbuch über Bernstein, vier Ausstellungskatalogen für das Kunsthaus und Philipps Bildband hatte sie in den letzten Monaten keine weiteren Publikationen herausgebracht und kaum lukrative Perspektiven auf dem Schreibtisch.

Jette Herbusch hatte ihrer Mail die ersten Kapitel angehängt, und bereits nach wenigen Seiten spürte Isa, dass sie hiermit einen Volltreffer landen könnte. Über den vertraglichen Teil waren sie sich rasch einig geworden. Alles, was Jette wollte, war ein ruhiger Ort, wo sie ihren Roman ungestört zu Ende schreiben konnte.

Und alles, was Isa wollte, war dieser Roman. Sogar Svens anfängliche Skepsis über Jette Herbuschs bevorstehenden Einzug in ihren alten Campingwagen konnte sie mit ihrem Enthusiasmus vertreiben.

Auf ihrem Schreibtisch klingelte das Handy. Isa setzte ihre Tasse auf der Fensterbank ab und ging hinüber. Stirnrunzelnd sah sie auf das blinkende Display. Als sie die Nummer erkannte, stöhnte sie auf. Mit einem kurzen Tastendruck lehnte sie den lästigen Anruf ab. Sie verspürte keine Lust, sich die Litanei der Museumschefin über Philipps gestrigen Aussetzer anzuhören. Sie ärgerte sich selbst genug darüber. Laut fluchend plumpste Isa auf ihren Bürostuhl. Mit den Fingernägeln trommelte sie missgestimmt auf Philipps Bildband, der vor ihr lag.

Warum war sie so dumm gewesen, nicht an Andreas Schoknecht zu denken? Sie hätte damit rechnen müssen, dass er Ärger machen würde. Natürlich hatte er sich mit Annikas ungeklärtem Tod nicht einfach abgefunden. Die Zeit heilte nun mal keine offenen Wunden. Wer wusste das besser als sie? Doch in den vergangenen Monaten hatte Isa kaum mehr einen Gedanken an Annika vergeudet. Selbst wenn Andreas gramgebeugt im »Meerblick« am Tresen hockte und stumpfsinnig in sein Bierglas stierte, sah sie heute nur den starrköpfigen Querulanten in ihm, der sein Leben nicht auf die Reihe bekam. An den Vater, der den schmerzlichen Verlust der Tochter zu betrauern hatte, hatte sie seit Langem nicht mehr gedacht.

Wie Philipp wollte auch Isa mit der Mordgeschichte abschließen. Die Geschehnisse von damals verdrängen, sie für immer aus ihrem Gedächtnis verbannen. Nun hatte Andreas' bizarrer Auftritt alles wieder aufgewühlt. Aber während Philipp seine Erinnerung gestern Nacht mit Alkohol betäubte, hatte sie sich schlaflos im Bett gewälzt. Getrieben von der alten Angst, halb erstickt an ihrem schrecklichen Frevel.

»Kummer?«

Isa riss den Kopf hoch. Jette Herbusch stand neben ihrem Schreibtisch. Unter der grünen, aufgeknöpften Jacke trug sie den gleichen rot-blauen Strickpulli wie am Morgen. Über der linken Schulter hing eine Kameratasche. Ihr Blick glitt neugierig zu Philipps Bildband.

»Stehst du schon lange dort?«, überging Isa die indiskrete Frage. Noch immer war sie irritiert, dass sie das Klopfen nicht bemerkt hatte.

»Lang genug ...«

Erschrocken starrte Isa ihre Besucherin an, als hätte diese ihre verstörenden Gedanken lesen können. Ihr wurde bewusst, dass Duzen allein noch keine Vertraulichkeit schuf. Sie hatten sich per Mail auf die weniger förmliche Kommunikation verständigt, obwohl sie einander kaum kannten. Nach kurzem Schweigen fing sich Isa wieder, selbstsicher lächelnd.

»Wenn ich nicht wüsste, dass du zu Höherem berufen bist, würde ich dir ans Herz legen, es einmal mit einem Krimi zu probieren.« Isa streckte ihren Rücken durch. »Du hättest Talent dafür.«

»Danke für das Kompliment.«

Jette stellte die Kameratasche auf den Teppichboden und nahm auf dem Stuhl gegenüber Platz. Ungebeten. Noch wusste Isa nicht, ob ihr Jette Herbuschs zweiter Besuch an diesem Tag gefiel.

»Ich hoffe, es gibt keine Probleme mit unserem Wohnwagen?«, erkundigte sie sich, während die Autorin ihre graue Strickmütze vom Kopf zog und die zerzausten Haare glättete. Das schmale, ovale Gesicht war dezent geschminkt. Isa musste neidlos anerkennen, dass sie trotz ihres seltsamen Öko-Looks eine weiche, feminine Ausstrahlung besaß.

Jette schüttelte den Kopf. »Nein, im Anhänger ist alles in bester Ordnung.«

»Was verschafft mir dann das Vergnügen?« Isa legte geschäftig die Unterarme auf dem Schreibtisch ab. »Ich hatte angenommen, du würdest deine Finger umgehend über die Tastatur deines Laptops schweben lassen.«

»Immer ganz die tüchtige Verlegerin, hm?«

»Was auch in deinem Interesse sein dürfte«, erwiderte sie und setzte vorsichtshalber ein Schmunzeln dabei auf.

»Es gibt keinen Grund, beunruhigt zu sein. Ich will nur ein

paar Fotos schießen. Neue Inspirationen können bekanntlich nie schaden.« Jette Herbusch schlug ihre langen Beine übereinander und deutete auf Philipps Bildband. »Apropos Fotos. Hat dein Freund nicht gestern seine Ausstellung eröffnet?«

»Hat er.«

»Und?«

»Und was?«

»War es ein Erfolg?«

Isa lehnte sich zurück. Irgendetwas an Jette Herbuschs Tonfall gefiel ihr nicht. Sie erkundigte sich nicht aus purer Höflichkeit nach der Vernissage. Ihr Interesse hatte einen bestimmten Grund. Allerdings bezweifelte Isa, dass sie von Philipps Aussetzer wissen konnte. Jette Herbusch war erst vor wenigen Stunden in Gellerhagen angekommen. Sie kannte hier niemanden, der ihr den peinlichen Zwischenfall sofort unter die Nase gerieben haben könnte. Was Isa ebenso wenig vorhatte. Unweigerlich würde Annika zur Sprache kommen. Es reichte ihr, dass das tote Mädchen sie von nun an wieder in ihren Träumen heimsuchte. Sie wollte nicht auch noch über sie reden müssen.

»Du kennst Philipps Bildband, daher erübrigt sich deine Frage«, sagte sie nur.

»Stimmt.« Jette lächelte. Ein Lächeln, das Isa noch weniger gefiel als ihr Tonfall. »Ich muss mir seine Fotos unbedingt in den nächsten Tagen vor Ort ansehen.«

»Tu das. Unser Museum freut sich über reges Interesse an der Ausstellung.«

»Du hast auf der Buchmesse etwas von Führungen erzählt. Es wäre vermutlich sehr spannend, dem Künstler persönlich zuzuhören«, sagte Jette und klemmte sich eine dunkelblonde Strähne hinter das Ohr. »Wann genau trifft man Philipp Stöbsand denn bei einer Führung an?«

Auf Isas Rücken rann der erste kalte Schweißtropfen hinunter. »Die heutige hast du leider verpasst.«

»Das ist Pech. Aber es wird sich bestimmt noch ein anderer Termin für mich ergeben.« Wieder zeigte Jette Herbusch dieses merkwürdige Lächeln.

»Bestimmt.«
Isa dachte an ihren Cappuccino. Sollte sie aufstehen und die Tasse holen? Doch ihre Besucherin würde das womöglich als Einladung zum Tratschen verstehen und dann eine geschlagene Stunde bei ihr im Büro hocken.
»Hat Philipp sich in Gellerhagen ein Hotelzimmer genommen?«
Philipp. Nun schlingerten die Tropfen haltlos ihre Wirbelsäule entlang. »Nein, er wohnt in einem Ferienhaus.«
»Ist er in Begleitung?«
Der Schweiß brach ihr aus allen Poren. Isa zog scharf die Luft ein. »Wieso interessiert dich das?«
Ihre Stimme klang schärfer als beabsichtigt. *Konzentrier dich!* Jette Herbusch lächelte vielsagend. »Nun ... ein Mann wie er ist niemals allein.«
Es war keine Antwort auf ihre Frage, aber für Isa Antwort genug.
»Du vermutest richtig. Philipp ist in Begleitung da«, sagte sie nun bedeutend ruhiger. Isa suchte nach einer Regung in Jettes Gesicht. Aber nichts. Nur dieses entrückte Lächeln.
»Enttäuscht?«, fragte sie.
»Wie sollte ich?« Die Autorin stand auf. »Noch kenne ich die Frau schließlich nicht.«
Isa musste zugeben, dass Jette Herbuschs Schlagfertigkeit sie beeindruckte. Vielleicht ließ sie sich deshalb dazu hinreißen, sie aufzuklären.
»Philipp ist mit einem alten Freund da. Er ist Professor für Kunstgeschichte.«
Jette Herbusch schulterte ihre Kameratasche. »Mitte vierzig, etwa eins fünfundachtzig groß, dunkler Bart, gepflegte Erscheinung?«
Erstaunt blickte Isa sie an. »Du weißt, wer er ist?«
»Ich weiß, was er für ein Auto fährt.«
»Bitte?« Nun war sie komplett verwirrt.
Grinsend knöpfte Jette ihren grünen Parka zu. »Der Mann ist mir heute Morgen am Supermarkt aufgefallen. Das heißt, sein

Auto. Es hat ein Münsteraner Kennzeichen. Und da der Ort derzeit nicht vor Urlaubern aus allen Nähten platzt, hatte ich mir schon gedacht, dass er zu deinem Freund Philipp gehört.«

Isa wusste nicht, was sie mehr in Unruhe versetzen sollte, Jette Herbuschs unverhohlenes Interesse an Philipp oder ihr Scharfblick. Mit schmalen Augen sah sie zu ihr auf.

»Hoffentlich vergisst du bei so viel männlicher Präsenz nicht dein eigentliches Vorhaben.«

Augenblicklich erstarb Jettes Grinsen. »Wenn ich dir eins versprechen kann, dann, dass ich nicht vergessen werde, warum ich hergekommen bin.«

Isa spürte, dass ihr spitzer Kommentar zu unverfroren gewesen war. Doch als sie zu einer Entschuldigung ansetzen wollte, schlug die Bürotür auf, und Svens kräftige, leicht untersetzte Gestalt erschien auf der Schwelle. Verlegen strich ihr Mann sich über die semmelblonden Haare. »Störe ich?«

Das tat er meistens. Aber in diesem Moment war Isa froh, dass er sie aus der unangenehmen Situation rettete.

»Komm rein, Sven.« Sie schob ihren Stuhl zurück und bedeutete ihm mit einem ungeduldigen Handwedeln einzutreten. »Du kannst dich gleich mit Jette Herbusch bekannt machen.«

Er zog den Reißverschluss seiner Wachsjacke auf und enthüllte einen beginnenden Bierbauch. Die Gummistiefel versanken in dem weichen Teppichboden, als er das Büro durchschritt. Steif streckte er dem Gast seinen rechten Arm entgegen. »Tach.«

Ihre schmalen Finger verschwanden beinahe in seiner tellergroßen Pranke. »Hallo.«

Isa wartete darauf, dass ihr Mann eine Konversation in Gang setzte, doch er starrte Jette Herbusch nur staunend an wie ein Dreijähriger den Weihnachtsmann. Sie verdrehte die Augen. Unwirsch schob sie Sven zur Seite.

»Solltest du etwas im Wohnwagen vermissen, sag einfach Bescheid.« Isa eilte Richtung Tür, um dem ungebetenen Mittagsgast ihre knapp bemessene Zeit zu signalisieren.

»Mache ich«, versicherte die Autorin, stülpte ihre Mütze über und folgte ihr.

»Schön.« Isa nickte zufrieden. »Und falls es doch zu kalt werden sollte: Mein Vater hat in seinem Restaurant noch einen Ölradiator stehen.«

»Gut zu wissen«, sagte Jette und sah zu Sven. Auf ihren Lippen erschien wieder dieses merkwürdige Lächeln. »Dann auf gute Nachbarschaft.«

Wenige Sekunden darauf war sie durch die noch offen stehende Tür verschwunden. Isa fasste nach der Klinke und stieß sie ins Schloss. Der Schweiß klebte kalt auf ihrer Haut. Nein, dieser zweite Besuch hatte ihr definitiv nicht gefallen.

Sie ging zum Fenster, wo ihr Cappuccino stand. Isa hob die Tasse an den Mund und verzog das Gesicht. Er war so kalt wie der feuchte Film auf ihrem Rücken. Wütend schnappte sie nach einer neuen Tasse im Regal, knallte sie geräuschvoll auf das Abtropfgitter und drückte auf den zuständigen Knopf.

»Geht es dir nicht auch so?«

»Womit?« Isa schaute zu Sven, der wie angewurzelt auf der Stelle verharrte.

»Dass sie dich an jemanden erinnert.«

»Wer? Jette Herbusch?«, fragte sie, obwohl der Blick ihres Mannes keinen Zweifel daran ließ, von wem die Rede war.

»Ich weiß nicht, Isa. Ich habe das Gefühl, dass ich ihr schon mal irgendwo begegnet bin.«

»Irgendwo? Im Darßwald? Auf einem deiner Kontrollgänge?« Mit einem entnervten Kopfschütteln wandte sie sich wieder dem Automaten zu. »Sven, du wirst allmählich paranoid.«

Das Zischen der Milchdüse verstummte. Die Mahlgeräusche des Espressos setzten ein.

»Was wolltest du überhaupt?«, fragte sie ihn und tat ein Stück Zucker in die Tasse.

Langsam kam er näher. »Nur hören, ob unser Gast gut angekommen ist.«

»Wie du gesehen hast, ist sie das.«

Er lächelte breit. »Sie scheint jedenfalls sehr nett zu sein.«

»Bemüh dich gar nicht erst, Sven. Du passt nicht in ihr Beuteschema.«

Er musterte sie neugierig. »Hab ich was verpasst?«
»Noch nicht.«
»Geht es ein bisschen präziser?«
Isa schaute ihn an. »Vielleicht haben wir in naher Zukunft wieder das fragwürdige Vergnügen, Pärchenabende verbringen zu dürfen.«
Die Auslaufdüse spuckte die dunkelbraune Flüssigkeit aus.
»Pärchenabende? Mit wem?«
»Meine Güte, Sven! Wie viele Freunde haben wir, die dafür in Frage kommen?«, stöhnte sie laut über die Begriffsstutzigkeit ihres Mannes.
»Philipp?«
»Ja, Philipp.«
Der Kaffeeautomat blinkte grün. Isa hob die Tasse an ihre Lippen. Der vertraute süße Geschmack dämpfte ihren Unmut.
»Die zwei kennen sich?« Auf Svens sommersprossigem Gesicht spiegelte sich immer noch Unverständnis.
»Nein, aber sein Bildband scheint einen nachhaltigen Eindruck bei unserem Gast hinterlassen zu haben. Sie zeigt reges Interesse, ihn kennenzulernen.«
Die blonden Augenbrauen ihres Mannes schoben sich argwöhnisch zusammen. »Kann es sein, dass du die Sache aufbauschst? Wahrscheinlich ist sie nur an seiner künstlerischen Arbeit interessiert.«
»Und deshalb erkundigt sie sich, ob er mit einer Frau hier ist?«
Schlagartig verhärteten sich seine Gesichtszüge. »Wo ist das Problem? Braucht Jette Herbusch deine Erlaubnis, um sich mit Philipp zu verabreden?«
»Sei nicht albern«, brauste sie auf.
Mit einem Blick, den Isa inzwischen gut an ihm kannte, baute er sich vor ihr auf. »Oder genügt sie nicht deinen Ansprüchen?«
Isa wandte sich ab und starrte aus dem Fenster. Eine Antwort war nicht nötig. Sven kannte sie.
Seine schweren, schlurfenden Tritte verrieten, dass er sich entfernte. Erleichtert atmete Isa aus und wartete auf das Schlagen

der Tür. Doch nichts. Sie spähte über die Schulter und fing Svens warnenden Blick ein.

»Misch dich da nicht ein, Isa«, drohte er. »Enttäusche Philipp nicht noch einmal.«

Sven ging, ohne die Bürotür hinter sich zuzuziehen. Seine Schritte hallten hohl im Treppenhaus nach. Nur Augenblicke später sah Isa den Geländewagen des Nationalparkamts vom Hinterhof auf die Dorfstraße einbiegen. Enttäuschung, dachte Isa verbittert, das Gefühl stand ihr zu, nach allem, was sie für Philipp getan hatte. Denn schon lange wartete sie vergeblich darauf, dass er sich dankbar zeigte.

Für ihre Lüge, die ihn vor dem Gefängnis bewahrt hatte.

6

»Weshalb musste ich dir ständig eine Unterkunft besorgen, wenn dein Freund hier oben ein Ferienhaus besitzt?« Mulsow blickte fragend von seinem Teller hoch.

»Philipp hat es schon vor geraumer Zeit an einen befreundeten Ferienhausvermieter verkauft«, erklärte Richard und fügte grinsend hinzu: »Warum beschwerst du dich? Ich hatte den Eindruck, du hast die Quartierssuche immer gern für mich übernommen.«

»Konnte ich ahnen, dass deine Besuche zur Gewohnheit werden?« Der Polizist grinste zurück und widmete sich wieder genüsslich seinem Steak mit Pommes frites.

Die beiden Männer saßen im Restaurant »Meerblick«, wo sie sich zu einem späten Mittagessen verabredet hatten. Der lang gestreckte Holzbau mit durchgehender Glasfront lag direkt hinter dem Gellerhäger Strand. Wie der Name unschwer vermuten ließ, bot das »Meerblick« eine atemberaubende Sicht auf Dünen und Ostsee. Trotzdem herrschte kaum Betrieb. Am frühen Vormittag hatte ein kalter Dauerregen eingesetzt, nur wenige Touristen hatten sich in das gemütliche Strandrestaurant verirrt.

»Obwohl ich schon verwundert bin, dass du Philipp Stöbsand mir gegenüber nie erwähnt hast«, nahm Mulsow das Gespräch wieder auf. »Immerhin war er der Hauptverdächtige in einem hiesigen Mordfall.«

Richard legte sein Besteck auf den Teller. »Bis heute Morgen wusste ich nichts davon.«

Überrascht zog Mulsow die weiße Stoffserviette aus dem Hemdkragen seiner blauen Uniform. »Stöbsand hat nie ein Wort darüber verloren, dass er in Untersuchungshaft saß?«

»Nicht ein Sterbenswort«, entgegnete Richard, dann setzte er Mulsow über die Ereignisse der letzten Stunden in Kenntnis. Von dem Eklat zwischen Schoknecht und Philipp auf der Vernissage und dessen Alkoholabsturz über seine eigene Suche im

Internet nach alten Zeitungsberichten bis zu dem undurchsichtigen Gespräch von heute Morgen.

»Tja, ich kann gut verstehen, dass Stöbsand die Geschichte ungern breittreten wollte«, meinte Mulsow, nachdem Richard mit seinen Ausführungen geendet hatte. »Seiner Kariere als Promifotograf wäre es nicht dienlich gewesen, wenn es sich in der Branche herumgesprochen hätte.«

»Bert, wir sind seit Ewigkeiten befreundet. Philipp weiß, dass er mir vertrauen kann.«

»Stimmt, eine Plaudertasche bist du wirklich nicht.«

»Wieso hat er nie einen Ton gesagt?«, fragte Richard mehr sich selbst. »Sogar jetzt weicht er mir auf meine Fragen aus.«

»Welche konkret?«, hakte Mulsow nach und steckte sich ein Stück Steak in den Mund.

»Was genau die Polizei eigentlich gegen ihn vorbringen konnte. Auf meine Frage hin hat er mich nur barsch angefahren.« Richard schob die Ärmel seines Pullovers hoch und beugte sich über den Tisch. Abwartend sah er sein Gegenüber an.

»Du willst wissen, welche Indizien zu seiner Verhaftung geführt haben?«, interpretierte Mulsow kauend seinen Blick.

»Exakt.«

Der Polizist ließ die Gabel sinken und rückte näher mit dem Stuhl heran. »Nun ja, als der Mord passierte, war ich mehrere Monate außer Gefecht gesetzt. Bandscheiben-OP mit anschließender Reha. Daher war ich in die unmittelbaren Ermittlungen nicht involviert und kenne die Einzelheiten nicht«, sagte er mit gesenkter Stimme. »Doch ich weiß so viel, dass es mehrere Zeugen gab, die ihn und das Mädchen zusammen auf dem Strandfest gesehen haben.«

»Ja, das hat Philipp erwähnt.« Richards Finger klopften ungeduldig gegen das Wasserglas. »Nur das allein konnte niemals für einen Haftbefehl ausreichen.«

Beschwichtigend hob Mulsow die Hand. »Gesehen bedeutet: Stöbsand und Annika Schoknecht haben hier miteinander geflirtet.«

»Was heißt ›hier‹?«, fragte Richard irritiert.

»Das Restaurant gehört Helmut Zarnewitz.« Unauffällig deutete Mulsow auf einen hageren Mann Ende sechzig, der hinter dem Tresen einen Bierkrug vollzapfte. »Er ist der Vater von Stöbsands alter Jugendfreundin. Diese Verlegerin, die du vorhin erwähnt hast …«

»Isa Wienke?«

»Genau die. Sie alle waren während des Strandfests zusammen im ›Meerblick‹: die Wienkes, Stöbsand, das Mädchen und noch einige andere Leute.« Mulsow sprach inzwischen so leise, dass Richard sich regelrecht anstrengen musste, um ihn durch seinen Tinnitus hindurch zu verstehen. »Gegen Mitternacht ist die ausgelassene Stimmung gekippt. Stöbsand wurde Annika Schoknecht gegenüber ausfällig und hat sie weggestoßen.«

»Also führte dieser Streit zu der Festnahme?«

»Nein.« Mulsow schüttelte entschieden den Kopf.

»Was gab es noch?«

»In Stöbsands Auto wurde ein USB-Stick sichergestellt. Darauf waren Nacktfotos von dem Mädchen gespeichert.«

Richard war schockiert. Darauf war er nicht gefasst gewesen. Allerdings begriff er jetzt, wieso Philipp am Morgen so aus der Haut gefahren war. *Wieso fragst du mich nicht geradeheraus, Richard?*

»Ich schätze mal, das erklärt, warum dein Freund nicht darüber reden will«, hörte er Mulsow sagen. »Die Sache ist ihm unangenehm.«

Richard sah ihn nachdenklich an. »Dass dieser USB-Stick in Philipps Auto gefunden wurde, muss nicht automatisch bedeuten, dass er die Fotos von dem Mädchen gemacht hat.«

»Nicht automatisch, Richard, aber die Beweise waren eindeutig. Daran erinnere ich mich noch gut.« Mulsow kniff die Augen zusammen, eine tiefe Falte zeigte sich auf der hohen Stirn. »Hersteller, Seriennummer, die Marke des Objektivs, sogar Blende und Verschlusszeit wurden anhand der Fotos ausgelesen. Man hat zweifelsfrei festgestellt, dass die Aufnahmen von seiner Kamera stammen. Deshalb wurde er ja auch kurzzeitig in U-Haft genommen.«

Richard schluckte, unfähig, etwas zu sagen. Obwohl er die Fakten verstand, vermochte er sie nicht zu einem stimmigen Bild ineinanderzufügen. Philipp hatte Nacktfotos einer Minderjährigen gemacht. Ein fünfzehnjähriges Mädchen, mit dem er augenfällig geflirtet hatte. War das der Freund, den er sein halbes Leben lang kannte? Der Mensch, mit dem er mehr Zeit verbracht hatte als mit jemand anderem?

»Ich weiß nicht, Bert«, sagte er schließlich. »Irgendwie kann ich nicht glauben, dass Philipp junge Mädchen fotografiert ... ich meine nackt ...« Ihm versagte die Stimme.

»Ist es vielleicht eher so, dass du es nicht glauben *willst*?« Mulsow wischte sich die Finger an der Serviette ab. »Festzustellen, dass der Mensch, den man zu kennen glaubt, nicht der ist, für den man ihn hält, lässt einen an der eigenen Menschenkenntnis zweifeln. Das verstehe ich. Doch Fakt ist: Die Fotos stammen von Stöbsands Kamera.«

Richard musste zugeben, dass diese Tatsache auch ihn ins Grübeln brachte. Philipp war auf eine unerträgliche Weise pingelig, wenn es um seine Fotoausrüstung ging. Schwer vorstellbar, dass er sein Heiligtum in fremde Hände gab. Ein unfachmännischer Umgang führte schnell zu Staub und Fusseln auf Linse und Sensor. Richard war oft genug dabei gewesen, wie er ärgerlich wurde, sobald jemand die Kamera auch nur angerührt hatte.

»Wie hat Philipp denn auf die Fotos reagiert?«, wollte er wissen.

»Er hat alles abgestritten. Allerdings konnte er den Kollegen auch keine halbwegs glaubhafte Erklärung dafür liefern.«

Richard begann, abwesend auf seiner Wange zu kauen.

»Hör zu, Richard!« Mulsow schob mit Nachdruck seinen Teller beiseite. »Auch wenn Stöbsand für die Tatzeit ein Alibi hat und als Mörder ausscheidet, wird er sehr wahrscheinlich eine sexuelle Beziehung mit Annika Schoknecht gehabt haben. Bei der Obduktion stellte sich heraus, dass das Mädchen zwar nicht vergewaltigt wurde, aber auch keine Jungfrau mehr war.«

Während Richard den Worten nachhing, suchte Mulsow den Blick des grauhaarigen Mannes hinter dem Tresen. Der Gastwirt bemerkte es und nickte flüchtig. Kurz darauf stand die hagere Gestalt von Helmut Zarnewitz neben ihrem Tisch. Die milchig trüben Augen lächelten freundlich.

»Na, darf es noch etwas sein?«

»Ich nehme noch einen Pfefferminztee«, Mulsow zeigte auf sein leeres Glas, »und du, Richard?«

»Für mich nichts, danke.«

Zarnewitz kritzelte die Bestellung auf einen Block, dann sah er Richard fragend an. »Sie sind Philipps alter Freund aus Münster, richtig?«

Richard nickte wenig erstaunt. Der Buschfunk in Gellerhagen funktionierte offenkundig wie in jedem anderen Dorf ausgezeichnet.

»Meine Tochter Isa erzählte mir, dass Sie in Philipps Haus wohnen«, gab Zarnewitz seine Quelle preis. »Ich hoffe, Sie bleiben noch eine Weile bei uns und lassen sich von dem scheußlichen Wetter nicht abschrecken.«

»Werde ich nicht. Ich habe mir ohnehin einiges an Arbeit mitgebracht.«

»Das freut mich. Vor allem für Philipp. Es ist gut zu wissen, dass er mit seinen Erinnerungen nicht allein in dem Haus ist.«

Zarnewitz räumte das leere Teeglas ab und ging.

Mit einer leichten Kopfbewegung deutete Mulsow hinter dem Gastwirt her. »Hat Stöbsand dir gesagt, dass Zarnewitz' Tochter sein Alibi ist?«

Neugierig sah Richard den Polizisten an. »Nein, nachdem er mich so angefahren hat, hielt ich es für klüger, Philipp nicht weiter mit meinen Fragen zu bedrängen.«

Mulsow rückte erneut dichter an den Tisch. »Isa Wienke hat ausgesagt, sie und Stöbsand sind nach dem Strandfest zusammen nach Hause, wo er auch die Nacht über geblieben ist. Er war also angeblich zur Tatzeit dort.«

»Nach Hause? Du meinst, zu den Wienkes ins Kapitänshaus?«

»Wenn die Leute da wohnen?« Mulsow zuckte mit den Schultern.

Richard überlegte, etwas regte sich in seinem Kopf. »Warte mal! Philipp meinte heute früh, er hätte seinen Urlaub im Ferienhaus verbracht. Das gehörte ihm zu der Zeit wohl noch.«

»Und?«

»Das Haus im Lotsenweg liegt nur wenige Schritte vom ›Meerblick‹ entfernt. Wieso hat er nicht dort geschlafen?«

»Irgendeinen Grund wird es dafür gegeben haben.« Mulsow hob und senkte die Schultern erneut. »Wie gesagt, ich erinnere mich an keine Details. Du kannst ja Isa Wienke bei Gelegenheit danach fragen.«

Zarnewitz brachte den Tee. Eine Weile ließen sie sich schweigend von der Geräuschkulisse im Restaurant berieseln, bis Richard sein Glas in die Hand nahm und Mulsow über den Rand anschaute.

»Ihr habt bis heute keine konkrete Spur in dem Fall?«

»Nein, leider.« Die Stimme des Polizisten klang resigniert. »Die Kollegen der Kripo sind in den letzten Jahren einigen neuen Ansätzen nachgegangen, doch auch die haben keine brauchbaren Erkenntnisse zutage gefördert. Für Andreas Schoknecht ist es natürlich ein unerträglicher Zustand, dass der Mörder seiner Tochter weiter frei herumläuft«, sagte er seufzend.

»Was ist mit der Mutter?«

»Kurz nach der Geburt ließ sie Schoknecht mit dem Baby sitzen. Er hat das Mädchen allein großgezogen.«

»Gibt es Geschwister?«

»Nein.« Mulsow kratzte sich am linken Ohr. »Soweit ich weiß, lebt er auch mit niemandem zusammen. Andreas Schoknecht ist ein ziemlicher Eigenbrötler, bei ihm hält es angeblich keine Frau lange aus. Aber der Mann versteht etwas vom Kochen.«

Richard schmunzelte. »Und das weißt du, ja?«

»Schoknecht hatte früher ein Fischrestaurant in Gellerhagen. Beste Lage, direkt an der Dorfstraße«, klärte Mulsow ihn auf. »Da herrschte Hochbetrieb, und seine Küche war erstklassig.«

»Früher? Er besitzt es also nicht mehr?«

»Über den ganzen Kummer mit seiner Tochter hat er die Geschäfte im Restaurant mehr und mehr schleifen lassen, bis ihm die Bank den Geldhahn zudrehte. Schoknecht war bankrott, und das Restaurant wurde zwangsversteigert.«

Der Polizist warf einen prüfenden Blick auf seine Uhr.

»Musst du los?«, erkundigte Richard sich.

»Zehn Minuten habe ich noch für dich.« Mulsow faltete die Hände über seinem rundlichen Bauch, die Daumen stießen gegeneinander. Nachdenklich schaute er Richard an. »Manchmal wäre es besser, nicht zu fragen, hm?«

»Weil man Dinge erfährt, die man lieber nicht hören möchte?« Mulsows Augenbrauen fuhren in die Höhe.

Unmerklich schüttelte Richard den Kopf. »Ich mag mich in meinem Leben oft in anderen getäuscht haben. Zu oft. Wer wüsste das besser als du? Doch Philipp Stöbsand ist wie ein Buch für mich, das ich Dutzende Male gelesen habe.«

»Du bist dir also sicher, dass Stöbsand –«

»Nein, Bert«, unterbrach er ihn. »Ich bin mir nicht sicher. Über nichts.« Er blickte auf die regengepeitschte Ostsee. Die heranrollenden Wellen brachen sich ungestüm an den schwarzen Buhnen. »Ich weiß nur, dass der Philipp Stöbsand, den ich kenne, niemals mit der Geschichte hinter dem Berg gehalten hätte.«

7

Mit hochgezogenen Schultern eilte Richard Gruben die Dorfstraße entlang, das Gesicht halb hinter dem Mantelkragen verborgen. Noch immer wehte ein nasskalter Wind durch Gellerhagen. Wie schon am Mittag begegnete ihm auch jetzt kaum eine Menschenseele. Der beschauliche Küstenort schien wie ausgestorben. Der Regen, der seit Stunden ununterbrochen niederging, trug ganz sicher dazu bei. Seine freie Zeit mit einem Buch auf dem Sofa oder in einem der Cafés zu verbringen, war bei diesem Wetter für Einheimische und Urlauber weitaus verlockender.

Auf Höhe des Supermarktes drosselte Richard das Tempo und wechselte die Straßenseite. Im selben Moment ging die Wegbeleuchtung an. Er blieb im gelben Lichtkegel einer Laterne stehen. Über die rechte Schulter spähte Richard durch die Abenddämmerung zum Kunsthaus, von dem er gerade gekommen war. Er hatte Philipp nach seinem Restaurantbesuch nicht im Ferienhaus angetroffen und gehofft, ihn im Museum zu finden. Aber der hatte sich nach der morgendlichen Führung nicht noch einmal dort blicken lassen, wie ihm eine Mitarbeiterin erzählte. Richard beschlich das ungute Gefühl, dass Philipp nahtlos weitermachte, womit er in der Nacht aufgehört hatte. Seine Trinkphasen konnten gut und gerne mehrere Tage andauern. Ausgedehnte Exzesse, in denen er sich bis zur Besinnungslosigkeit betrank. Dabei waren in der Vergangenheit schon weit weniger emotionale Ereignisse als der Zwischenfall auf der Vernissage Auslöser dafür gewesen.

Nach seinem Gespräch mit Mulsow konnte Richard Schoknechts Aversion gegen Philipp nachempfinden. Die Zeugenaussagen und der USB-Stick mit den Fotos legten natürlich den Schluss nahe, dass Philipp in einem sexuellen Verhältnis zu seiner Tochter gestanden hatte. Ob »einvernehmlich«, spielte bei einer Minderjährigen keine Rolle. Die vorläufige Festnahme war mehr als begründet gewesen. Allerdings hatte Philipps heftige Reaktion auf Richards Fragen zu den Vorwürfen gezeigt, dass ihn die schnelle Vorverurteilung auch Jahre später noch aufbrachte.

Und genau das war der Punkt. Bereits beim Frühstück hatte es Richard stutzig gemacht. Aber erst jetzt verstand er, was ihn die ganze Zeit gestört hatte. Philipp Stöbsand war extrovertiert, selbstsicher und hatte einen Hang zum Narzissmus. Er war kein Mann, der etwas mit sich allein ausmachte. Er hätte sich in dem Mitleid gebadet, mit dem Richard ihn für das Unrecht, das man ihm damals angetan hatte, überhäuft hätte. Niemals hätte Philipp ihm die Geschichte verschwiegen, wenn es nicht einen triftigen Grund dafür gab. Einen Grund, den er lieber für sich behielt, weil er sich abgrundtief dafür schämte?

Ein vorbeidonnernder Lkw holte ihn aus seinen düsteren Gedanken. Richard setzte sich wieder in Bewegung und bog in den Bernsteinweg ein. Auf der Vernissage hatte Isa Wienke ihm keine Hausnummer genannt, deshalb hatte er sich ihre Anschrift sicherheitshalber aus dem Telefonbuch herausgesucht. Doch hinter der nächsten Biegung wusste er sofort, was sie damit meinte, er könne das Haus nicht verfehlen. Mit großem Frontspieß, Kniestock und rotem Hartdach hob sich das verklinkerte Kapitänshaus der Wienkes deutlich von den niedrigen, rohrgedeckten Nachbarhäusern ab. Durch den Regenschleier erkannte Richard in der Ferne den Saaler Bodden, der unmittelbar an das Grundstück grenzte. Das frisch renovierte Haus mit unverbautem Blick aufs Wasser musste ein kleines Vermögen wert sein.

Er beschleunigte seinen Schritt, trat durch die niedrige Pforte und läutete an der Tür. Obwohl Licht im Haus brannte, öffnete niemand. Er drückte ein weiteres Mal die Klingel. Wieder regte sich nichts. Richard wandte sich um, überlegte, ob er noch mal am Abend vorbeikommen sollte. Kurzerhand beschloss er, es an der Hintertür zu probieren. Es war zu nass, um unverrichteter Dinge zurückzulaufen. Er ging um das Haus herum. Auf der Rückseite erhellte das Licht aus dem Erdgeschoss den halbdunklen Garten. Richard blickte die Hauswand entlang und entdeckte die Tür, nach der er gesucht hatte. Zu seiner Verwunderung war sie nur angelehnt. Vorsichtig steckte er den Kopf durch den Spalt. Mit dem Zeigefingerknöchel pochte er gegen den Holzrahmen.

»Hallo? Jemand zu Hause?«

Wie schon eine Minute zuvor rührte sich nichts. Nur eine grau getigerte Katze lief ihm entgegen. Miauend rieb sie sich an seinem Hosenbein. Ein kläglicher, mitleiderregender Ton. Richard beugte sich hinab, nahm sie auf den Arm und trat in die geräumige Diele.

»Jemand zu Hause?«, rief er noch einmal, während er in die angrenzende Küche blickte. Der hohe, lang gezogene Raum wurde von Naturholztönen dominiert und mit einigen blauen und grünen Farbakzenten ergänzt. Auf dem massiven Holztisch lag neben einer Obstschale eine Kameratasche. Ein blau-roter Strickpullover hing über einem der Stühle, darunter standen schwarze Stiefel. In dem Specksteinofen an der rechten Wand brannte ein Feuer. Richard bemerkte ein flaches Kissen auf der Fensterbank. Er durchquerte die Küche und ließ die Katze darauf nieder, in der Hoffnung, sich nicht in der Platzwahl geirrt zu haben. Wie zur Bestätigung drückte sie dankbar ihren Kopf gegen seinen Bauch. Er kraulte das Tier zwischen den Ohren. Es schien sich unter der Berührung seiner Finger zu entspannen, stieß aber weiterhin klagende Töne aus.

»Na, was ist los mit dir?«, murmelte er.

»Hampus hat vermutlich Hunger.«

Richard fuhr herum. Hinter ihm stand eine Frau. Weißes T-Shirt. Enge helle Jeans. Barfuß. In ihren Händen lag ein rotes Badetuch. Einen Moment lang blickte sie der panisch flüchtenden Katze nach, dann wandte sie sich ihm zu.

»Habe ich Sie erschreckt?« Ein amüsiertes Lächeln huschte über ihr Gesicht.

»Fragen Sie besser Hampus«, antwortete Richard und strich mit dem Daumen über den Handrücken. Der Kater hatte ihm bei seiner Flucht einen Kratzer verpasst. Neugierig musterte er die Frau, während sie sich auf ihn zubewegte. Anfang vierzig, kinnlange dunkelblonde Haare, hohe Wangenknochen, einen guten halben Kopf kleiner als er.

»Ich schlage vor, wir zwei fangen am besten ganz von vorn an«, sagte sie und hielt ihm die Hand hin. »Jette Herbusch.«
»Richard Gruben.« Er umfasste ihre feingliedrigen Finger. Sie hatte einen sanften, warmen Griff.
Jette Herbusch ging zum Tisch, legte das Handtuch ab und nahm den Strickpullover von der Stuhllehne. »Sie wollen bestimmt zu Isa.«
»Woraus schließen Sie das?«
»Nun ...«, ihr Blick wanderte betont langsam an ihm hinunter, »Sie scheinen mir mehr der Theoretiker als der Praktiker zu sein.«
Richard grinste. »Heißt Bücher statt Feldstecher, ja?«
Sie grinste zurück. »Und? Habe ich recht?«
»Kunsthistoriker«, sagte er. »Ich denke, das erklärt alles.«
»Tut es.« Jette Herbusch streifte den Pullover über und deutete auf einen Stuhl. »Isa wollte kurz zu ihrem Vater ins ›Meerblick‹. Sie können ruhig warten, Herr Gruben, sie müsste jede Minute zurück sein.«
Richard zog den Mantel aus und setzte sich. »Sie sind eine Freundin der Wienkes?«, fragte er das Nächstliegende. Warum sonst sollte sie wie selbstverständlich barfuß durch das Haus spazieren?
»Eher die neue Nachbarin.« Sie nickte Richtung Fenster. »Ich bin heute in Svens und Isas alten Wohnwagen eingezogen.«
Erstaunt drehte er sich um. Hinter der regennassen Scheibe konnte er in der Dämmerung die Kontur eines hellen Anhängers ausmachen. Er stand nur wenige Meter vom Boddenufer entfernt. Da sich ihm die Campingfreuden nie erschlossen hatten, hatte er keine Vorstellung davon, wie komfortabel es sich um diese Jahreszeit darin wohnte. Zumal das Wort »eingezogen« einen länger geplanten Aufenthalt in dem Anhänger suggerierte. Obwohl es ihn durchaus interessierte, entschied er, nicht nach Gründen für diesen Einzug zu fragen. Er wollte nicht aufdringlich wirken.
Richard blickte sie wieder an. Jette Herbusch schlüpfte gerade in den zweiten Stiefel.

»Sie beschäftigen sich mit Fotografie?«, wechselte er das Thema und zeigte auf die Kameratasche.

»Ja, unter anderem.« Sie nahm im rechten Winkel zu ihm Platz. Graublaue Augen, dachte er. »Aber vornehmlich brauche ich die Kamera für Recherchearbeiten zu meinem Roman.«

Richard setzte eine bedeutungsschwere Miene auf. »Also ebenfalls mehr Theoretikerin als Praktikerin.«

»Gut gespielt, Herr Gruben«, erwiderte Jette Herbusch lächelnd und ließ den Clipverschluss der Kameratasche einrasten.

Er neigte den Kopf. »Verraten Sie mir auch, wo genau Sie in Gellerhagen Recherchearbeiten anstellen?«

»Auf dem Friedhof.«

»Ein recht ungewöhnlicher Ort.«

»Weshalb?«

»Man bekommt wenig Antworten auf Fragen.«

»Finden Sie?« Sie stellte den Ellenbogen auf den Tisch und stützte das Kinn in ihre Hand. »Nirgends gibt es so interessante Geschichten wie auf einem Friedhof. Bekanntlich nehmen viele Menschen ihre Geheimnisse mit ins Grab.«

»Und die Toten flüstern Ihnen ihre Geheimnisse ins Ohr?«

»Manchmal.«

»Sie verschaukeln mich.«

»Nein.« Jette Herbusch blieb todernst. »Wenn Sie mögen, kommen Sie heute Abend bei mir im Wohnwagen vorbei, ich koche uns was und zeige Ihnen, woran ich arbeite.«

Richard musste lachen. »Wird das ein Date?«

»Sagen wir: eine Verabredung, die Ihnen in Erinnerung bleiben wird«, antwortete sie mit einem Grinsen, das seine Mutter als durchtrieben bezeichnet hätte. »Also, wie ist es, Herr Gruben? Zwanzig Uhr?«

»Richard«, sagte er und merkte, dass er dabei nickte.

Sie schob ihren Stuhl zurück, griff nach dem Handtuch und legte die Kameratasche um die Schulter. Auch er stand auf. Sie blickten einander in die Augen.

»Na dann, Richard ... bis heute Abend.«

Er wollte zu einer Erwiderung ansetzen, als die Hintertür laut ins Schloss fiel. Zwei Sekunden später stürmte Isa Wienke in die Küche. Hinter der Türschwelle blieb sie stehen.

»Professor Gruben«, sagte sie mit Überraschung in der Stimme. Doch ihre Augen hingen dabei an Jette. Ein Blick, der Richard an Henrik denken ließ, wenn man ihm sein Spielzeug weggenommen hatte.

»Ich hoffe, ich komme nicht ungelegen?«, erkundigte er sich und streckte vorsichtshalber die Hand nach seinem Mantel aus.

»Bitte bleiben Sie«, wehrte sie seine Geste ab.

Isa Wienke kam näher und stellte eine in Frischhaltefolie gewickelte Kuchenplatte auf den Tisch, die sie dabeihatte.

»Brauchst du irgendetwas?«, fragte sie und taxierte Jette Herbusch aus den Augenwinkeln.

»Nein, alles okay. Ich habe Richard nur ein wenig Gesellschaft geleistet, bis du zurück bist.«

»Das bin ich ja jetzt.«

»Schön«, entgegnete Jette. Sie nickte Richard zu und ging. Er konnte es nicht mit Bestimmtheit sagen, aber er glaubte, eine unterschwellige Spannung zwischen den Frauen zu spüren.

Isa Wienke zog ihre Daunenjacke aus und bat ihn mit einer Handbewegung, wieder Platz zu nehmen. »Ich sehe, Sie haben mit unserem Gast bereits Bekanntschaft geschlossen.«

»Bekanntschaft wäre übertrieben.« Richard setzte sich auf seinen Stuhl zurück. »Frau Herbusch und ich wissen voneinander nur, dass wir beide theoretisch veranlagte Menschen sind.«

»Immerhin haben Sie eine gemeinsame Basis gefunden. Das ist doch schon mal ein Anfang, nicht?«

Richard blickte zum Fenster. Durch die Regenschlieren auf der Scheibe sah er Jette Herbuschs Silhouette Richtung Wohnwagen laufen.

»Vielleicht«, dachte er laut.

»Möchten Sie ein Stück Apfelkuchen?«

Ohne eine Antwort abzuwarten, öffnete Isa Wienke eine Schranktür, holte zwei Dessertteller und Gabeln heraus und kam zum Tisch zurück.

»Reste aus dem ›Meerblick‹. Müssen Sie unbedingt kosten.«

Sie wickelte die Folie von der Platte, nahm zwei mit dicken Streuseln belegte Stücke herunter und legte sie auf die Teller.
»Kaffee? Tee?«
»Danke.« Richard hob abwehrend die Hände vor die Brust.
Isa Wienke holte sich ebenfalls nichts zu trinken. Sie raffte ihre gelbe Strickjacke an den oberen Enden zusammen und nahm auf dem Stuhl Platz, auf dem Jette zuvor gesessen hatte.
Interessiert sah er sie an. »Darf ich fragen, in welchem Verhältnis Sie zu Frau Herbusch stehen?«
»Sie ist Autorin und bei mir unter Vertrag.«
»Ich nehme an, Sie beide kennen sich schon länger?«
Isa Wienke verneinte mit einem Kopfschütteln. »Ich habe Jette Herbusch im Oktober auf der Frankfurter Buchmesse kennengelernt. Sie hat dort nach einem Verlag für ihren Roman Ausschau gehalten. Jette kam an meinen Stand, wir sind ins Gespräch gekommen, und drei Tage darauf bot sie mir ihr Manuskript an, an dem sie gerade schreibt.«
»Passt Belletristik überhaupt in Ihr Verlagsprofil?«, fragte Richard und gabelte ein Stück Kuchen auf.
»Eigentlich nicht, aber in meiner derzeitigen Situation bin ich dankbar für alles.«
Er unterließ es, ihre Äußerung weiter zu erörtern. Schweigend kaute er auf der süßen Teigmasse in seinem Mund.
Isa Wienke griff ebenfalls zur Kuchengabel. »Nachdem ich die ersten Seiten von Jette Herbuschs Manuskript gelesen hatte, wollte ich sie sofort an mich binden. Zu welchen Bedingungen auch immer.«
»Sie hat Bedingungen gestellt?«
»Nur eine Bleibe, wo sie in aller Abgeschiedenheit ungestört fertig schreiben kann.« Sie deutete mit dem Kinn zum Fenster hinüber. »Ich habe ihr unseren alten Wohnwagen angeboten, und sie hat eingewilligt.«
Richard folgte dem Blick der Verlegerin. Den schwachen Lichtschein, der in gut fünfzehn Metern durch die Finsternis schimmerte, konnte er mehr erahnen, als dass er ihn sah. Mittlerweile war es vollkommen dunkel.

»Ursprünglich hatten mein Mann und ich an der Stelle ein kleines Ferienhäuschen geplant«, fuhr Isa Wienke fort. »Fundamente und Bodenplatte dafür sind schon gegossen. Aber dann bot sich mir die Gelegenheit mit dem Verlag, und wir haben vorerst einen Baustopp eingelegt.«

Richard schaute sie ungläubig an. »Es ist Anfang November, bald Winter, und für gewöhnlich schreiben Autoren monatelang an einem Buch. Beabsichtigt Frau Herbusch, auch bei Schnee und klirrendem Frost im Wohnwagen zu übernachten?«

»Unser Anhänger ist für Wintercamping hervorragend ausgerüstet, Professor Gruben«, sagte sie sichtlich erheitert. »Heizung, Thermomatten, warme Decken. Und duschen kann Frau Herbusch bei uns.«

»Wovon ich mich soeben mit eigenen Augen überzeugen konnte«, erwiderte er schmunzelnd. »Was sagt Ihr Mann eigentlich dazu, dass Sie eine Ihrer Autoren vorrübergehend bei sich wohnen lassen?«

»Anfangs war er natürlich nicht begeistert, eine unbekannte Frau im Haus zu haben, wenn auch nur zum Duschen.« Isa Wienke lächelte in sich hinein. »Doch Sven weiß, dass es völlig sinnlos ist zu streiten, wenn es um meinen Verlag geht.«

Eine Weile saßen sie stumm beieinander, jeder in seine eigenen Gedanken vertieft. Bis Isa Wienke den Blick von ihrem Kuchen löste und ihn fragend anschaute.

»Wie geht es Philipp?«

»Durchwachsen«, sagte Richard und schob seinen leeren Teller beiseite. »Allerdings habe ich ihn seit dem Morgen nicht mehr gesehen. Wissen Sie, wo er stecken könnte?«

»Sie vermuten, Philipp lässt sich irgendwo volllaufen?«, erwiderte sie statt einer Antwort.

»Ich befürchte es. Der gestrige Vorfall scheint ihn sehr mitzunehmen.«

Entrüstet sah Isa Wienke ihn an. »Niemand im Ort schenkt dem Geschwafel von Andreas Schoknecht Glauben, Professor Gruben.«

»Das kann ich nicht beurteilen. Ich sehe nur, dass die Vorwürfe von damals Philipp noch immer schwer zu schaffen machen.«

»Verständlicherweise«, sagte sie ärgerlich. »Eine Untersuchungshaft ist schließlich kein All-inclusive-Urlaub, an den man mit Freuden zurückdenkt.«

»Ein Grund mehr, die Sache nicht allein mit sich auszumachen.«

»Soll das heißen, er hat Ihnen nie davon erzählt?«

»Nein. Nie.« Richard sah sie fragend an. »Haben Sie eine Erklärung, wieso Philipp die ganze Geschichte vor mir verheimlicht hat?«

Isa Wienke hob forsch das Kinn an. »Diese Frage müssen Sie sich schon selbst beantworten.«

Er lächelte matt. »Gut, anders gefragt: Glauben Sie, dass Philipp einen Anlass hatte, mir die Geschichte zu verschweigen?«

»Worauf wollen Sie hinaus?«

»Hat er etwas für dieses Mädchen empfunden?«

»Was reden Sie da für einen Blödsinn!« Energisch knallte Isa Wienke ihre Kuchengabel auf den Teller. »Philipp steht nicht auf Schulmädchen.«

Ihre heftige Reaktion überraschte ihn. Wieso war sie so aufgebracht, wenn sie Philipps Gefühle für das Mädchen genau zu kennen glaubte?

»Laut Zeugenaussagen haben die beiden auf dem Fest miteinander geflirtet.«

Argwöhnisch kniff sie die hellgrünen Augen zusammen. »Dafür, dass er Ihnen nie ein Wort gesagt hat, sind Sie sehr detailliert informiert.«

»Ich habe einen guten Freund hier oben. Er ist Polizist«, erklärte Richard bereitwillig. »Der Mordfall Annika Schoknecht fällt in den Zuständigkeitsbereich seines Reviers.«

Isa Wienke wirkte sekundenlang verblüfft, bis sie ihre Schultern straffte und ihn herausfordernd anblickte. »Dann hat Ihr Freund Ihnen sicher auch berichtet, dass Philipp und ich das Strandfest gemeinsam verlassen haben, als noch hundert andere Leute anwesend waren.«

Er nickte. »Sie beide sind zusammen ins Kapitänshaus gegangen.«

»Wo Philipp auch die ganze Nacht über geblieben ist.« Resolut warf sie den Kopf in den Nacken. »Damit wäre die Sache wohl geklärt.«

»Weshalb?«

»Weshalb was?«

»Warum hat Philipp bei Ihnen geschlafen?« Richard machte eine vage Geste nach oben. »Sein altes Ferienhaus liegt nur einen Steinwurf vom ›Meerblick‹ entfernt.«

Sie funkelte ihn wütend an. »Haben Sie Philipp schon einmal sturzbetrunken erlebt?«

»Vor nicht einmal vierundzwanzig Stunden«, erwiderte er ruhig.

»Dann können Sie sicher sehr gut nachempfinden, dass ich Philipp nur ungern allein im Ferienhaus wissen wollte. Ich hatte wenig Lust, ihn am nächsten Morgen tot in seinem Erbrochenen zu finden.«

Richard hatte plötzlich das Gefühl, sich erklären zu müssen. »Frau Wienke, verstehen Sie mich bitte nicht falsch. Ich glaube nicht, dass Philipp das Mädchen umgebracht hat. Ich möchte nur verstehen, was passiert ist.« Er beugte sich leicht zu ihr vor. »Ich möchte Philipp verstehen.«

»Wozu?«, fragte sie, sichtlich um Beherrschung ringend. »Der Mord an Annika ist lange Vergangenheit.«

»Eine Vergangenheit, die Philipp zur Flasche greifen lässt.« Richard richtete sich gerade auf. »Er säuft, und das ist mir nicht gleichgültig.«

Isa Wienke sagte nichts, blickte an ihm vorbei. Das Knacken des Feuerholzes erfüllte die Küche. Der Wind peitschte den Regen gegen die Fensterscheiben. Richard spürte, dass es an der Zeit war, sich zu verabschieden.

»Vielen Dank für den Kuchen«, sagte er und griff nach seinem Mantel.

Sie schreckte auf, nickte zerstreut und lief in die Diele zur Vordertür. Als er aus der Küche kam, hatte Isa Wienke die

Arme fest um ihre Strickjacke geschlungen und schaute zu ihm auf.

»Entschuldigen Sie bitte meine Unbeherrschtheit, Professor Gruben.« Ihre Stimme vibrierte leicht. »Aber momentan stehe ich ein bisschen neben mir. Der Verkauf von Philipps Bildband entwickelt sich nicht so, wie ich es erwartet habe, und da reagiere ich schnell über.«

Richard war verwundert. Bis jetzt hatte Philipp nichts dergleichen erwähnt. Doch vermutlich betrachtete er die Sache optimistischer als seine Verlegerin. Philipp Stöbsand war schon immer der Das-Glas-ist-halb-voll-Typ gewesen. In jeder Hinsicht.

»Es gibt keinen Grund, sich für irgendetwas zu entschuldigen«, sagte er aufmunternd und knöpfte den Mantel zu.

»Danke für Ihr Verständnis.«

Sie fasste nach der Klinke, als Richard noch etwas einfiel. »Was hat es eigentlich mit dem Schal auf sich?«

»Wie bitte?«

»In Philipps Bildband gibt es eine Serie Schwarz-Weiß-Fotografien. Darauf sticht ein einziges farbiges Detail hervor. Ein blauer, recht auffallend gemusterter Schal.« Er suchte nach Verständnis in ihrem Gesicht, bemerkte ein verhaltenes Nicken und fuhr fort: »Auf der Vernissage habe ich Philipp gefragt, wieso er ausgerechnet diesen Schal gewählt hat. Er blieb mir aber eine Erklärung schuldig.«

»Ich fürchte, das muss ich auch«, erwiderte Isa Wienke hölzern. »Ich bin seine Verlegerin. Philipp spricht nur äußerst selten mit mir über künstlerische Entscheidungen.«

»Und als seine Freundin?«

»Als Freundin redet er schon seit Langem nicht mehr mit mir.« Sie zog die Haustür auf. Ein Windstoß fegte in die Diele. »Auf Wiedersehen, Professor Gruben.«

»Auf Wiedersehen.«

Richard schlug den Kragen hoch und trat in den kalten Regen hinaus. Er drehte sich um, aber Isa Wienke hatte die Tür längst geschlossen.

8

Jette schaltete die Kochplatte aus, nahm das Taschenmesser vom Wandbord und entkorkte den Wein, den sie zusammen mit den Zutaten für die Caponata im Supermarkt besorgt hatte. Als sie vor drei Stunden durch den Laden geirrt war, hatte es sich seltsam angefühlt, Dinge für ein Abendessen zu zweit in den Einkaufswagen zu legen. Zwei Flaschen Rotwein, passende Gläser, da sie die Wienkes nicht darum bitten wollte, dazu Servietten und Kerzen. Es war Jahre her, dass Jette einen Mann zum Essen in ihre Wohnung eingeladen, geschweige denn für ihn gekocht hatte. Normalerweise zog sie es vor, mit ihren Verabredungen in ein Restaurant zu gehen, oder besser: Sie trafen sich gleich an Ort und Stelle. Ein morgendlicher Espresso war das einzige kulinarische Zugeständnis. Bis heute.

Immer noch war Jette unentschieden, ob sie einen Fehler begangen hatte, Stöbsands Freund hierher einzuladen. Auch wenn der betagte Campinganhänger ihr nur als eine vorübergehende Bleibe diente, war er doch im Moment ein Fragment ihres Lebens, das ihm unweigerlich einen Blick in ihre Privatsphäre bot. Sie hätte einen anderen Weg finden können – *finden müssen*, um einen näheren Kontakt zu Richard Gruben herzustellen. Einen Weg, der mehr Distanz bot. Schließlich wusste sie nicht, ob dieser Mann Stöbsand deckte oder am Ende sogar eine Mitschuld am Tod von Annika trug. Jette ertappte sich dabei, wie sie auf das Taschenmesser in ihren Händen starrte. Sie zögerte. Dann holte sie tief Luft und legte es auf das Wandbord zurück. Nein, dachte sie entschlossen, Richard Gruben war kein Mörder.

Sie stellte die Weinflasche auf den Klapptisch und schaute aus dem Fenster über der Sitzbank. Der Dauerregen hatte nachgelassen und sich zu einem feinen Niesel gelichtet. Jette atmete innerlich auf. Die nächsten Tage würden auch ohne den grauenvollen Regen schwer zu ertragen sein. Ihr Blick wanderte zum

Kapitänshaus hinüber, wo seit Stunden das Licht in der Küche brannte. Sofort kreisten ihre Gedanken wieder um die Verlegerin. Heute Mittag im Verlagsbüro war Jette aufgegangen, dass sie sich in Bezug auf Isa Wienke gewaltig verkalkuliert hatte. Die Antworten, nach denen sie suchte, würde sie von ihr niemals bekommen. Isa hatte ihr mehr als eindrücklich zu verstehen gegeben, dass Stöbsands Privatleben für sie tabu war. Ihr plötzliches Misstrauen hatte Jette förmlich greifen können. Nur einige wenige Nadelstiche waren nötig gewesen, und Isa Wienke war explodiert. Sie hatte Stöbsand auf einen Sockel gestellt, über alle Zweifel erhaben. Dessen war Jette sich ganz sicher. Was ihren Mann Sven betraf, hatte sie den leisen Verdacht, dass er ihr keine besonders große Hilfe sein würde. Nur konnte sie nicht sagen, ob seine Verschlossenheit seiner bärbeißigen hanseatischen Natur entsprach oder sie bei ihm verstaubte Erinnerungen geweckt hatte. Ihr Instinkt sagte jedoch, dass es mit Letzterem zu tun haben musste. Deshalb nahm sie sich vor, Sven Wienke weitestgehend aus dem Weg zu gehen.

Jette betrachtete den eingedeckten Tisch, dachte an den Mann, der in wenigen Minuten dort sitzen würde. Philipp ist mit einem alten Freund hier, hallten Isa Wienkes Worte in ihr nach. Was wusste dieser Richard Gruben von jenem Sommer vor sechs Jahren, als Philipp Stöbsand seinen Urlaub in Gellerhagen verbracht hatte? Wie viel über die Nacktfotos, den Mord, die Tage davor und danach? Und über sie? Jette seufzte. Sie brauchte dringend Antworten, um endlich Gewissheit zu haben. Also musste sie Richard Gruben in ihr Leben lassen. Sie hatte keine Wahl.

Ein kurzes, kaum vernehmliches Klopfen riss sie aus ihren Überlegungen. Hastig stopfte sie das Top in den Hosenbund ihrer Jeans, klaubte die weiße Leinenbluse von der Sitzbank und streifte sie über. Als Jette einen letzten prüfenden Blick in den Spiegel an der Schranktür warf, klopfte es erneut. Mittlerweile entschieden lauter. Sie ging zurück in den Wohnbereich. Langsam stieß sie die Tür nach außen auf. Ein matter Lichtschein fiel aus dem Innern des Anhängers in den stockfinsteren Garten.

»Hallo«, sagte Richard Gruben mit rauer Stimme. Auf den Schultern seines schwarzen Mantels und in Haar und Bart glänzten Regentropfen. Lächelnd hielt er ihr eine Flasche Weißwein hin. Es war dasselbe offene, unverstellte Lächeln, das Jette bereits heute Morgen auf dem Supermarkt-Parkplatz aufgefallen war. Nur dass es ihr jetzt ein flaues Gefühl im Magen bescherte, beunruhigte sie.

»Steht deine Einladung noch?« Zögernd spähte er in den Anhänger.

»Ja, klar«, sagte sie endlich, nahm ihm den Wein ab und machte mit einem Schritt zur Seite Platz. »Bitte.«

Er kletterte herein, doch angesichts der räumlichen Enge blieb er automatisch hinter dem Eingang stehen. Jette schloss die Tür und stellte die Flasche ab. Sie registrierte, wie sein Blick interessiert durch den Wohnwagen wanderte. Über den eingedeckten Klapptisch, die winzige Kochecke zur seiner Linken und schlussendlich hinüber zur Schlafnische, wo neben ihrer Reisetasche und einem nicht unerheblichen Berg Klamotten auch ihr eingeschalteter Laptop auf dem Bett stand. Sie hätte den Vorhang vorziehen sollen, dachte sie beschämt. Oder aufräumen.

Richard drehte sich zu ihr um. »Es riecht köstlich.«

Ein Tonfall, der eher ungläubig als verzückt klang.

»Sizilianische Caponata«, setzte sie ihn über das bevorstehende Abendessen in Kenntnis. »Ein vegetarisches Gericht aus Tomaten, Auberginen und Oliven.«

»Ah.«

Mehr sagte er nicht, und Jette durchfuhr ein kurzer Schrecken. »Ich hoffe, du magst vegetarisches Essen.«

»Keine Sorge. Ich mag alles, was ich nicht selbst kochen muss.«

»Das wird sich noch herausstellen«, entgegnete sie schmunzelnd und streckte die Hand aus. »Darf ich?«

Für eine Sekunde blickte Richard sie verständnislos an, bis er ihre Geste verstand. »Ach ja ...«

Schnell knöpfte er seinen Mantel auf. Unter dem angerauten Stoff kamen ein blaues Hemd und dunkle Jeans zum Vorschein.

Jette spürte, wie ihre Augen unwillkürlich an ihm hinunterglitten. *Reiß dich zusammen!*

»Danke.« Er reichte ihr den Mantel, wobei sich ihre Finger flüchtig berührten.

»Nimm doch Platz«, bat sie ihn.

Richard nickte und trat auf die Sitzecke zu. Abrupt hielt er inne. Mit dem Kinn deutete er zu dem grauen, zusammengerollten Fellbündel auf der schmalen Bank unter dem Fenster. »Soso. Die Untermieterin hat also einen Untermieter.«

»Novembernächte können entsetzlich lang, kalt und vor allem einsam sein, Richard«, meinte sie lachend. »Bitte, verrate Hampus und mich nicht!«

Er quetschte sich zu dem Kater auf die Bank, worauf dieser mit einem lauten Miauen aus dem Schlaf schreckte. Richard strich ihm einige Male über den Kopf. »Du kannst beruhigt sein. Euer kleines Geheimnis ist bei mir sicher.«

Jette legte den Mantel auf dem Bett ab und nutzte die Gelegenheit, um diskret den Vorhang vorzuziehen. Als sie wieder zu ihm hinüberblickte, bemerkte sie, wie er heimlich ihren mühevoll dekorierten Tisch inspizierte.

»Was?«, fragte sie geradeaus.

»Vegetarisches Essen, Rotweingläser, Servietten ...« Er hob den Kopf. »Ich bin überrascht.«

Jette kam zum Tisch, griff nach der offenen Weinflasche und füllte die Gläser. »Was bitte hast du erwartet? Ravioli aus der Dose und Lambrusco im Tetra-Pak?«

»Bei mir hättest du die Ravioli bekommen.« Er grinste frech. »Ehrlich.«

»Dosenravioli? Das also, glaubst du, ist für mich eine Verabredung, die in Erinnerung bleiben wird?« Sie reichte ihm ein Glas. »Gewöhnlich verstehe ich darunter etwas anderes.«

Richards Grinsen verflüchtigte sich zu einem verhaltenen Lächeln.

※※※

»Möchtest du noch?« Sie wies auf sein leeres Glas.

»Nein, danke«, wehrte er kopfschüttelnd ab. »Aber wenn du einen Schluck Wasser für mich hättest?«

»Ich habe auch zwei Schlucke für dich.« Jette stand auf, nahm die schmutzigen Teller und schob sie auf die freie Fläche neben der Kochplatte.

Bis eben hatte sich ihr Gespräch ausschließlich um unverfängliche Dinge wie seine Arbeit als Kunsthistoriker, vegetarische Ernährung oder das Überwintern in einem Wohnwagen gedreht. Private Themen hatte Jette bewusst gemieden. Sie wollte sich das Essen nicht durch Stöbsands Anwesenheit verderben. Wenn auch nur in Gedanken. Es fühlte sich gut an, mit Richard zu reden, und sie musste sich eingestehen, dass sie seine Gesellschaft genoss. Doch sie durfte nicht vergessen, dass sie ein Ziel hatte, und der Weg führte nun einmal über ihn. Sie konnte das Thema nicht mehr umgehen.

Jette holte das Mineralwasser aus dem Vorratsschrank, schraubte den Deckel ab und wandte sich zu ihm um. »Kommst du häufiger nach Gellerhagen?«

Sie versuchte, so beiläufig wie möglich zu klingen.

»Nein, es ist mein erster Besuch. Ich bin aber schon des Öfteren in der Gegend gewesen.«

»Berufliche Gründe?« Sie schenkte ihm von dem Wasser ein und setzte sich wieder hin.

»Mehr oder minder«, antwortete er und nahm das Glas in die Hand. »Ein Freund von mir wohnt ein paar Dörfer weiter.«

»Dann ist er Kunsthistoriker wie du?«

»Polizist.«

»Tatsächlich?« Jette war verblüfft.

Richard runzelte die Stirn. »Was ist so erstaunlich daran?«

»Nichts.« Mit einem breiten Lächeln versuchte sie ihre Überraschung zu überspielen. Sie konnte später darüber nachdenken, was dieser Umstand für sie bedeutete. »Ich hätte bloß nicht gedacht, dass du in deinem Job mit der Polizei zu tun hast.«

»Öfter, als mir lieb ist.«

»Das klingt fast, als wäre der Anlass für deinen jetzigen Aufenthalt wieder beruflich.«

»Nein, ausnahmsweise bin ich einmal rein privat hier.« Er trank einen Schluck und stützte die Ellenbogen auf den Tisch. »Ich war gestern Abend auf einer Vernissage im Kunsthaus. Der ausstellende Fotograf und ich kennen uns seit meiner Studentenzeit.«

»Philipp Stöbsand.«

»Du weißt von seiner Ausstellung?«

»Selbstverständlich, Isa Wienke ist seine Verlegerin. Herr Stöbsand und ich sind sozusagen Kollegen.« Jette nahm die Weinflasche und füllte sich nach. »Isa meinte, er hätte ein Ferienhaus im Ort. Ich nehme an, dann wohnst du bei ihm?«

Richard nickte. »Nur gehört es Philipp nicht mehr. Er hat das Haus vor einigen Jahren verkauft.«

Vor sechs Jahren? Noch rechtzeitig schluckte sie die Frage hinunter. Sie müsste zu viel erklären und würde riskieren, dass er sich verschloss.

»Im Übrigen finde ich seinen Bildband äußerst beeindruckend«, sagte sie deshalb.

»Laut Isa Wienke sind es die Verkaufszahlen weniger.«

»Hast du eine Erklärung dafür?«

Ein ratloses Schulterzucken. »Ich schätze, im digitalen Zeitalter ist das Interesse an anspruchsvoller Naturfotografie abhandengekommen.«

»Technikbücher über Smartphones und passende Foto-Apps verkaufen sich eben bedeutend besser.«

Richard lachte. »Was auch Philipp hätte wissen müssen.«

Jette hob ihr Weinglas an den Mund, befeuchtete jedoch mehr die Lippen, als dass sie trank. Sie musste Zeit gewinnen, um sich ihre nächste Frage zurechtzulegen.

Schließlich stellte sie das Glas ab. »Warum hat er einen Bildband über die Ostsee herausgebracht?«

»Nun ja«, begann Richard zögernd und fuhr mit den Fingern über seine unbenutzte Papierserviette, »wenn ein angesehener Porträtfotograf seit Monaten keinen einzigen Auftrag mehr erhalten hat, sind die Beweggründe recht offenkundig.«

»Das habe ich nicht gemeint.«

Verwirrt blickte er sie an. »Ich verstehe nicht ...«

»Gellerhagen, der Nationalpark, der Weststrand«, zählte Jette auf und lehnte sich nach hinten. »Warum wollte Philipp Stöbsand ausgerechnet darüber einen Bildband herausbringen?«

»Die Halbinsel ist nun mal sein Zuhause, mit dem er viele Erinnerungen verbindet«, erwiderte Richard wenig überzeugt. »Er liebt diesen Flecken.«

»So sehr, dass er sein Haus verkauft?«

Kurz blickte er sie an, als hätte sie ihn beim Lügen ertappt. Dann fing er sich wieder.

»Wahrscheinlich mangelte es Philipp schlichtweg an Geld.«

»Oder an der Gelegenheit, mit jemandem an die Ostsee zu fahren«, sagte sie rasch und grinste vielsagend. Jette spürte, dass er die Gründe dafür nicht kannte. Es machte keinen Sinn, weiter zu bohren.

»Ich denke, daran mangelte es wohl nicht.« Richard schmunzelte. »Es gab schon die eine oder andere *Gelegenheit*.«

»Und für dich?«, hörte sie sich fragen.

»Auch. Ja.«

»Aktuell nicht?«

»Niemand, mit dem es sich lohnen würde.«

Jette überlegte, was das dumpfe Pochen in ihrer Brust zu bedeuten hatte. »Wie kommt's?«

Einen Moment lang stierte er abwesend in sein Wasser. Dann hob er den Blick. »Ich habe den Zeitpunkt verpasst.«

»Wie kannst du das wissen?«, entgegnete sie. »Vielleicht liegt dieser Zeitpunkt ja noch vor dir.«

Es dauerte einige Sekunden, bis er verstand. »Schon möglich«, meinte er und ließ sich gegen die Sitzbank fallen.

Jette rechnete damit, dass er sie nun ebenso zu ihrem Beziehungsstatus löchern würde, doch das tat er nicht. Ob aus Höflichkeit oder Desinteresse, vermochte sie nicht zu sagen.

»Du hast großes Glück mit Isa Wienke«, sagte Richard stattdessen und schaute sich im Wohnwagen um. »Nicht jeder Verleger teilt so bereitwillig das Zuhause mit seinen Autoren.«

»Ich habe unschlagbare Argumente vorzuweisen.«

»Die du mir noch immer schuldig bist.« Er funkelte sie herausfordernd an. »Also, worum geht es in deinem Buch?«

»Um einen Friedhofsgärtner.«

Richard verzog das Gesicht. »Warum werde ich das Gefühl nicht los, dass du mich ständig auf den Arm nimmst?«

»Tue ich nicht.« Jette hob zwei Finger zum Schwur. »Indianerehrenwort.«

Sie langte nach ihrer Kamera, die sie vorhin griffbereit auf der Ablage über der Sitzecke platziert hatte. »Mein Roman handelt von einem Mann, der nach herben beruflichen und privaten Rückschlägen als Gärtner auf einem Friedhof anheuert.«

»Um dort *was* zu finden?«

»Das, wonach wir alle mehr oder weniger auf der Suche sind.«

»Nämlich?«

»Den Sinn des Lebens.«

Zweifelnd blickte er sie an. »Mit einem Friedhof verbinde ich ausnahmslos Verlust, Trauer und den Tod. Nichts, worin ich einen Sinn erkenne.«

»Sterben ist ein unabdingbarer Teil des Lebens, und an einem Grab werden wir am stärksten mit unserer Endlichkeit konfrontiert.«

Jette schaltete ihre Kamera ein und öffnete die Aufnahmen. Hunderte von Grabinschriften, die sie im Laufe ihrer Recherche zusammengetragen hatte. Die letzte hatte sie erst heute Mittag auf dem Gellerhäger Friedhof hinzugefügt. Aber das hatte noch Zeit.

Schnell drückte sie eine Reihe von Bildern zurück und reichte ihm die Kamera. »Mein Protagonist kommt auf dem Friedhof mit Menschen in Berührung, die in ihrem Wesen und ihrem Äußeren nicht unterschiedlicher sein können, und doch vereint sie alle das gleiche Schicksal: Sie haben verloren, was ihnen am liebsten war.«

Während Richard sich schweigend durch die Fotos klickte, fuhr sie fort, ließ ihn dabei jedoch keine Sekunde aus den Augen. »Jeder von ihnen hat seine eigene Geschichte, seine eigene

Weise, dem Tod zu begegnen … Wut, Verzweiflung, Schuldgefühle, Einsamkeit. Der Schmerz des Verlustes ist ein seelischer Ausnahmezustand, der in seiner Ausprägung und seiner Dauer völlig verschieden ist.«

Er nickte, ohne aufzusehen, doch Jette war nicht sicher, ob er ihren Ausführungen tatsächlich folgte. Immer wieder vergrößerte er die Aufnahmen, um die Inschriften der Gräber zu entziffern. Namen von Toten, die für ihn nicht von Bedeutung waren. Bis auf einen. Vielleicht.

»Aber alle diese Menschen, von deren Schicksalsschlägen mein Protagonist auf dem Friedhof erfährt, haben eine Gemeinsamkeit: Die Trauer, die sie durchleben, verändert sie. Sie nehmen ihren Alltag und ihre Mitmenschen wieder bewusster wahr, setzen andere Maßstäbe und entwickeln einen Blick für das Wesentliche.«

Richard schaute auf, und als er antwortete, wusste sie, dass er ihr zugehört hatte. »Der Sinn des Lebens ist das Leben selbst.«

»Mein Held hätte es nicht besser sagen können.« Jette lächelte und nahm einen Schluck von ihrem Wein.

Richard klickte noch einige Aufnahmen weiter, dann packte er die Kamera zur Seite. Seine Hand blieb darauf liegen. »Sind es wahre Schicksale, um die es in deinem Roman geht?«

»Nein.« Jette schüttelte kurz den Kopf. »Es gab natürlich während meiner Recherchen die eine oder andere Begegnung, doch die Menschen in meiner Geschichte sind vollkommen fiktiv. Diese Grabinschriften sind für mich eine Art Inspiration gewesen. Sie verraten einem viel über das Leben der Verstorbenen, aber auch über das ihrer Hinterbliebenen.«

»Wie weit bist du mit dem Buch?«

»Weniger weit, als ich es mir vorgenommen habe.« Sie grinste schief. »Ich hoffe, Isa ist eine geduldige Verlegerin.«

Er nickte stumm mit gedankenverlorenem Blick. Jette vermutete, dass er an Stöbsands Bildband dachte. *Laut Isa Wienke sind es die Verkaufszahlen weniger.* Unweigerlich überlegte sie, ob die Loyalität der Verlegerin zu Philipp Stöbsand erste Risse bekam.

»Darf ich dir eine persönliche Frage stellen?«, sagte Richard plötzlich in sein Schweigen hinein.
»Angesichts meiner Direktheit von vorhin hast du wohl jedes Recht dazu.«
»Wovon lebst du eigentlich?«
»Ich habe vom Schulamt ein Sabbatjahr bewilligt bekommen.«
»Du bist Lehrerin?«
»Ja, ich unterrichte Deutsch und Geschichte an einem Gütersloher Gymnasium«, gab sie lachend zur Antwort. »Aber wie du das sagst, klingt es beinahe, als wäre es ein Vergehen.«
Mit den Fingern strich er grübelnd über den dunklen Bart. »Nein ... es ist eher ... ein Déjà-vu.«
Jette hakte nicht nach, woher dieses Gefühl kam. Vermutlich hing es mit seinem verpassten Zeitpunkt zusammen.
Richard blickte sich erneut forschend im Anhänger um. Aber diesmal wirkte sein Interesse konkreter. »Und warum ziehst du zum Schreiben ausgerechnet in einen ausrangierten Wohnwagen? Noch dazu bei eisigem Ostseewind und klirrender Kälte?«
Es war eine Frage, für die sie sich schon vor Wochen eine einigermaßen überzeugende Antwort zurechtgelegt hatte. Eine Antwort, die die meisten Menschen nur äußerst selten aus Schamgefühl hinterfragten. Auch Isa Wienke hatte es nicht getan.
»Mein Psychotherapeut hielt das für einen Erfolg versprechenden Therapieansatz bei einem Burn-out.«
Richard senkte den Blick auf die Kamera, und für einen kurzen Moment fühlte Jette sich in ihrer Annahme bestätigt. Doch dann schaute er sie völlig unbefangen an.
»Schüler oder Kollegen?«
»Wie bitte?«
»Ich meine, wer ist für deinen Burn-out verantwortlich? Sind es eher die Schüler oder die Kollegen?«
»Von beiden gleich viel«, äußerte sie sich vage und hoffte, er würde ihre ausweichende Antwort als dringende Bitte um einen Themenwechsel verstehen. Aber so leicht wollte er es ihr offenbar nicht machen.

»Was ist mit deiner Familie?« Richard hielt kurz inne. »Deinem Mann? Deinen Kindern? Was sagen die zu dieser Auszeit?«

»Es gibt niemanden, der mich vermisst.« Jette setzte sich aufrecht und legte die Unterarme auf den Tisch ab. »Nicht mehr.«

Neugierig sah er sie an. »Berufliche wie private Rückschläge. Dann trägt der Friedhofsgärtner also autobiografische Züge der Autorin?«

»Es ist Teil der Therapie.«

»Für die Isa Wienke deinem Therapeuten sehr dankbar ist.« Endlich nahm Richard die Kamera wieder in die Hand. »Sie hat große Erwartungen an dich.«

»Ich hoffe, ich werde sie nicht enttäuschen.«

»Wirst du bestimmt nicht«, sagte er lächelnd und widmete seine Aufmerksamkeit erneut den Fotos. Mit dem Daumen der rechten Hand betätigte er die Auswahltaste, um sich die restlichen Aufnahmen anzusehen. Bis er bei der letzten angelangt war, konnte es nicht mehr allzu lange dauern. Jette stützte das Kinn in die Hand und versuchte in seinem Gesicht zu lesen, was der Blick darauf in ihm auslösen würde.

Klack. Vier.

Klack. Drei.

Klack. Zwei.

Klack.

Sie hatte ins Schwarze getroffen.

Mit geweiteten Augen starrte er auf Annikas Grabstein. Seine Miene war wie versteinert. Richard wusste, wer sie war. Nun lag es an ihr, herauszufinden, wie viel Stöbsand von seinem schmutzigen Geheimnis preisgegeben hatte.

»Alles okay?«

Er riss den Kopf hoch. »Entschuldige ... hast du etwas gefragt?«

»Ich wollte wissen, ob alles in Ordnung ist.«

»Ja, sicher.« Er legte die Kamera beiseite. »Es ist nur ...«

»Nur was?«

Er deutete auf das Display. »Sie ist tot.«

»Ich weiß«, sagte Jette bedeutungsvoll.

Kurz starrte er sie verwirrt an, dann schien er den Sinn ihrer Worte zu begreifen. »Ich meinte, dieses Mädchen wurde ermordet.«

»Du kanntest sie?«

»Nein.«

Es war die Antwort, mit der Jette inzwischen gerechnet hatte. Zu ihrer eigenen Überraschung fühlte sie sich jedoch erleichtert und nicht enttäuscht.

»Trotzdem scheint dich ihr Tod …«, sie suchte nach einer passenden Formulierung, »… zu beschäftigen.«

»Stimmt«, murmelte er und kniff angestrengt die Augen zusammen, sagte aber nichts weiter.

Jette wartete. Sie durfte ihn nicht mit ihren Fragen bedrängen.

Nach einer Weile fuhr er fort: »Philipp stand unter dringendem Tatverdacht, Annika Schoknecht getötet zu haben. Man hatte die beiden unmittelbar vor dem Mord zusammen auf einem Strandfest gesehen.«

»Das reichte für eine Festnahme?«

»Nein, das allein war es nicht. In seinem Wagen wurde ein USB-Stick mit Nacktfotos des Mädchens gefunden, die Philipps Kamera zugeordnet werden konnten.«

»Wurden die Fotos in seinem Ferienhaus aufgenommen?«

»Bitte?« Richard musterte sie verwundert. Wahrscheinlich fragte er sich, wieso sie sich für das Ambiente interessierte, statt über die Art der Bilder schockiert zu sein. Sie ermahnte sich zur Vorsicht. Richard durfte keinen Verdacht schöpfen.

»Ach, ich habe nur laut überlegt«, log Jette schnell und schob zur Ablenkung ihre nächste Frage hinterher. »Da dein Freund auf freiem Fuß ist, gab es sicherlich Beweise, die ihn eindeutig entlastet haben.«

»Philipp hat ein Alibi.« Richard nickte. »Er und Isa Wienke sind direkt nach dem Strandfest ins Kapitänshaus.«

Isa. Schon heute Mittag im Verlagsbüro hätte sie darauf gewettet, dass sie Stöbsand jedes Alibi der Welt verschaffen würde.

Fragend sah Jette ihn an. »Wieso hat er nicht in seinem Haus übernachtet?«

»Philipp war betrunken. Deutlicher ausgedrückt: Er war hackevoll. Isa Wienke hielt es für angebrachter, ihn im Auge zu behalten.«

Jette grinste. »Dann war er also ohne eine *Gelegenheit* da?«

»Ich denke schon, ja«, erwiderte Richard mit einem Schmunzeln.

»Du denkst?«

»Philipp hat mir nie von der Sache erzählt.« Richard wurde wieder ernst. »Erst heute habe ich von der Untersuchungshaft und den Vorwürfen gegen ihn erfahren. Allerdings weicht er mir auf meine Fragen zu dem Thema aus.«

Warum wohl?, dachte sie voller Verbitterung und drehte ihr Weinglas am Stiel hin und her. »Für mich hört es sich an, als wäre Philipp Stöbsand die Sache mit den Fotos äußerst unangenehm. Anscheinend kannte er das Mädchen näher, als es für einen Mann in seinem Alter angemessen ist.«

»Der Ansicht ist Bert auch.«

»Bert?«

»Bert Mulsow. Der Polizist, von dem ich vorhin gesprochen habe.«

»Und welcher Ansicht bist du?«

Jette bemerkte ein kurzes Zögern, trotzdem schüttelte er den Kopf. »Ich kenne Philipp mein halbes Leben.«

»Machst du es dir damit nicht zu einfach?«, sagte sie scharf.

Richard blickte sie lange an, ehe er antwortete. »Tue ich das nicht auch, wenn ich es als gegeben hinnehme?«

Verflixt! Wieso konnte sie nicht ihre Klappe halten? Sie durfte das bisschen Vertrauen, das sie errungen hatte, nicht gleich wieder zerstören. Denn dass Stöbsand ihm nie von Annika erzählt hatte, kam Jette einem Geständnis gleich. Es hätte unweigerlich zu vielen hässlichen Fragen geführt, auf die Richard eine Antwort hätte haben wollen. Unbequeme Fragen, die den Mann schon einmal in Bedrängnis gebracht hatten. Erneut ermahnte sie sich zur Geduld.

Jette sprang auf. »Ich könnte uns noch einen Kaffee kochen.«

»Nein, vielen Dank«, lehnte er ab und zog ungelenk die langen Beine unter dem Klapptisch hervor. »Ich mache mich besser auf den Weg.«

Sie war zu weit gegangen.

Mit gesenktem Blick schlich sie zur Schlafnische, überlegte fieberhaft, was sie sagen sollte. Sich entschuldigen, ihn bitten zu bleiben? Ihr Kopf war leer. Als sie sich wieder umdrehte, war Richard bereits bei der Tür. Jette reichte ihm den Mantel. Betreten standen sie sich gegenüber. Dann sagte sie, was ihr als Erstes einfiel. »Es wäre schön, wenn wir in Verbindung bleiben.«

»Das werden wir«, sagte er und lächelte. »Ich möchte ja schließlich erfahren, ob der Friedhofsgärtner am Ende auch findet, wonach er sucht.«

Und zum zweiten Mal an diesem Abend fühlte Jette sich seltsam erleichtert.

9

Isa holte den Laubbesen aus dem Geräteschuppen und ging die Auffahrt des Kapitänshauses hinunter. Fünf Schritte weiter blieb sie stehen und machte sich daran, mit ruhigen, gleichmäßigen Bewegungen die blassgelben Ahornblätter auf dem Granitpflaster zusammenzuharken. Im Gegensatz zu Sven, der sich gern darum drückte, mochte sie diese Arbeit. Laubharken hatte für sie etwas Entspannendes, fast Meditatives. Nach und nach flossen ihre wirren Gedanken ineinander und begannen, sich zu einem klaren Bild zu ordnen. Wie das welke, verwehte Laub, das am Ende sauber geschichtet auf einem Haufen lag. Aber bereits nach wenigen Minuten merkte Isa, dass es heute nicht funktionieren würde. Sie stützte sich auf den Laubbesen und blickte zum Saaler Bodden, über dem sich ein trüber, wolkenverhangener Novemberhimmel wölbte. Gellerhagen zeigte sich mal wieder von seiner unwirtlichen Seite.

Als Isa am Morgen kurz das Büro verlassen hatte, um bei ihrem Vater im Restaurant vorbeizuschauen, war sie geradewegs in die Arme der Museumsleiterin gestolpert. Auf ihre speziell charmante Art hatte sie Isa zu verstehen gegeben, dass Philipp doch bitte sein Trinkverhalten überdenken möge. Eine Zusammenarbeit sei so nicht mehr tragbar, was im Hinblick auf eine weitere Ausstellung doch äußerst bedauerlich wäre. Mit einem genuschelten »Ich rede mit ihm« war Isa weitergezogen. Sie hatte ein gravierenderes Problem als Philipps elende Sauferei: Richard Gruben.

Seit der Professor gestern Nachmittag das Kapitänshaus verlassen hatte, war sie von einer inneren Unruhe getrieben. Die fraß sich immer tiefer in jede Faser ihres Körpers. Ihr Herz raste, ihr Atem ratterte unkontrolliert. Angestrengt sondierte sie jedes Geräusch um sich herum, das sie nicht zuordnen konnte. Sobald das Telefon läutete, zuckte Isa von Panik ergriffen zusammen. Eine lähmende Angst hatte sie erfasst, die sie für längst besiegt gehalten hatte. Immerhin hatte sie sich mit jeder Woche, jedem Monat, die nach dem schrecklichen Sommer verstrichen waren, sicherer gefühlt. Es hatte sogar Tage gegeben, an denen Isa den Alptraum komplett ausblenden konnte. Ihr Leben war wieder in Takt gekommen, und sie funktionierte wie gewohnt.

Bis der Professor an ihrem Küchentisch gehockt und sie mit Fragen über Annika gelöchert hatte.

Richard Gruben war anzumerken gewesen, dass ihre Antworten ihn keineswegs zufriedengestellt hatten. Sie hätte nicht so hitzköpfig reagieren dürfen, seine Zweifel restlos zerstreuen müssen. Jetzt würde der Professor sie alle weiter mit der alten Geschichte bedrängen, und Isa wollte sich nicht ausmalen, was Philipp im Suff womöglich ausquatschte. Überhaupt wunderte sie sich – wie Richard Gruben selbst –, dass er seinem Freund bis heute nichts erzählt hatte.

Was hat es eigentlich mit dem Schal auf sich?

Verflucht! Sie könnte sich ohrfeigen, dass sie Philipp die Fotos vom Weststrand nicht nachdrücklich genug ausgeredet hatte. Es war ein zu großes Risiko, das sie niemals hätte eingehen dürfen, und nun bekam sie die Quittung für ihre Nachlässigkeit. Richard Grubens Beharrlichkeit würde sich langsam, aber stetig in die vernarbte Wunde bohren und wieder zutage fördern, was sie für immer vergessen wollte. Annikas Tod, Philipps Tobsucht, ihre Lügen.

»Isa!«

Sie sah sich um. Oben auf der Straße stand Philipp. Verärgert rüttelte er mit beiden Händen an der Gartenpforte. Augenfällig hatte er Probleme, die Falle zu öffnen.

»Was ist das für ein Scheißding?«, fluchte er laut.

»Warte, ich komme«, rief sie ihm zu und lehnte den Laubbesen gegen die Hauswand. Während Isa die Auffahrt hinaufging, musterte sie ihn nachdenklich. Vielleicht hatte sie es bis jetzt nie sehen wollen. Aber nun fiel ihr auf, wie sehr Philipp sich verändert hatte. Natürlich war er, obwohl er älter und das Haar dünner geworden war, immer noch ein gut aussehender Mann. Doch in seinem Gesicht hatten die Ereignisse der letzten Jahre ihre Spuren hinterlassen. Die Augen wirkten stumpf und entzündet, die aufgedunsene gelbliche Haut war mit roten Äderchen durchzogen. Er schien vom Leben ausgezehrt. Und vom Alkohol verbraucht.

»Kann Sven das nicht reparieren?« Philipp trat einen Schritt beiseite, als Isa am Zaun angelangt war. »Das würde mich kirre machen.«

»Die Falle ist nicht kaputt«, sagte sie beschwichtigend. »Sie hat nur so einen Mechanismus, dass das Tor nicht bei der kleinsten Windböe von allein aufweht.«

Isa öffnete die Pforte und ließ Philipp auf das Grundstück. Sie ignorierte seine Fahne. Wie sie es immer getan hatte. Stattdessen schaute sie ihn neugierig an. »Wie komme ich zu der Ehre, dass du mir einen Besuch abstattest?«

»Darf ich meine Verlegerin nicht grundlos besuchen?«

Du darfst, tust es nur nie, dachte sie voller Groll. Sie setzte zu einer Erwiderung an, doch Philipp winkte bereits ab.

»Ich will euch zum Essen einladen«, sagte er und rieb sich dabei die Finger. Offenbar hatte er sie sich bei dem Versuch, die Pforte zu öffnen, geklemmt. »Thomas kommt vorbei.«

»Thomas? Ich denke, er ist in den Urlaub gefahren.«

»Er musste ihn vorzeitig abbrechen«, erklärte Philipp. »Es gab wohl eine größere Panne mit dem Buchungssystem seiner Ferienhausvermietung, und die Schwachköpfe kriegen das nicht ohne ihn geregelt.«

Isa stöhnte innerlich auf. In ihrer jetzigen Verfassung war sie wenig erpicht, den Abend auch noch mit Thomas Dahlke zu verbringen. Neben der Ferienhausvermietung besaß er in Niederwiek eine eigene luxuriöse Anlage gleich hinter dem Strand. Vermutlich würde der aufgeblasene Wichtigtuer unentwegt über die Unfähigkeit seiner Mitarbeiter lamentieren. Isa hatte nie verstanden, wieso Philipp sich überhaupt mit ihm abgab. Heute noch weniger als früher.

Dazu bedeutete ein gemeinsames Abendessen auch, dass sie erneut mit dem Professor an einem Tisch sitzen musste.

»Was ist nun?« Philipp betrachtete missmutig seinen verschrammten Daumen. »Schafft ihr beide es, gegen sieben im Ferienhaus zu sein?«

»*Du* willst selbst kochen?«

Er sah sie eher verwundert als gekränkt an. »Ich kann das durchaus. Hast du das vergessen?«

Natürlich war ihr das nicht entfallen. Philipp hatte schon immer gern gekocht. Nur in letzter Zeit nicht mehr, soweit sie wusste. Und sie hielt sich nun mal sehr ungern im Lotsenweg auf. Wenn es sich irgendwie einrichten ließ, mied sie die Straße vor seinem alten Ferienhaus. Isa hatte dort stets das Gefühl, einem Geist der Vergangenheit zu begegnen, als würde der jeden ihrer Schritte, jede einzelne Regung ununterbrochen durch die Fenster verfolgen. Wie sollte sie da auch nur einen Fuß in das Haus setzen?

»Nein, natürlich weiß ich das«, beeilte sie sich zu sagen. Sie merkte, wie Philipp sie argwöhnisch beobachtete. »Ich dachte bloß, wir würden ins ›Meerblick‹ gehen.«

»Ich will unser Wiedersehen anständig feiern, Isa! Ich habe keine Lust, mir jedes Glas Whiskey von Helmuts Blicken vermiesen zu lassen.«

Genau das wäre der Moment, Philipp von der unverblümten Drohung der Museumsleiterin zu erzählen. Wenn er es nicht schaffte, seinen Alkoholkonsum zu zügeln, waren Ausstellung und Führungen im Kunsthaus Geschichte, bevor sie überhaupt richtig begonnen hatten. Doch wieso sollte ausgerechnet sie seinen Zorn auf sich laden? Diese undankbare Aufgabe konnte jemand anderes übernehmen. Vielleicht sollte sie es dem Professor beim Essen stecken.

»Wer ist das denn?«, fragte Philipp plötzlich. Mit verengten Augen stierte er Richtung Bodden.

Sie folgte seinem Blick und entdeckte Jette. Sie war gerade aus der Hintertür getreten und lief durch den Garten auf den Wohnwagen zu. Isa überlegte angestrengt. Vermutlich wäre es das Klügste, seine Frage mit »Nur eine Urlauberin« abzutun. Aber sie hatte die Warnung ihres Mannes noch deutlich in den Ohren. Nach dem, was gestern im Büro vorgefallen war, würde

Sven es schon als Einmischung betrachten, die zwei einander nicht vorzustellen. Abgesehen davon kannte sie auch Philipp. Er würde sich mit dieser Antwort niemals zufriedengeben. Seit Sven und sie den Ferienhausbau nach dem Betonieren der Fundamente abgebrochen hatten, diente ihnen der Platz lediglich als Stellfläche für den Anhänger. Philipp wusste, dass sie keine Urlaubsgäste darin beherbergten. Zudem klang es für Anfang November wenig plausibel.

Kurzerhand entschied Isa sich für die Wahrheit.

»Jette Herbusch«, sagte sie. »Sie ist Autorin und bei mir unter Vertrag. Ich hab ihr unseren Anhänger zur Verfügung gestellt, damit sie in den nächsten Monaten in Ruhe ihren Roman zu Ende schreiben kann.«

»Du machst Witze.«

»Nein.« Isa schüttelte den Kopf. »Jette hat echt Talent. Wir haben uns auf der Buchmesse kennengelernt.«

»Na, die schaue ich mir mal genauer an.« Philipp reckte die Hand in die Luft. »Hallo?«

Jette, die mittlerweile am Wohnwagen angekommen war, drehte sich um.

»Hätten Sie mal einen Moment?«

Er bedeutete ihr handwedelnd, näher zu kommen, nur zeigte die Geste zu Isas Überraschung wenig Wirkung. Jette Herbusch verharrte wie in Stein gemeißelt auf der Stelle.

»Die lässt sich ja vielleicht bitten«, grummelte Philipp und setzte sich in Bewegung.

Fast hätte Isa im Reflex den Arm ausgefahren, um ihn zurückzuhalten, doch bekam sie sich noch rechtzeitig unter Kontrolle. Er hätte es nicht verstanden. *Wie sollte er auch?* Philipp war völlig ahnungslos.

Isa rannte ihm hinterher. Das Atmen fiel ihr Schritt für Schritt schwerer. Jeder Meter, dem Philipp sich dem Anhänger näherte, schien ihr die Luft ein Stückchen weiter abzuschnüren. Als sie am Wohnwagen angelangt war, streckte er gerade überschwänglich die rechte Hand aus. »Philipp Stöbsand. Ich bin ein Freund von Isa.«

Sie hätte erwartet, Jette Herbusch würde die Begrüßung mit einem breiten Strahlen im Gesicht erwidern. Doch sie schob die Hände in die Vordertaschen ihrer Jeans und blickte ihn abweisend an. Tja, dachte Isa, entweder hatte sie sich, was das Beuteschema ihrer Autorin anging, gründlich geirrt, oder Philipp hatte sich mit seiner Schnapsfahne selbst ins Abseits geschossen.
»Ich weiß«, sagte Jette schließlich.
Ihre Antwort irritierte Isa. Nicht die Worte selbst, sondern die Art, wie Jette sie betonte. Aber sie hatte keine Zeit, darüber nachzudenken, denn Philipp fing an, den Snob herauszukehren.
»Und Sie wollen die Schreiberling-Nummer wirklich *da* drinnen durchziehen?« Er wies auf den Wohnwagen und beäugte dabei abschätzig Jette Herbuschs rot-blauen Strickpullover und die ausgewaschene Jeans.
»Wenn ich nicht gestört werde.«
»Oh, halte ich Sie von der Arbeit ab?« Philipp grinste süffisant.
»Entschuldigen Sie vielmals.«
»Kein Problem.«
Philipp verstand die Floskel als Aufforderung zum Weitermachen und riss ungefragt die Wohnwagentür auf. Mit einem geringschätzigen Blick spähte er hinein. Jettes Kiefer mahlten nervös.
»Bei allem Respekt, Frau Herbusch, aber wenn es in den nächsten Monaten stürmt und schneit, friert Ihnen in dem Ding Ihr hübscher Hintern ab.«
Jette entgegnete nichts. Sie wirkte immer noch wie versteinert, die Lippen blutleer wie ihr Gesicht. War sie vielleicht krank?
Philipp zog den Kopf aus der Tür. Belustigt sah er Jette Herbusch an. »Sie wissen schon, dass das ein wenig gaga ist.«
»Nicht mehr, als den Museumsführer zu spielen.«
Philipps Reaktion überraschte Isa. Er lachte. Laut und kraftvoll schallten die kehligen Laute über den Bodden. Jeden anderen hätte er im Normalfall für diesen Kommentar gemaßregelt. Aber er schien es Jette Herbusch nicht krummzunehmen. Isa spürte, wie sie augenblicklich zu schwitzen begann.

»Isa hat recht, Sie besitzen wirklich Talent, das muss man Ihnen lassen«, sagte Philipp, als er sich wieder eingekriegt hatte.

Endlich erwachte Jette aus ihrer Starre. Sie fasste nach dem Einstiegsbügel und trat auf die erste Stufe.

»Wie sieht es aus?«, flötete Philipp ihr hinterher. »Kommen Sie heute Abend zum Essen zu mir? Eine kleine Feier unter Freunden.«

Isa sah ihn bestürzt an. Das meinte er nicht im Ernst.

»Es wäre doch eine gute Gelegenheit, Ihrem Eremitendasein für ein paar Stunden zu entkommen.«

Jette Herbusch hielt inne und blickte sich um. Erleichtert atmete Isa auf. Der Ausdruck in ihrem Gesicht ließ keine Zweifel darüber, dass sie Philipps Einladung ausschlagen würde.

Doch sie hatte sich getäuscht.

»Einverstanden. Ich komme gern.«

»Ausgezeichnet.« Philipp schlug den Kragen seiner Jacke hoch. »Sieben Uhr. Isa kann Ihnen den Weg erklären.«

Er streckte das Kinn aus, bedeutete ihr, dass er zurückgehen wollte. Philipp Stöbsands Gastspiel war beendet. Er hatte sich schon halb abgewandt, als er Jette plötzlich mit einem seltsamen Blick fixierte. »Kann es sein, dass wir beide uns von irgendwoher kennen?«

Gott, jetzt fängt er auch noch damit an, dachte Isa gereizt. Es reichte, dass ihr Mann Gespenster sah.

»Nein, daran würde ich mich erinnern«, antwortete Jette Herbusch tonlos und schloss die Wohnwagentür hinter sich.

Schweigend liefen sie zur Auffahrt hoch. Philipps Heiterkeit schien verpufft. Gedankenverloren blickte er auf den ausgetretenen Rasen. Isa fragte sich, ob er Jettes Reserviertheit bemerkt hatte. Das würde sein Verhalten erklären.

Sie waren an der Gartenpforte angelangt. Rasch öffnete Isa die Falle, damit er mit seinem Gezeter nicht wieder die halbe Nachbarschaft störte. Philipp trat auf die Straße. Sie dachte, er würde grußlos davonziehen. Doch er blieb und starrte auf das stahlgraue Wasser des Boddens. Ein düsterer, melancholischer Zug lag auf seinem Gesicht.

»Weißt du, Isa, manchmal denke ich, dass es doch noch eine Chance –«

»Nein!«, fuhr sie ihm laut dazwischen. »Es ist zwecklos. Das weißt du.«

Drei Sekunden darauf fühlte Isa ihr Herz wieder schlagen.

10

Richard Gruben joggte auf dem Steilküstenweg in Richtung Gellerhagen. Etwa fünfzehn Meter unter ihm schlugen die Wellen krachend gegen den Strand, weiße Gischt sprühte auf den Kamm. Es roch nach Salz und angespülten Algen. Eine klare, kalte, unverbrauchte Luft. Der Weg machte eine leichte Biegung. Im dämmernden Nachmittagslicht erspähte er den mit Brettern zugenagelten Kiosk, von dem er seine Laufrunde gestartet hatte. An einer Bank davor blieb er stehen. Ein feiner Brandungsnebel wehte vom Wasser herauf. Richard inhalierte tief und stieß die Luft wieder aus. Sein Atem dampfte in weißen Wolken. Er stützte sich auf die Bank, dehnte Waden und Oberschenkel und lief anschließend in gemäßigtem Tempo zum Ferienhaus zurück.

Als er vor einer knappen Stunde zum Joggen aufgebrochen war, hatte er noch mit dem Gedanken gespielt, am Abend zu Jette zu gehen. Er wollte sich gern bei ihr für das Essen revanchieren. Doch auf halber Strecke hatte Richard den Plan verworfen, sie spontan ins »Meerblick« einzuladen, und entschieden, ein Wiedersehen mit Jette Herbusch einfach dem Zufall zu überlassen. Nicht ihretwegen. Im Gegenteil. Wären sie sich anderswo über den Weg gelaufen, hätte er die Einladung vermutlich schon gestern Abend ausgesprochen. Nein, was ihn davon abhielt, hatte vielmehr damit zu tun, dass er allmählich anfing, bei seinen Besuchen an der Ostsee ein leicht befremdliches Verhaltensmuster aufzuzeigen. Richard konnte Philipps frotzelnden Kommentar bereits hören, wenn er von dem gestrigen Abend erfuhr: »Eine Braut in jedem Hafen.«

Keine Frage. Er sollte den Zufall darüber entscheiden lassen.

Die Straße zum Ferienhaus kam in Sichtweite. Ein letztes Mal zog er die Geschwindigkeit an. Nach gut dreißig Metern hatte er das Grundstück erreicht. Richard passierte das offen stehende Tor und erblickte einen roten Sportwagen, der neben seinem

Volvo parkte. Grübelnd lief er die Auffahrt weiter. Philipp hatte nicht erwähnt, dass er Besuch erwartete. Aber wenn er es sich recht überlegte, hatten sie seit dem gestrigen Frühstück auch kaum miteinander gesprochen.

Nach seiner Rückkehr gestern Abend war Philipp endlich wieder im Ferienhaus aufgetaucht. Er war zwar betrunken gewesen, konnte zu Richards Erleichterung aber einigermaßen aufrecht stehen. Irgendwann um die Mittagszeit war Philipp dann aus dem Bett gekrochen. Er hatte geduscht, mürrisch seinen Kaffee geschlürft und kurz darauf mit dem Satz »Ich gehe zu Isa« das Ferienhaus verlassen.

Richard war an der Eingangstür angelangt, trat sich die Laufschuhe ab und drückte die Klinke hinunter. Der Geruch von gebratenem Fleisch schlug ihm entgegen. Er sperrte die Tür hinter sich zu und spähte neugierig in die Küche. Philipp stand am Herd und hantierte mit Kochlöffel, Töpfen und Pfannen. Laut summte er vor sich hin, eine rot karierte Schürze um den Bauch gebunden. Augenscheinlich war er ausgezeichneter Stimmung.

»Gibt es was zu feiern?« Zögernd kam Richard näher, bemüht, nicht zu sehr auf die offene Flasche Rotwein und das halb volle Glas auf der Arbeitsplatte zu starren.

Überrascht hob Philipp den Blick von den Töpfen. Er hatte ihn nicht kommen hören. »Nur ein bescheidenes Essen unter Freunden«, sagte er grinsend.

Richard deutete auf die Berge von Lebensmitteln und Verpackungen auf dem Küchentisch. »Demnach hätte ich gemeint, eine deiner Besuchergruppen würde mit uns essen.«

»Vielleicht beim nächsten Mal.«

»Was gibt es denn?«

Philipp tunkte den hölzernen Kochlöffel in eine Schmorpfanne, füllte etwas von dem Bratenfond auf und hielt diesen Richard entgegen. »Probier!«

Er pustete einige Male, bevor er der Aufforderung folgte. »Und?«

Richard leckte sich die Lippen. »Irgendwas mit Fleisch?«

»Kulinarischer Hinterwäldler.« Philipp schüttelte lachend den

Kopf und stellte die Pfanne in den Ofen. Plötzlich wurde die Verbindungstür zum Wohnzimmer aufgeschoben.

»Diese Vollidioten haben es tatsächlich geschafft ...« Der Mann brach ab, als er den Neuankömmling in der Küche bemerkte.

Philipp, der gerade Wein in den Bratenfond goss, schaute auf. Er fuhr den freien Arm aus und zeigte auf Richard. »Mein Mitbewohner.«

»Ah, der Herr Professor!« Mit übertriebenem Lächeln eilte der Mann auf ihn zu. »Thomas Dahlke.«

»Richard Gruben.« Er schlug in die ihm dargebotene Hand ein. Dahlke war ein durchtrainierter Typ mit hellen Augenbrauen und millimeterkurz rasierten Haaren. Etwa so groß wie er selbst, eher Ende als Mitte vierzig, leicht gebräunte Haut – Solarium oder Kanarische Inseln. Zur Edeljeans trug er einen himmelblauen Pullover mit V-Ausschnitt. Richard stand fraglos der Besitzer des roten Sportwagens gegenüber.

»Entschuldigen Sie bitte meine Wortwahl, Professor Gruben«, sagte Dahlke und fuchtelte dabei mit dem Smartphone herum, »aber das Buchungssystem meiner Ferienhausvermietung macht seit Tagen Probleme, und diese unqualifizierte IT-Firma mit überdurchschnittlichem Stundensatz hat das System nun komplett zum Absturz gebracht. Niemand kann buchen oder stornieren. Eine Zumutung für meine Urlaubsgäste.«

»Zur Not gibt es ja noch das Telefon«, meinte Richard.

Dahlkes Mundwinkel zuckten auf und ab, bevor er sich für ein verkrampftes Lachen entschied. »Danke für den Tipp.«

»Thomas betreibt seine Ferienanlage übrigens in Niederwiek.« Philipp schloss die Herdklappe und richtete sich auf.

Dahlke sah ihn an. »Sie kennen Niederwiek?«

»Flüchtig.« Richard wollte sich nicht erklären. Teils, weil er hässliche Erinnerungen an den Ort hatte, teils, weil Thomas Dahlke ihm nicht sonderlich sympathisch war.

»Dann sollten Sie unbedingt einen Abstecher machen, während Sie hier sind. Niederwiek ist im Herbst äußerst reizvoll.«

Richard nickte nur und öffnete den Reißverschluss seiner Laufjacke. »Ich spring schnell unter die Dusche«, sagte er an Philipp gewandt.

»Lass dir Zeit damit.« Philipp winkte ab und säuberte sich die Finger in der Schürze. »Die anderen kommen erst gegen sieben.«

Richard stand schon halb in der Diele, da hörte er Dahlke hinter seinem Rücken fragen: »Wen genau bringen Sven und Isa eigentlich mit?«

»So eine durchgeknallte Öko-Tante, die in ihrem Wohnwagen einen Roman schreiben will.«

Das kam so unvermittelt, dass er einige Sekunden brauchte, um eine Verbindung zu Jette herzustellen. Noch vor wenigen Minuten hätte er sich über ein unerwartetes Aufeinandertreffen durchaus gefreut. Aber nun war er nicht sicher, ob ihm das hier gefallen würde. Ein seltsames Unbehagen stieg in ihm auf.

Richard wandte sich um. »Sie heißt Jette. Jette Herbusch.«

»Ihr kennt euch?« Philipp blickte ihn erstaunt an.

»Ich bin ihr gestern im Haus deiner Verlegerin begegnet, als ich nach meinem entschwundenen Mitbewohner gesucht habe.« Das Abendessen behielt er für sich. Sein Freund war angetrunken, und Dahlke ging es nichts an.

»Ich hatte heute Mittag das Vergnügen und konnte einfach nicht widerstehen, Frau Herbusch mit einzuladen«, witzelte Philipp.

Richard schwante nichts Gutes. Er kannte Philipp lang genug, um sich den Grund für diese Einladung denken zu können. Aussteiger wie Jette oder Menschen, die sich für eine alternative Lebensform entschieden, waren in seinen Augen bigotte Heuchler. Sprücheklopfer, die inbrünstig selbstbestimmtes Denken und maximale Freiheit propagierten, aber im Grunde ihre eigene Weltanschauung für die einzig wahre hielten. Eine Diskussion mit Jette würde ihm einen Höllenspaß bereiten.

»Vergiss nicht, sie ist Isa und Sven Wienkes Gast«, sagte er beschwörend.

»Ich bemühe mich.«

»Philipp, reiß dich zusammen!«

Richard verließ die Küche. Er hatte den Fuß auf die erste Treppenstufe gesetzt, da hörte er ihn hinter sich herrufen: »Komm schon, ein bisschen Spaß sei mir vergönnt.«

***

Vier Stunden später waren der Rinderbraten und die schmutzigen Teller abgeräumt. Die anderen am Esstisch waren gerade beim Tiramisu, als Richard mit frisch gebrühtem Kaffee ins Wohnzimmer zurückkam. Er stellte die Stempelkanne dazu und nahm wieder an der Stirnseite Platz.

Rechts von ihm saß Isa Wienke. Links Jette. Obwohl sie deutlich spüren musste, dass sein Blick auf ihr lag, vermied sie es, ihn anzusehen. So, wie sie es den ganzen Abend über getan hatte. Stocksteif hockte sie auf dem Stuhl und stocherte in ihrem Tiramisu herum wie zuvor in dem Rinderbraten auf ihrem Teller. Richard würde darauf wetten, dass Philipp absichtlich Fleisch kredenzt hatte, weil er ihre Einstellung zu diesem Thema ahnte. Aber Jette hatte seine ständigen Anspielungen, ob es ihr denn auch schmecke, höflich nickend über sich ergehen lassen. Vermutlich war ihr schon bei der Begrüßung aufgefallen, dass ihr Gastgeber einige Gläser Wein intus hatte und eine Diskussion um das Essen ihn nur unnötig reizen könnte.

Da Jette gleichzeitig mit den Wienkes am Ferienhaus angekommen war, hatte Richard bisher keine Gelegenheit gehabt, allein mit ihr zu reden und ihr Philipps Alkoholproblem zu erklären. Wahrscheinlich fragte sie sich die ganze Zeit, mit was für einem snobistischen Arschloch er da eigentlich befreundet war. Doch die Erklärungen mussten warten, bis der Abend vorüber war. Ein Abend, der hoffentlich bald und ohne unschöne Zwischenfälle enden würde.

Bereits beim Hauptgang war die Atmosphäre im Wohnzimmer auf eine beinahe unerträgliche Weise angespannt gewesen. Gleich zu Beginn hatte Philipp sich in einen Monolog über die Bedeutung seiner künstlerischen Arbeit für das Kunsthaus und die ganze Halbinsel gestürzt. Thomas Dahlkes Bemühungen, auch die anderen am Tisch in die Unterhaltung einzubeziehen, scheiterten kläglich. Außer Philipp hatte niemand ein Wort gesprochen. Isa Wienke, die Richard an der Tür kaum angesehen hatte, wirkte ungewohnt nervös. Sie konnte kaum still sitzen. Dauernd rutschte sie unruhig auf ihrem Stuhl hin und her, und schon das leiseste Knacken im Haus ließ sie verschreckt aufblicken. Ihre Anspannung war offenbar auch ihrem Mann Sven nicht entgangen, immer wieder blickte er seine Frau fragend von der Seite an.

Die taffe, selbstsichere Isa Wienke war plötzlich ein zitterndes Nervenbündel.

Richard goss sich Kaffee ein und hob die Tasse zum Mund. Voller Argwohn sah er zu Philipp hinüber, der am anderen Ende des Tisches ein drittes Glas Whiskey einschenkte. Vielmehr *sein* drittes Glas. Niemand außer ihm hatte während des Essens Alkohol getrunken. Doch wie üblich störte er sich am Nichttrinken der anderen herzlich wenig. Auch Sven Wienke, der die Whiskeyflasche nach dem ersten Glas demonstrativ in die Küche gebracht hatte, hatte Philipp nicht vom Trinken abhalten können. Er schien fest entschlossen, sich heute Abend bis zur Besinnungslosigkeit zu betrinken.

Und unterwegs seinen *Spaß* zu haben.

»Nun, Frau Herbusch«, Philipp hob feierlich das Glas, »wie kommt es, dass Sie aus Ihren vier kreditfinanzierten Wänden ausgezogen sind, um in einem Wohnanhänger an der Ostsee zu campieren?«

»Ich wohne zur Miete«, sagte Jette emotionslos. Sie wirkte völlig gelassen. Oder vorbereitet?

»Na ja, man gewöhnt sich eben an vieles.« Philipp nahm einen tiefen Schluck und sah sie angriffslustig an. »Aber vergessen wir mal die Haarspalterei. Es interessiert mich nämlich brennend, was Sie dazu bewogen hat, Ihre heimatlichen Gefilde zu verlassen.«

»Der Wunsch nach Entschleunigung.«

»Ah, ich verstehe.« Philipp grinste jovial. »Des Menschen ureigener Drang, sich von den Fesseln der Konsumgesellschaft zu befreien.«

»So pathetisch würde ich es nicht umschreiben. Ich benutze immer noch Laptop und Handy, und mein Brot backe ich mir auch nicht selbst.«

»Also keine Weltverbesserin. Wozu dann die Selbstkasteiung?«

Jette setzte zu einer Erwiderung an, doch Richard kam ihr zuvor. »Philipp, lass gut sein.« Er bedachte ihn mit einem drohenden Blick.

»Was?« Er tat unschuldig. »Frau Herbusch und ich unterhalten uns doch nur.«

»*Du* unterhältst dich.«

Philipp zog eine Grimasse. »Na, na, Professor Gruben, so spitzfindig heute?«

»Bist du morgen Nachmittag im Museum?«, fragte Thomas Dahlke. Er gabelte ein Stück von seinem Nachtisch auf und wechselte einen kurzen Blick mit Richard. Offenbar versuchte er die Situation zu entschärfen, indem er das Gespräch wieder auf Philipps Ausstellung lenkte. Auch wenn Richard den Mann nicht besonders mochte, in diesem Moment war er dankbar für dessen Geistesblitz. Philipps selbstverliebtes Geschwafel war allemal besser, als weiter diese ständigen Provokationen ertragen zu müssen.

Richard lehnte sich nach hinten und beobachtete Isa Wienke, die in Gedanken vertieft zwei Finger auf die Zinken ihrer Dessertgabel presste. Die Kuppen waren schneeweiß, wie abgestorben. Was Philipp hier abzog, schien die Frau überhaupt nicht wahrzunehmen.

»Sicher bin ich im Museum. Wieso fragst du?« Philipp schenkte sich erneut nach, dabei war das Whiskeyglas noch reichlich voll.

»Ich habe um dreizehn Uhr einen Termin in Gellerhagen. Dauert maximal eine Stunde. Danach könnte ich bei dir vorbeischauen.« Dahlke machte ein verlegenes Gesicht. »Ich bin noch immer nicht in deiner Ausstellung gewesen.«

»Dann wird es höchste Zeit, mein Bester. In ein paar Wochen hängen da wieder die vertrockneten Ölschinken von anno dazumal.«

»Abgemacht. Ich komm morgen vorbei.« Dahlke nickte kauend und schwenkte die Gabel. »Ach, was ich dich noch fragen wollte. Hat das Museum sich geäußert, ob es einige deiner Ausstellungsstücke für seine Sammlung erwerben will?«

Philipp grinste herablassend. »Die können sich glücklich schätzen, wenn ich denen überhaupt eine meiner Arbeiten veräußere.«

»Sie verkaufen Ihre Fotos?«, platzte Jette plötzlich heraus.

Richard blickte sie perplex an. Wie alle anderen am Tisch. Sogar Isa Wienke schaute verdutzt von ihrem Dessertteller hoch.

Philipp räusperte sich. »Wie bitte?«

Richard bezweifelte stark, dass er Jettes Frage nicht verstanden hatte. So betrunken war er längst nicht.

»Ich wollte wissen, ob Sie Ihre Ostsee-Fotos auch verkaufen.«

»An *Sie*?«

»Ja.«

Philipp schob das Glas von sich weg und legte die Unterarme auf den Tisch. Bratenspritzer zierten die Ärmel seines rosafarbenen Hemds. »Nichts für ungut, Frau Herbusch. Aber ich bin mir nicht sicher, ob Sie eine Vorstellung davon haben, was man für eines meiner, wie Sie es nennen, *Ostsee-Fotos* hinblättern muss.«

»Nein, habe ich nicht.« Jettes Miene war ohne jeden Ausdruck. »Aber es interessiert mich brennend.«

Die angespannte Stimmung im Wohnzimmer war nun förmlich aufgeladen. Philipp machte ein Gesicht, als hätte er noch Korkbrösel vom Rotwein im Mund. »Also gut, Sie Komikerin. Womit konkret habe ich denn Ihr Interesse geweckt?«

Jette beugte sich leicht nach vorn. Obwohl sie gelassen dreinschaute, klang ihre Stimme gepresst. »Die Fotostrecke vom Darßer Weststrand. Ich finde diese Bilder äußerst beeindruckend.«

»Sie überraschen mich, Frau Herbusch. Kein blutroter Sonnenuntergang für die Mietwohnung mit Südbalkon?«

»Kein Südbalkon, kein Sonnenuntergang.« Jette lächelte dünn und stützte den rechten Ellenbogen auf den Tisch. Vermutlich, um Philipp nicht ständig mit zur Seite gewandtem Kopf ansehen zu müssen. »Nein, im Ernst. Ihre Fotografien vom Weststrand gefallen mir sehr. Sie heben sich von den anderen ab.«

»Das sollten sie auch. Es sind Schwarz-Weiß-Aufnahmen, wie auch Ihnen aufgefallen sein dürfte.«

»Ja, natürlich«, überging Jette die Spitze mit einem eifrigen Nicken. »Aber das meine ich nicht.«

»Sondern?«

»Das farbige Detail in diesen Bildern.«

»Ich wüsste nicht, was daran so bemerkenswert ist.« Über Philipps Nasenwurzel entstand eine tiefe Falte. »Ein Detail, das durch Farbigkeit hervorsticht, ist ein Effekt, der in der Schwarz-Weiß-Fotografie recht häufig angewendet wird.«

»Da haben Sie vollkommen recht.« Wieder nickte Jette zustimmend. »Es geht mir aber nicht um den Effekt an sich, den ich so außergewöhnlich finde. Es ist vielmehr …« Sie hielt mitten im Satz inne.

»Ja …?«

»Das Detail selbst.« Jettes Augen wurden schmal. »Wieso dieser blaue Schal?«

Schlagartig verdüsterte sich Philipps Blick, und in Richard spannte sich jeder Muskel zum Zerreißen an. *Der blaue Schal.* Wieder sah er die missbilligende Miene seines Freundes auf der Vernissage vor sich. Schon da war es ihm vorgekommen, als ob Philipp sich persönlich angegriffen fühlte. Und auch jetzt war ihm deutlich anzumerken, dass er Jettes Frage ebenso als Unverschämtheit betrachtete.

»Mir ist die Lust am Verkaufen vergangen, Frau Herbusch. Vergessen Sie's!«, sagte er grimmig, schnappte sich sein Glas und trank es in einem Zug leer.

»Das würde ich gern«, Jettes Tonfall hatte einen seltsam wehmütigen Klang bekommen, »aber Sie haben meine Frage noch nicht beantwortet.«

Richard starrte sie fassungslos an. Was sollte das? Sie musste doch mitbekommen, wie gereizt Philipp mittlerweile war. Er berührte sie leicht am Ellenbogen, doch sie reagierte nicht darauf. Jette schaute Philipp weiter herausfordernd an.

»Also, Herr Stöbsand, ich höre.«

»Hast du es nicht kapiert? Die Fragestunde ist für dich beendet.« Wütend schleuderte Philipp das Whiskeyglas auf den Dielenboden, wo es splitternd zerbrach. Isa Wienke schrie entsetzt auf.

»Philipp! Komm wieder runter!« Richard schob seinen Stuhl zurück. Er fasste Jette nun an die Schulter, um ihre Aufmerksamkeit zu bekommen, aber sie rührte sich nicht. Ihre Augen waren zu Schlitzen verengt. »Wieso dieser Schal?«, stieß sie heiser hervor.

»Du kleine, miese ...« Philipp fuhr hoch und donnerte die geballte Faust auf den Tisch. Isa Wienke schreckte unter dem harten Schlag mit einem erneuten Aufschrei zusammen. Gläser und Geschirr vibrierten klirrend. Prompt sprang Sven Wienke auf und packte Philipp bei den Armen. Mit ganzer Kraft versuchte er, sich loszumachen, doch Wienke war schneller und hielt ihn im Schwitzkasten.

Allerdings stachelte die Umklammerung Philipp nur noch mehr an. »Lass mich los, du Wichser!«, schnaufte er zornig.

»Du entschuldigst dich bei Frau Herbusch!« Richard funkelte ihn böse an. »Sofort!«

Dabei drückte er Jettes Schulter, die die ganze Zeit wie unbeteiligt dagesessen hatte. Sie schien über Philipps Wutausbruch weder schockiert noch peinlich berührt zu sein. Richard war jedoch sicher, dass ihre Gleichgültigkeit nur aufgesetzt war. Kurz hatte er in ihren Augen einen Ausdruck wahrgenommen, den er sich aber nicht erklären konnte: Hass.

»Los, verschwinde!« Philipp stieß mit dem Fuß nach seinem Stuhl, sodass dieser nach hinten kippte. Nach wie vor versuchte er erfolglos, sich aus Wienkes Klammergriff zu befreien.

»Philipp, es reicht!«, warnte Richard. Doch er wand sich nur umso heftiger und warf dabei auch Dahlkes Stuhl um.

Endlich reagierte Jette. Langsam stand sie auf, als hätte sie alle Zeit der Welt. Dann stellte sie ihren Stuhl akkurat unter den Tisch, was in Anbetracht der aufgeheizten Situation irgendwie grotesk wirkte.

»Ich denke, es wird Zeit, sich zu verabschieden«, sagte sie an Richard gewandt.

»Ich bringe dich zur Tür.«

»Das ist nicht nötig«, wehrte sie ab, ohne ihn anzusehen.

Er hörte nicht auf sie. Zügig ging er in die Diele und schaltete das Licht ein. Wenige Sekunden darauf kam auch Jette und zog die Tür hinter sich zu. Sie blieb stehen. Ihre Blicke trafen sich.

»Ich hätte dich vorhin warnen sollen.« Richard machte einen Schritt auf sie zu. »Es tut mir leid.«

»Du musst dich nicht für ihn entschuldigen«, sagte sie müde, ging an ihm vorbei und trat an die Garderobe, um ihren Parka vom Haken zu nehmen. Schnell kam er Jette zuvor und hielt ihr die Jacke auf. Sie zögerte, schlüpfte dann doch hinein und schloss die Knöpfe von ihm abgewandt.

Gedämpft drangen die Laute aus dem Wohnzimmer in die Diele. Philipps Gebrüll, die Beschwichtigungsversuche der anderen. Als Jette sich wieder umdrehte, bemerkte Richard Tränen in ihren Augen. Sie wollte den untersten Knopf schließen, doch immer wieder rutschte sie ab. Er streckte seine Hand aus und umschloss ihre zappelnden Finger. Sie zuckte unter seiner Berührung zusammen, ließ es aber geschehen.

»Philipp ist Alkoholiker, ein Quartalssäufer«, startete Richard einen Erklärungsversuch. »Er ist krank.«

»Oh ja, das ist er!« Jette lachte laut. Ein mühsames, bitteres Lachen.

»Der Alkohol macht einen komplett anderen Menschen aus ihm.«

Ihre Antwort war ein heftiges Kopfschütteln. »Nein, Richard! Alkohol verändert einen Menschen nicht. Er verstärkt nur die Veranlagungen, die man ohnehin hat. Jemand, der im Suff gewalttätig wird, ist es auch im nüchternen Zustand.«

Jette entzog sich seinem Griff. Der innige Augenblick war verflogen. Mit gesenktem Blick probierte sie erneut, den Knopf einzufädeln. Ihre Hände schienen noch unkontrollierter zu zittern.

Richard versuchte es weiter. »Ich weiß, es klingt klischeehaft, aber Philipp ist keiner, der sonst zu Gewalt neigt.«

»Ach nein?« Jette riss den Kopf hoch. »Wie kannst du dir da sicher sein?«

»Ich kenne ihn.«

Ihre streitsüchtige Miene verschwand, und Traurigkeit trat in ihr Gesicht. »Tust du das wirklich?«

Er schluckte. Seit er in Gellerhagen war, stellte er sich schließlich unentwegt dieselbe Frage. Die Zügellosigkeit, mit der Philipp stocknüchtern auf Andreas Schoknecht eingeschlagen hatte, hatte ihn selbst ins Zweifeln gebracht. Warum also verteidigte er ihn? Hatte Mulsow am Ende doch recht? *Ist es vielleicht eher so, dass du es nicht glauben willst?*

»Du musst aufhören, dir etwas vorzumachen. Stöbsand ist nicht der unbeherrschte, aber harmlose Freund, für den du ihn hältst«, sagte Jette, die zu spüren schien, was in ihm vorging. »Wach auf, Richard!«

»Wach auf?«, echote er. »Was meinst du damit?«

Sie blickte ihn lange an, dann sagte sie: »Verschließ nicht länger die Augen davor, dass Philipp Stöbsand ein Mörder ist.«

»Jette, das ist doch –«

Sie ließ ihn nicht ausreden. »Unsinn?«

»Ja.«

»Herrgott, Richard! Du hast doch eben erlebt, wie er auf mich losgegangen ist! Der Kerl ist nicht zurechnungsfähig.«

»Du hättest Philipp nicht provozieren dürfen.«

Noch bevor ihm die letzte Silbe über die Lippen gekommen war, bedauerte er seine Worte bereits. Der erboste Zug in ihrem Gesicht hatte einem Ausdruck Platz gemacht, den er nicht genau einzuordnen wusste. Er lag irgendwo zwischen Kränkung und Enttäuschung.

Jette senkte traurig den Kopf, angelte eine graue Strickmütze aus der Jackentasche und stülpte sie über die dunkelblonden Haare. Der Kloß in Richards Hals schien auf Tennisballgröße anzuschwellen.

»Jette ... warte.«

Als sie die Tür aufzog, traf sie ein eisiger Luftzug.

»Gute Nacht, Richard.«

Kurz darauf hatte die Dunkelheit Jette Herbusch geschluckt.

11

Schlagartig war sie wach. Hellwach. Jette lauschte in das Dunkel hinein, blinzelte, lauschte wieder. Doch da war nichts. Nur die Windböen, die ungestüm an ihrem Wohnwagen rüttelten. Was hatte sie aus dem Schlaf gerissen? Sie drehte den Kopf zur Seite. Ein weißes, kaltes Licht fiel durch den Spalt im Vorhang. Der helle Streifen führte über den Teppichboden vor dem Bett bis an den kleinen Nachttisch zu ihrer Rechten, wo er die Wasserflasche einfing. Mondlicht, dachte sie erleichtert. Jette erinnerte sich, dass sie im Wohnraum die Rollos nicht heruntergelassen hatte. Sie befühlte die Stirn, ihren Nacken, horchte in sich hinein. Nichts. Kein Schweißausbruch, kein Herzrasen, keine Stimme in ihrem Kopf. Ihr immer wiederkehrender Alptraum hatte sie diese Nacht bisher verschont, da war sie sicher. Also, wieso war sie aufgewacht?

Langsam setzte sie sich auf, tastete nach ihrem Handy auf dem Nachttisch. Das Licht im Display erhellte die Schlafnische. Drei Uhr einundzwanzig. Wolfsstunde. Die Zeit, wo die Gedanken am dunkelsten waren, die langen Schatten nach ihr griffen. Jette seufzte schwer. Jetzt würde sie keinen Schlaf mehr finden. Es half nur eins: aufstehen und sich ablenken. Sie schlug die warme Decke zurück und kletterte aus dem Bett. Auf dem schmalen Gang lagen ihre dicken Wollsocken. Jette gehörte nicht zu den Frauen, die permanent unter kalten Füßen litten, doch der verschlissene Teppichboden kratzte unangenehm unter den nackten Fußsohlen. Sie schlüpfte in den linken Socken, dann in den rechten. Anschließend streifte sie ihren Pullover über, der am Fußende lag. Mit einem Ruck zog sie den bodentiefen Vorhang beiseite. Der weiße Klapptisch leuchtete im Halbdunkel. Auf der Sitzbank schlief Hampus. Sein geschmeidiger Körper war fest zu einer Kugel zusammengerollt. Ohne das Licht einzuschalten, tappte sie durch den Wohnwagen und spähte in der Kochecke aus dem Fenster. Ein fast voller Mond spiegelte sich auf dem dunklen Wasser des Boddens. Das hohe Schilfgras am Ufer schwankte im Wind. Wieder lotete sie die Geräusche aus, konnte jedoch nichts Ungewöhnliches feststellen. War es doch nur ihr alter Traum gewesen? Nein, dachte sie entschieden, ihr Alptraum hatte sie nicht geweckt.

Sie hatte mit ihm zu Abend gegessen.

Ihr Körper schmerzte noch immer von der Anspannung. Die Kiefer, die Schulterblätter, jeder einzelne Muskel. Sie hatte sich derart verkrampft, dass sie im Ferienhaus beinahe vom Stuhl gekippt wäre. Dabei war Jette auf das Aufeinandertreffen vorbereitet gewesen. Nicht wie am Nachmittag, als das Schwein urplötzlich vor ihr gestanden hatte. Ein feistes, selbstgefälliges Grinsen auf den Lippen. Stöbsands Anblick hatte sie getroffen wie ein Blitz. Jette wusste kaum, wie sie es geschafft hatte, überhaupt ein halbwegs vernünftiges Wort herauszubringen. Aber es war ihr gelungen, und ein paar Stunden später hatte sie dem Mistkerl auch sein dämliches Grinsen aus dem Gesicht gewischt.

Eine Windböe schüttelte den Wohnwagen. Trotzdem kippte sie das Fenster an, sie brauchte dringend frische Luft. Im Vorratsschrank fand sie die angebrochene Tafel Milchschokolade. Der Kater hob nicht einmal den Kopf, als sie sich zu ihm auf die Bank setzte. Auch das leise Rascheln des Silberpapiers störte seine Träume nicht. *Beneidenswert.*

Jette brach ein Stück ab und steckte es in den Mund. Langsam ließ sie es auf der Zunge zergehen. Dass Philipp Stöbsand ein Säufer mit niedriger Impulskontrolle war, überraschte sie nicht im Geringsten. Es bestärkte sie sogar in ihrem Vorhaben. Beim Essen hatte sie eine vage Vorstellung davon bekommen, wie es damals abgelaufen sein könnte, wie er sie ... Jette verbot sich den Gedanken. Es würde sie nur herunterreißen, und sie brauchte einen klaren Kopf. Sie musste überlegen, wie sie weiter vorgehen wollte, um Stöbsand aus seiner Deckung zu locken. Das gestern Abend war ein erster, winziger Schritt gewesen. Die Bestätigung, dass sie nur genug Druck auf ihn ausüben musste, dann würde er einen Fehler machen.

Nur: Wie sollte sie das bewerkstelligen? Ohne Richard Gruben? Er schien felsenfest von der Unschuld seines Freundes überzeugt. *Jette, das ist doch … Unsinn? …* Vielleicht sollte sie ihn ins Vertrauen ziehen, ihm die Fakten vor Augen halten. Inzwischen wusste sie doch längst, dass er ein Unbeteiligter und völlig arglos war. Jette schob ein zweites Stück Schokolade in den Mund. Nein, sie konnte Richard nicht einweihen. Auch wenn sie ihn nur wenig kannte, ahnte sie, dass er sich umgehend an die Polizei wenden würde. Und dann? Philipp Stöbsand würde siegessicher lächelnd auf sein Alibi verweisen, und die unfähige Polizei würde das Schwein zum zweiten Mal davonkommen lassen.

Als sie sich erhob, spürte Jette ein Frösteln, das nichts mit der Kälte im Wohnwagen zu tun hatte. Erneut lauschte sie angestrengt ins Halbdunkel. Was versetzte sie so in Unruhe? Schließlich gelangte sie zu der Einsicht, dass ihr lediglich die Begegnung mit Stöbsand in den Gliedern steckte. Sie sollte besser eine ihrer Diazepam-Tabletten einnehmen. Vor dem Zubettgehen hatte sie sich noch dagegen entschieden, aber nun hielt sie es für angebracht, damit sie den Rest der Nacht ohne die ständigen Panikattacken überstand. Und sie sollte das Mondlicht aussperren. Es verstärkte ihre depressiven Gedanken.

Jette beugte sich über den Klapptisch, um das Rollo herunterzuziehen. Gerade als sie nach der Zugschnur greifen wollte, sah sie einen Schatten. Auf der Auffahrt. An ihrem Nissan. Nein. In ihrem Auto. Der Schatten hockte auf dem Fahrersitz.

Da wusste sie, was sie aus dem Schlaf gerissen hatte. Das Einschlagen der Scheibe. Das Klirren hatte sie geweckt.

Wie erstarrt verharrte Jette in der krummen Haltung. Ihr Herz galoppierte. Panisch schnappte sie nach Luft. *Er war hier.* Stöbsand war hier und durchsuchte ihr Auto. Er hatte sie erkannt. Aber wann? Bereits nachmittags am Wohnwagen? *Kann es sein, dass wir beide uns von irgendwoher kennen?* Oder kam ihm die Erkenntnis erst, als sie ihn an seine Vergehen erinnert hatte? Mist, es war vollkommen gleichgültig, wann! Jetzt war Stöbsand vorgewarnt, weil sie zu unvorsichtig, zu voreilig gewesen war.

Ängstlich spähte Jette zu ihrem Nissan. Er hatte sich nun weit über den Beifahrersitz gebeugt. Offenbar, um an das Seitenfach in der Tür zu gelangen. Trotz der hellen Nacht konnte sie aus der Entfernung nur seine schemenhaften Umrisse erkennen. Ein grauer, lautloser Schatten durchwühlte ihr Auto. Ihre Sachen. Ihr Leben. Sein Oberkörper schnellte hoch. Sie wich zurück. Wartete. Eine Minute. Zwei. Er rührte sich nicht. Hatte er sie bemerkt? Tief unter ihrer Haut spürte sie ein Krabbeln. Nach drei weiteren Minuten war sie sich sicher, dass er zu ihr herüberstarrte. Gleichzeitig überfiel sie ein höllischer Juckreiz. Ein explosionsartiger Histaminschub, den ihr Gehirn auslöste, weil jede Zelle ihres Körpers Angst signalisierte. Was hatte Stöbsand vor?

Sie suchte die Fenster im Kapitänshaus ab. Nirgends brannte Licht. Auch beim unmittelbaren Nachbarn war alles in Dunkelheit gehüllt. Bis sie drüben war und jemanden aus dem Bett geklingelt hatte, hätte er sie längst übermannt. Es blieb ihr nur, bei Isa Wienke anzurufen. Doch aller Wahrscheinlichkeit nach war ihr Telefon nachts nicht eingeschaltet. Sie sollte besser gleich den Notruf wählen. Aber dafür musste sie an ihr Handy. In die Schlafnische. Zum Nachttisch. Doch ihre Beine schienen nicht gehorchen zu wollen. Wie gebannt blickte Jette zur Auffahrt. Als er aus dem Auto stieg, schnürte sich ihre Kehle zu.

Er drückte die Tür ins Schloss und drehte sich um. Zum Tor. Zur Straße. Befreit atmete sie durch. Drei tiefe Züge lang, bis er sich bückte und etwas vom Boden aufhob. Was zum Teufel hielt er da in den Händen? Einen Stock? Eine Eisenstange? Plötzlich ruckte er herum. Schnell und zielstrebig bewegte er sich direkt auf den Wohnwagen zu. Jette schrie auf. Mit einem Satz sprang sie vom Fenster weg. Fast wäre sie über die aufgeschreckte Katze gestolpert, die im Zickzack durch den Anhänger flitzte. Wie lange würde er brauchen, bis er bei ihr war? Sechzig Sekunden? Dreißig? Reichte eine halbe Minute, um den Notruf zu wählen? Vielleicht. Vielleicht auch nicht. Jette wollte zur Schlafnische stürmen, als ihr Blick das Wandbord in der Kochecke einfing. Das Taschenmesser!

Stöbsand war ihr körperlich überlegen, vermutlich an die dreißig Kilo schwerer als sie. Er könnte es ihr problemlos aus der Hand schlagen. Doch er war auch angetrunken. Dazu hatte sie das Überraschungsmoment auf ihrer Seite. *Entscheide dich ...*
Jette griff das Messer und wartete mit angehaltenem Atem.

12

Die Ampel schaltete auf Rot. Richard bremste und brachte den Volvo an der Haltelinie zum Stehen. Gähnend lehnte er den Kopf gegen die Stütze. Das Sonnenlicht, das durch die Scheiben ins Wageninnere fiel, machte ihn schläfrig. Er war müde und erschöpft, fühlte sich von seiner langen Wanderung durch den Darßwald völlig ausgepowert. Aus einer spontanen Eingebung heraus hatte er sich am Morgen beim Blick in den sonnigen, wolkenlosen Himmel dazu entschieden. Bewegung half ihm gewöhnlich, seine Gedanken zu ordnen. Kurz nach halb acht war Richard mit dem Auto am Ferienhaus losgefahren. Nach einem ausgiebigen Frühstück in einer Prerower Bäckerei hatte er den Volvo auf einem der umliegenden Parkplätze abgestellt und war von dort auf einer ausgewiesenen Route bis zum Weststrand gelaufen. Zwölf Kilometer quer durch urwüchsige Waldgebiete und Sumpflandschaften. Sechs Kilometer hin, sechs Kilometer zurück. Doch als er Stunden später wieder hinter dem Lenkrad seines Wagens saß, herrschte weiterhin Chaos in seinem Kopf.

Hinter ihm ertönte ein kurzes, ungeduldiges Hupen. Richard blickte nach rechts, die Ampel zeigte längst Grün. Er trat aufs Gaspedal und fuhr über die Kreuzung. Nach einigen Metern hatte er Prerow hinter sich gelassen und war auf der Landstraße nach Gellerhagen. Die tief stehende Mittagssonne blinzelte zwischen den vorbeiziehenden laublosen Bäumen hindurch. Ein Spiel aus Licht und Schatten erschwerte ihm die Sicht. Er versuchte, sich umso mehr auf den Verkehr zu konzentrieren, aber seine Gedanken glitten ständig zu dem gestrigen Abend ab.

Nachdem Jette gegangen war, hatte Philipp angefangen, sich an den anderen Gästen abzureagieren. Mit wüsten Beschimpfungen war er auf Sven Wienke und Thomas Dahlke losgegangen und hatte dabei ein Glas Whiskey nach dem anderen in sich hineingeschüttet. Eine Stunde später hatten auch sie fluchtartig das Ferienhaus verlassen. Isa Wienke war zu diesem Zeitpunkt längst auf dem Heimweg gewesen. Richard hatte das restliche Geschirr abgeräumt, die Spülmaschine bestückt und war in sein Zimmer hinaufgegangen. Bis weit nach zwei Uhr hatte er Philipp unten im Wohnzimmer poltern hören.

Der Volvo näherte sich dem Ortsschild. Richard schaltete zwei Gänge herunter und fuhr in Gellerhagen ein, wo sich ihm ein völlig anderes Bild als in den vergangenen Tagen bot. Statt eintönigem Grau in Grau herrschte ein reges Treiben vor den kleinen Geschäften. Das unerwartet heitere Wetter hatte Urlauber und Dorfbewohner auf die Einkaufsstraße gelockt. In seinem Blickfeld tauchte der Supermarkt auf. Richard blickte zum Bernsteinweg hinüber. Grübelte. Blinkte. Er überlegte es sich anders. Zwei Minuten darauf hielt er vor dem »Meerblick«. Seine Hände blieben auf dem Lenkrad liegen.

Noch immer konnte er sich nicht erklären, wieso er Jette gestern Abend nicht sofort hinterhergegangen war. Für Philipps Verhalten gab es keine Entschuldigungen. Jette vorzuwerfen, dass sie ihn provoziert hatte, war einfach dämlich gewesen. Philipp war ein Mensch mit gesteigertem Aggressionspotenzial. Er handelte impulsiv und unkontrolliert. Egal, ob besoffen oder bei klarem Verstand. Jette hatte vollkommen recht. Aber in allem? *Verschließ nicht länger die Augen davor.* Richard tat sich ja schon mit der Vorstellung schwer, dass Philipp eine Minderjährige nackt fotografierte. Wie sollte er da glauben, dass er sie erdrosselt hatte?

Er zog die Daunenweste aus, feuerte sie auf den Rücksitz, verriegelte den Wagen und drehte sich um. Richard hielt kurz den Atem an. Zwischen den Dünen sah er einen Mann mit einem großen Hund den Strandzugang heraufkommen. Wahrscheinlich hätte er die dünne Gestalt in der braunen Strickjacke gar nicht bemerkt, wenn ihm die rote Hundeleine nicht geradewegs ins Auge gesprungen wäre. Wieder hörte er das tiefe Keuchen im Ohr, erinnerte sich an den verzweifelten Ausdruck in Schoknechts Gesicht. Leer und hoffnungslos. Ein beklemmendes Gefühl machte sich in Richard breit. Er überquerte den kleinen Parkplatz und stieg die Holzstufen zum Restaurant hinauf. Oben am Eingang warf er einen letzten Blick in Richtung Dünen. Schoknechts Augen durchbohrten ihn wie zwei scharfe Eispickel. Richard sah betreten weg und zog die Tür auf.

Im Vergleich zu seinem Besuch mit Mulsow war das Strandrestaurant heute Mittag gut gefüllt. Er fand gerade noch einen freien Tisch an der Wandseite. Kaum dass er Platz genommen hatte, stand Helmut Zarnewitz bei ihm. Wie zwei Tage zuvor in weißem Hemd und schwarzer Hose.

»Schönen guten Tag, Professor Gruben!«, grüßte er höflich und reichte ihm eine in braunes Leder gebundene Speisekarte. »Sie werden Stammgast. Das freut mich.«

Richard schmunzelte. »Bei einem längeren Aufenthalt würde ich mich wohl als ein solcher entpuppen.«

»Sie überlegen abzureisen?« Zarnewitz' graue Augen musterten ihn überrascht.

»Nun«, er wiegte den Kopf hin und her, »das Zusammenleben mit Philipp gestaltet sich ein wenig schwierig.«

»Er trinkt?«

»Er säuft.«

»Verstehe.« Zarnewitz nickte. »Mir ist der Vorfall auf der Vernissage natürlich zu Ohren gekommen. Unschöne Sache.« Wieder ein Nicken, gefolgt von einer längeren Pause. »Aber dass Philipp gleich derart abstürzt ... ich dachte, er wäre langsam darüber hinweg.«

»Wie meinen Sie das? Worüber hinweg?« Richard zog die Stirn kraus.

Mit offenem Mund blickte Zarnewitz ihn an. Entweder verstand er die Frage nicht, oder er grübelte, was er darauf antworten sollte. Schließlich sagte er: »Die Anschuldigungen von damals. Sie wissen schon, das tote Mädchen ... Annika ... Das alles hat Philipp sehr mitgenommen.«

Zarnewitz war ihm ausgewichen. Er meinte nicht die Mordvorwürfe. Dessen war Richard sich sicher. Doch den Mann weiter damit zu bedrängen, war zwecklos. Zumal ihm etwas anderes unter den Nägeln brannte.

»An dem Abend auf dem besagten Strandfest«, begann er, »waren Sie damals hier im Restaurant?«

»Selbstverständlich. Ich bin der Chef. Der Laden gehört mir.« Der Wirt machte ein Gesicht, als würde er diese Frage ein wenig absurd finden.

»Haben Sie mitbekommen, ob Philipp Annika Schoknecht grob angefasst oder gestoßen hat?«

»Sie glauben doch nicht diesen Unfug, Professor Gruben?« Zarnewitz' ebenso konsternierte wie heftige Reaktion erinnerte Richard stark an den Gefühlsausbruch seiner Tochter vorgestern Nachmittag.

»Immerhin haben Zeugen diesen *Unfug* bestätigt.«

»Diese Aussagen sind Humbug!« Entschieden schüttelte der Gastwirt den Kopf. »Ein typischer Schneeballeffekt. Jeder fügt dem Gehörten noch Eigenes hinzu, und am Ende wird aus einem harmlosen Gespräch am Tresen eine handfeste Auseinandersetzung.«

Im Stillen musste Richard ihm beipflichten. Oft genug hatte er selbst erlebt, wie schnell Gerüchte sich verstärkt und eine ungeahnte Dynamik genommen hatten. Klatsch und Tratsch waren eben oft stärker als Fakten. Allerdings würde Richard seit gestern Abend nicht mehr die sprichwörtliche Hand ins Feuer legen, was Philipps Impulskontrolle betraf.

Er trommelte mit den Fingern auf der Speisekarte, was Zarnewitz wohl als Aufforderung zu weiteren Erklärungen verstand. »Philipp ist ein Säufer, ja, weiß Gott. Er war auf dem Strandfest sternhagelblau, hat sogar seine Kameratasche bei mir vergessen. Aber ich kann Ihnen versichern, Professor Gruben, Philipp hat Annika weder geschubst noch ihr sonst *irgendetwas* angetan.«

»Das wollte ich damit nicht –«

»Was darf ich Ihnen bringen?«

Zarnewitz zückte seinen Block. Seine Stimme klang jetzt höflich, aber mechanisch. Offensichtlich hatte Richard ihn mit seinen Fragen über Philipp verstimmt. Wieder eine Gemeinsamkeit, die der Gastwirt mit seiner Tochter hatte.

»Was können Sie empfehlen?«, erkundigte er sich ebenso höflich. Die Speisekarte ließ er zugeschlagen.
»Als Tagesgericht haben wir heute frischen Grünkohl mit Kassler.«
»Gern. Aber ohne den Kassler.«
Die Mundwinkel des Wirts zuckten, doch er fragte nur: »Wasser? Bier? Wein?«
»Ich nehme ein stilles Wasser, danke.«
Zarnewitz notierte die Bestellung, klemmte sich die Karte unter den Arm und entfernte sich. Nachdenklich blickte Richard der hageren Gestalt hinterher. Wie Isa Wienke reagierte auch ihr Vater schroff und ungehalten auf Fragen zu den damaligen Geschehnissen. Woher rührten sechs Jahre später noch immer diese starken Emotionen? Bei Philipp lag es auf der Hand. Aber bei den anderen?

Richard ließ sich gegen die Stuhllehne fallen und blickte durch die hohe Glasfront in den makellosen Himmel. Er dachte an Jette, nahm sich vor, anschließend zu ihr zu gehen. Im schlimmsten Fall würde er eine Abfuhr kassieren und sie ihm die Wohnwagentür vor der Nase zuschlagen. Er könnte es verstehen. Doch mit ein bisschen Glück würde Jette ihn auf einen Strandspaziergang begleiten. Und mit noch mehr Glück würde er sie zum Lachen bringen, wenn er ihr erzählte, dass er den Kassler beim Mittagessen verschmäht hatte.

In der Hosentasche vibrierte sein Handy. Sein erster Gedanke war, den Anruf zu ignorieren. Doch einem alten Reflex folgend, zog er es schließlich aus der Tasche. Mulsows Name blinkte stumm im Display. Richards Daumen schwebte über dem Ablehnen-Button – er konnte Bert nach dem Essen zurückrufen –, aber dann fiel er erneut in bekannte Muster. Richard stand auf, durchquerte das Restaurant und ging vor die Tür. Draußen stützte er sich mit dem Bauch an das Holzgeländer, den Blick auf die Ostsee gerichtet. Das Handy vibrierte ununterbrochen. Etwas verwundert über Mulsows Hartnäckigkeit nahm er ab.

»Hallo, Bert.«
»Richard ... Wo bist du?«

Mulsows Stimme klang seltsam angestrengt und verzerrt. Wie bei Richards verstorbenem Großvater, dessen Gesicht seit einem Schlaganfall halbseitig gelähmt war und der nur noch mit Mühe verständliche Laute formen konnte.

»Beim Mittagessen«, gab er zur Antwort.

»In ... Geller...gen?«

»Ja, im ›Meerblick‹.« Er überlegte, ob er das Telefon an das andere Ohr nehmen sollte, um Mulsow besser verstehen zu können. Aber bei Seewind und einem Tinnitus würde das wenig bringen.

Richard presste das Handy noch dichter an die Wange. »Was ist denn los?«

»Philipp Stöbsand ist tot.«

13

»Danke, dass du noch mal vorbeigekommen bist, Bert.«
»Nicht dafür«, murmelte Mulsow. Der Polizist putzte sich mehrmals die Schuhe ab und betrat die Diele des Ferienhauses.
Richard schloss die Tür. Erst jetzt fiel ihm auf, dass es inzwischen stockdunkel geworden war. Seit Mulsows Anruf hatte er kaum wahrgenommen, was um ihn herum passierte, hatte nur fremdbestimmt funktioniert. Unzählige Hände geschüttelt, Fragen beantwortet, das unterschrieben, was man ihm vorgelegt hatte, wieder Fragen beantwortet. Wo war er gewesen, als die Polizei das Ferienhaus durchsucht und ihn vernommen hatte? In der Küche? Draußen im Vorgarten? In einem Einsatzwagen? Er erinnerte sich nicht daran. Richard wusste, dass die Lücke sich wieder füllen würde. Morgen. Übermorgen. Irgendwann kehrte seine Erinnerung zurück. Philipp jedoch nicht.
»Wem gehört die rote Angeberkarre vor dem Haus?« Mulsow schälte sich aus seiner dunklen Lederjacke.
»Thomas Dahlke.«
»Der Ferienhaus-Fritze aus Niederwiek?«
»Genau der.«
Mulsow deutete auf die verschlossene Küchentür. »Da drinnen?«
»Seit einer geschlagenen Stunde. Sven Wienke auch.« Richard machte ein entschuldigendes Gesicht. »Ich konnte sie nicht davon abhalten herzukommen, nachdem ich deinen Besuch erwähnt hatte.«
»Macht nichts. Mit den beiden muss ich sowieso sprechen.«
Umständlich stülpte der Polizist seine schwere Jacke über den schwarzen Wollmantel an der Garderobe. Richard zwang sich derweil, ruhig zu atmen. Seine Nerven lagen blank. Eine weitere Stunde allein mit den ungebetenen Gästen hätte er nicht durchgestanden. Doch seine Nervosität war nicht allein Dahlkes Geschwätzigkeit, Wienkes mürrischem Schweigen und seinem

eindeutig viel zu hohen Koffeinpegel geschuldet. Es war die Ungewissheit, was genau eigentlich geschehen war, die ihn mehr und mehr zermürbte.

Am späten Vormittag hatte ein Schweizer Ehepaar Philipp leblos in seinem Auto in einem Waldweg aufgefunden. Der alarmierte Notarzt konnte nur noch den Tod feststellen. »Verdacht auf Fremdverschulden«, hatte Mulsow ihm am Nachmittag bei der Hausdurchsuchung ins Ohr geraunt. Richard wollte es nicht glauben, nicht begreifen. Philipp war ermordet worden?

Er legte die Hand auf die Klinke der Küchentür.

»Richard, warte! Bevor wir da reingehen, muss ich dich noch etwas fragen.« Sich am Hinterkopf kratzend kam der Polizist näher. »Das endgültige Ergebnis der Rechtsmedizin liegt noch nicht auf dem Tisch, doch unser Anfangsverdacht hat sich erhärtet.« Er hielt kurz inne, schluckte beschwerlich. »Philipp Stöbsand wurde vorsätzlich getötet.«

»Das heißt ... Mord?«

Der Polizist nickte mit bedauernder Miene.

»Was ... wie genau ist er ...« Richard brachte den Satz nicht zu Ende. Zu viele Fragen hämmerten auf ihn ein.

»Philipp Stöbsand wurde eine Überdosis Insulin gespritzt.«

Jetzt war Richard komplett verwirrt. »Insulin?«, sagte er entgeistert. »Philipp ist ... er war kein Diabetiker.«

»Das wissen wir. Deshalb wollte ich zunächst auch allein mit dir sprechen.« Mulsow senkte die Stimme. »Kennst du jemanden in seinem privaten oder beruflichen Umfeld, der sich regelmäßig Insulin spritzen muss? Bekannte? Kollegen? Auftraggeber?«

Nach einigen Sekunden des Nachdenkens sagte er: »Nein, mir fällt niemand ein.«

»Und in Gellerhagen? Hast du bei irgendwem Insulinbesteck bemerkt?«

Wieder musste er nach kurzer Zeit verneinen. »Nicht dass ich wüsste.«

Der Polizist quittierte es mit einem unzufriedenen Brummen, dann neigte er den Kopf. »Du hast Stöbsand also zum letzten Mal gestern nach dem gemeinsamen Abendessen mit den Wienkes und Thomas Dahlke gesehen?«

»Ja, irgendwann gegen Mitternacht. Ich war in der Küche am Aufräumen, und er schüttete weiter ein Glas Whiskey nach dem anderen in sich hinein. Anschließend bin ich nach oben schlafen gegangen.«

»Und heute Morgen? Wo war er da?«

»Ich schätze, auf seinem Zimmer.«

»Du hast nicht nachgesehen?«

»Wieso hätte ich das tun sollen, Bert? Außerdem stand sein Auto vor dem Haus.«

»Schon gut«, sagte Mulsow versöhnlich. »Für uns hätte es nur den Zeitraum eingegrenzt, wann Stöbsand seinem Mörder begegnet ist. Der Täter könnte den Wagen später geholt haben.«

»Philipp war viel zu betrunken, um das Ferienhaus mitten in der Nacht zu verlassen.«

»Kannst du das wirklich zu hundert Prozent ausschließen?«

Wieder spürte Richard den hässlichen Kloß in seinem Hals. »Nein.«

Mulsow wiegte ein wenig verlegen den Kopf. »Wenn es für dich in Ordnung ist, würde ich jetzt gern in der Küche weiterreden. So muss ich nicht vor Wienke und Dahlke noch einmal alles wiederholen.«

»Ja, natürlich.«

Richard ging voran. Seine Füße hingen wie zwei Bleiklumpen an ihm. Erwartungsvoll schauten die beiden Männer am Tisch zu ihnen auf. Richard nahm eine weitere Tasse vom Küchentresen und füllte Kaffee ein – oder das, was sich nach einer Stunde in der Kanne befand. Währenddessen machte Mulsow sich mit den anderen bekannt.

»Unfassbar, nicht wahr?«, tat Dahlke umgehend seinen Gemütszustand kund, kaum dass Mulsow Platz genommen hatte.

Richard stellte die Tasse vor dem Polizisten hin. Er selbst blieb an die Arbeitsplatte gelehnt stehen.

»Ich bin geschockt. Wir alle sind geschockt. Dass es mit Philipp mal ein schlimmes Ende nimmt, hat ja jeder von uns geahnt.

Aber wenn es dann passiert, haut es einen doch aus den Socken«, quasselte Dahlke ohne Punkt und Komma weiter. »Und womöglich noch ein Mord? Mein Gott!«

Mulsow tauschte einen Blick mit Richard, um sich zu vergewissern, dass er die beiden über den Verdacht in Kenntnis gesetzt hatte. Er nickte kaum merklich.

»Ein schlimmes Ende?«, fragte Mulsow und legte seine Dienstmütze auf den Tisch ab. »Wie darf ich das verstehen?«

Dahlke wischte sich mit der Handfläche über seinen raspelkurzen Bürstenschnitt. »Irgendwie sind wir alle immer davon ausgegangen, dass Philipp früher oder später mit seinem Kumpel Johnny Walker ins Jenseits fährt.«

»Ganz so verkehrt liegen Sie damit nicht«, meinte Mulsow. »Im Wageninneren lagen eine angebrochene Flasche Schnaps und ein Insulin-Pen.«

»Ein Insulin-Pen?« Wienkes sommersprossiges Gesicht war ein einziges Fragezeichen.

»Pen, Spritze oder wie immer Sie es nennen wollen. Alles sollte den Anschein erwecken, Herr Stöbsand hätte sich mit einer Überdosis Insulin das Leben genommen.« Mulsow blickte abwechselnd zwischen Dahlke und Wienke hin und her. »Die Blutprobe, die wir der Leiche entnommen haben, hat jedoch ergeben, dass er eine Menge Alkohol im Körper hatte. Eine verdammt große Menge. Philipp Stöbsand wäre gar nicht in der Lage gewesen, sich das Insulin derart gezielt zu spritzen.«

»Dann war es also tatsächlich Mord?«, fragte Dahlke konsterniert.

»Ja, ein stümperhafter, aber zweifelsfrei Mord.«

Alle schwiegen. Das Wort »Mord« hing bedeutungsschwer in der Luft. Mulsow trank einen Schluck Kaffee, dann fuhr er fort. »Philipp Stöbsands Tod war regelrecht inszeniert.«

Richard horchte auf. »Wie meinst du das?«

»Der einzige Verdächtige in einem ungeklärten Mordfall nimmt sich an haargenau der Stelle das Leben, wo sechs Jahre zuvor die Leiche des Opfers gefunden wurde.«

»Annika Schoknecht?«

»Das Mädchen lag damals keine zwanzig Meter weiter.« Mulsow schaute von einem zum anderen. »Da wollte uns jemand sehr nachdrücklich ein Geständnis auf dem Silbertablett servieren.«

»Jemand, der von Philipps Schuld restlos überzeugt ist«, sagte Dahlke und warf einen vielsagenden Blick in die Runde.

Mulsow beugte sich leicht vor. »Denken Sie dabei an wen Bestimmten?«

»Ich möchte hier keine falschen Verdächtigungen aussprechen, aber natürlich denke ich an eine ganz bestimmte Person. Jeder im Ort wird es unweigerlich tun, wenn er von dem Mord an Philipp erfährt.«

»Sie müssen schon etwas deutlicher werden, Herr Dahlke.« Mulsow verschränkte die Arme vor der Brust. »Ich bin kein Einheimischer.«

»Andreas Schoknecht«, sagte Dahlke und sah Sven Wienke kurz um Bestätigung heischend an. Wie auf Knopfdruck begann der Ranger stumm zu nicken. »Seit Annikas Tod tickt der Kerl nicht mehr richtig. Dem ist alles zuzutrauen. Schoknecht hat nie einen Hehl daraus gemacht, dass er Philipp lieber tot als lebendig sehen würde. Was hat er noch zu verlieren?«

»Dann macht ein vorgetäuschter Suizid wenig Sinn, oder?«

Thomas Dahlke schürzte pikiert die Lippen, Sven Wienke hörte mit dem Nicken auf.

Mulsow legte die Hände wie zum Gebet gefaltet auf die Tischplatte. »Wann und wo haben Sie beide Herrn Stöbsand denn zuletzt gesehen?«

Irgendwie hatte Richard erwartet, er würde sein Notizbuch zücken, aber er musterte die zwei nur aus schmalen Augen.

»Gestern, hier im Ferienhaus.« Dahlke sah dabei erneut den Mann neben sich an. »Wir waren alle zum Abendessen da.«

»Herr Wienke?«, hakte Mulsow nach, als dieser nicht reagierte.

»Das ist richtig, ja.«

»Ist Ihnen während des Essens etwas Ungewöhnliches an Herrn Stöbsand aufgefallen? Hat er sich irgendwie anders als üblich verhalten?«

»Anders als üblich?« Dahlke lachte. »Philipp war sturzbesoffen und beleidigend, also genau wie immer.«

»Beleidigend?«

»Er wurde ausfällig.«

»Gegenüber wem?«

Beinahe gleichzeitig richteten sich Dahlkes und Wienkes Augen auf Richard. Und auch Mulsows Blick ruhte abwartend auf ihm.

»Jette Herbusch«, sagte er nur. Er wollte nicht über Jette reden. Nicht jetzt, nicht im Beisein der anderen.

»Frau Herbusch ist *wer*?«, wandte Mulsow sich wieder den anderen zu. Er schien zu spüren, dass Richard sich wortkarg gab. »Eine Verwandte, eine Urlauberin?«

»Jette Herbusch wohnt bei uns hinterm Haus in einem ausrangierten Campinganhänger«, beeilte Wienke sich zu sagen. »Sie ist eine Bekannte meiner Frau.«

Mulsow lehnte sich wieder zurück. »Danke, vorerst war es das. Wir werden uns in den nächsten Tagen melden, um Ihre Aussagen noch zu protokollieren.«

Die beiden Männer standen auf. Endlich. Sven Wienke klaubte seine Wachsjacke von der Stuhllehne und nickte Richard nur zu. Thomas Dahlke hingegen klopfte ihm kumpelhaft auf die Schulter, nachdem er sein Jackett übergeworfen hatte. »Wir sollten uns vor Ihrer Abreise unbedingt noch auf ein Bier treffen, Professor Gruben. Was meinen Sie?«

»Unbedingt«, sagte Richard, obwohl er wusste, dass es nie dazu kommen würde.

Drei Minuten später hörte man, wie vor dem Haus ein Wagen gestartet wurde. Kurz darauf ein weiterer. Die Motorgeräusche entfernten sich, und es wurde wieder still in der Küche. Richard atmete durch. »Noch eine Minute länger, und mir wäre der Schädel geplatzt.«

»Ich gebe zu, der Quatschbär würde sogar mir den letzten Nerv rauben«, meinte Mulsow und nahm seine Tasse vom Tisch. »Dein kalter Kaffee tut es im Übrigen auch.«

»Entschuldige.«

Richard streckte die Hand nach dem Wasserkocher aus, doch der Polizist winkte ab und stellte die Tasse in die Spüle. Er bedachte ihn mit einem fragenden Blick. »Gibt es einen bestimmten Grund, weshalb du diese Jette Herbusch nicht erwähnt hast?«

»Ich habe es als unwichtig angesehen.«

»Unwichtig? Sie war gestern Abend hier im Haus, Richard.«

»Ja, sicher.« Er rieb sich die Nasenwurzel. »Aber Jette ist erst vor zwei Tagen in Gellerhagen angekommen. Sie und Philipp kennen ... kannten sich nicht.«

»Du hingegen scheinst die Frau etwas näher zu kennen, oder irre ich mich?«

»Nein, tust du nicht.« In wenigen Sätzen fasste Richard die Situation zusammen. Jettes Burn-out ließ er jedoch aus.

Mulsow deutete mit dem Kinn auf die Verbindungstür zum Wohnzimmer. »Und Stöbsands Ausfälligkeiten bei eurem gestrigen Essen? Was war da zwischen ihm und Frau Herbusch?«

»Jette hat ihn auf einen Schal in seinen Fotografien angesprochen, und er ist völlig ausgetickt.«

»Ausgetickt?«

»Philipp war wie irre, brüllte plötzlich herum, zerschmiss Geschirr und schlug um sich.«

»Das alles wegen eines *Schals*?«

»Keine Ahnung, Bert.« Er hob die Schultern. »Ich weiß nicht, was mit ihm los ist ... los *war*.«

Irgendwie war Philipps Tod für ihn noch immer nicht fassbar. Ständig sah Richard zur Tür, in der Erwartung, er würde jeden Augenblick hindurchtreten, sich an den Tisch setzen und einen blöden Witz reißen.

»Sonst noch was Unwichtiges?«, fragte Mulsow.

»Ich denke nicht, nein.«

»Gut, Richard.« Bert nahm seine Dienstmütze in die Hand. »Ich werde diese Frau Herbusch dennoch befragen müssen.«

Richard nickte abwesend und folgte dem Polizisten in die Diele. Dort lehnte er sich ans Treppengeländer und wartete, bis Mulsow seine Lederjacke übergestreift hatte. Dann fragte er, was ihm pausenlos durch den Kopf geisterte, seit die Spurensicherung im Haus gewesen war: »Ihr vermutet also einen Zusammenhang zwischen beiden Morden?«

»Wir wissen nichts Genaueres, aber dass es eine Verbindung gibt, steht außer Frage.«

Richard stieß sich vom Geländer ab. »Ich habe Andreas Schoknecht auf der Vernissage erlebt. Er hat einen unbeschreiblichen Hass auf Philipp. Hältst du ihn als Täter für so abwegig?«

»Natürlich nicht. Aber Schoknecht können wir ausschließen. Er war heute Vormittag in Stralsund beim Arzt.«

Richard fasste nach der Klinke. »Habt ihr eigentlich Philipps Mutter verständigt? Soweit ich weiß, wohnte sie zuletzt in Hamburg.«

»Haben wir.« Mulsow schob die Mütze in den Nacken. »Hat er noch andere Verwandte? Ich meine, hier im Ort?«

»Nein. Sein Vater lebt nicht mehr, und die Mutter ist Ende der Neunziger weggezogen. Seitdem hat Philipp das Haus als Ferienhaus genutzt. Zumindest bis vor einigen Jahren.«

Richard öffnete die Tür, dabei löste er den Bewegungsmelder aus. Doch auch ohne den fahlen Lichtschein hätte er den silberblauen Passat in der Einfahrt gut erkennen können. Ein fast voller Mond stand am Himmel. Der Geruch von modrigem Laub hing in der Luft.

»Ich nehme mal an, du wirst morgen wieder zurückfahren?« Mulsow trat nach draußen und holte seinen Autoschlüssel aus der Jackentasche.

Richard überlegte kurz, dann schüttelte er den Kopf. »Es gibt da noch etwas, das ich in Ordnung bringen muss.«

14

Wie viele Male war sie den Lotsenweg bereits entlanggelaufen? Zwölfmal? Dreizehnmal? Jette hatte keinen Schimmer. Irgendwann hatte sie aufgehört zu zählen. Würde nicht der dunkelblaue Volvo auf dem Grundstück parken, wäre sie nicht einmal sicher, ob sie überhaupt in der richtigen Straße war. Jeder Zaun, jedes Reetdach, jeder angrenzende Weg ähnelte mittlerweile dem anderen. Sie konnte von Glück sagen, dass angesichts des sonnigen Wetters mehr Menschen durch Gellerhagen bummelten als Anfang November üblich und ihr ständiges Auf- und Ablaufen vor dem Haus niemandem weiter auffiel.

Was zum Kuckuck tat sie hier eigentlich?

Eine gefühlte Ewigkeit lungerte Jette schon vor dem Ferienhaus herum. Dabei war hinter den Sprossenfenstern keine einzige Bewegung auszumachen. Richard war unterwegs. Warum sonst hätte er auf ihr Klopfen hin nicht öffnen sollen? Dass sie ihn belogen hatte, konnte er nicht wissen. Es gab keinen Anlass, ihr aus dem Weg zu gehen. Doch Jette ahnte, was Richard aus dem Haus getrieben hatte. Der Mord an Stöbsand war für ihn sicher ein schwerer Schock. Wie diese Nachricht auch ihr den Boden unter den Füßen weggerissen hatte. Nur mit dem Unterschied, dass Stöbsands Tod an seinem Leben wenig änderte. Für sie hingegen änderte er alles.

Als Bert Mulsow am Vormittag an ihrem Wohnwagen aufgekreuzt war, hatte Jette zunächst geglaubt, die Beschallung vorgestern Nacht wäre Wienkes Nachbarn ein Ärgernis gewesen und die Polizei würde sie verwarnen wollen. Kaum dass sie das Taschenmesser gegriffen hatte, war ihr die Idee mit dem Kofferradio gekommen. Sie hatte es eingeschaltet und die Lautstärke bis zum Anschlag aufgedreht. Durch das gekippte Fenster war die Musik weit genug nach draußen gedrungen, dass kurz darauf das Licht im Nachbarhaus aufflammte. Daraufhin hatte sie den Schatten bis zum Morgengrauen nicht mehr gesehen.

Aber heute früh kam der Polizist, erzählte, er sei ein Freund von Richard und wegen Stöbsand da. *Tod durch Fremdverschulden.* Den Rest hörte Jette nur noch durch Watte. Wie ein Karussell, das sie nicht stoppen konnte, waren anschließend die Gedanken in ihrem Kopf gekreist. Stöbsand ermordet? Von wem? Und wer war dann in ihr Auto eingebrochen? Bis ihr voller Entsetzen klar geworden war, was Stöbsands Ableben für sie bedeutete. Die letzte Verbindung war tot. Abgerissen. Ausgelöscht. Nun würde sie vielleicht niemals mehr Gewissheit bekommen.

Erneut passierte sie den weißen Lattenzaun. Ihr Blick scannte das Grundstück, das Haus, die Fenster. Sie stoppte. Plötzlich kam Jette ihr Verhalten töricht vor. Erbärmlich. Sie benahm sich wie eine Stalkerin, die verstohlen ums Haus schlich und auf den einen Zufall hoffte. Nein, was sie hier tat, hatte keinen Sinn. Zumal sie nicht einmal wusste, wie sie Richard eigentlich um Hilfe bitten sollte, ohne sich noch weiter und tiefer in Lügen zu verstricken. Schließlich konnte sie jetzt kaum noch mit der Wahrheit herausrücken. Dafür war es längst zu spät.

Langsam setzte sie sich wieder in Bewegung. Der Weg endete, und Jette bog mit hängendem Kopf Richtung Steilküste ab. Das mulmige Gefühl, das seit ihrer ersten Begegnung mit Richard in ihrem Bauch rumorte, wurde stärker. So stark, dass sie ein leichter Schwindel erfasste.

Brauchte sie Gewissheit um jeden Preis? Wollte sie ihn weiter belügen, damit sie ihren Seelenfrieden fand? Dieser Gedanke missfiel ihr weit mehr, als sie sich eingestehen wollte. Dennoch konnte sie nicht aufhören, musste weitermachen. Philipp Stöbsand wurde nicht grundlos umgebracht. Sein Mörder wollte eine mögliche Spur verwischen. So, wie er es in der vorletzten Nacht bei ihr probiert hatte. Dass Stöbsand ihr unheimlicher Besucher war, schloss Jette inzwischen aus. Sie gab es nur ungern zu, aber was ihn anging, hatte sie sich gründlich vertan. Stöbsand war völlig ahnungslos gewesen. Aber irgendjemand in diesem Ort hatte Verdacht geschöpft, warum sie hergekommen war, und deshalb ihr Auto durchwühlt. Und Jette musste diese Person finden, um endlich loslassen zu können.

Sie hatte den schmalen, unbefestigten Weg oben auf dem Steilufer erreicht. Für eine Weile blieb sie stehen, knöpfte ihre Jacke zu und blickte durch das Geäst der Dornenhecke zum Wellenbrecher hinunter. Eine zehn Meter lange, gekrümmte Bruchsteinmauer im Wasser, die den bogenförmigen Strandabschnitt vor der zerstörerischen Wucht der Ostsee schützen sollte. Aber heute kräuselte sich das Meer friedlich unter einem sonnigen Novemberhimmel. Jette wandte sich nach links und erstarrte. Richard. Er war nur wenige Meter von ihr entfernt. Die Hände tief in den Taschen einer schwarzen Daunenweste vergraben, kam er auf sie zu. Sein Blick war selbstvergessen auf den sandigen Weg gerichtet. Erst als sie auf gleicher Höhe waren, bemerkte er sie.

»Jette …« Der Anflug eines Lächelns erschien auf seinen Lippen. »Was tust du hier?«

»Ich schätze, dasselbe wie du.« Vielsagend deutete sie auf das Wasser. »Seeluft schnuppern.«

Sie wartete, dass Richard etwas erwiderte. Doch er stand nur da und schaute sie schweigend an.

»Das mit deinem Freund tut mir leid«, sagte Jette schließlich und meinte es auch so. Obwohl sie dabei der Tod dieses überheblichen, selbstverliebten Idioten wenig scherte. Es war Richard, mit dem sie fühlte.

»Danke.« Er deutete auf den Weg. »Gehen wir ein Stück?«

»Gern.«

Still schlenderten sie Richtung Ortsmitte weiter. Es war kein unangenehmes Schweigen zwischen ihnen, trotzdem versuchte Jette, ein Gespräch in Gang zu bringen.

»Dein Freund war heute Morgen bei mir. Der andere. Er hat mir eine Menge Fragen gestellt.«

»Es ließ sich leider nicht umgehen«, entgegnete er. »Ich hätte dich da gern herausgehalten.«

»Weshalb?«

Richard sah sie an. »Um unnötige Aufregung zu vermeiden. Immerhin nimmst du eine Auszeit.«

Sofort überfielen sie wieder ihre Gewissensbisse. Sie lächelte schwach. »Das ist kein Problem.«

»Wirklich? Du warst ziemlich aufgelöst, als wir uns das letzte Mal gesehen haben.«

»Ich bin okay.«

Er nickte, studierte eine Zeit lang den Boden. Dann blieb er stehen. »Jette, was ich vorgestern Abend gesagt habe, war dämlich.«

»Nein, Richard. Du ...«

Das Schrillen einer Fahrradklingel ließ sie die Köpfe drehen. Ein junger Mann in neongelber Fahrradbekleidung raste mit seinem Mountainbike auf sie zu. Automatisch wichen sie drei Schritte auseinander, um ihm Platz zu machen. Nachdem er vorbeigefahren war, hockte Jette sich auf eine nahe stehende Bank mit Blick aufs Wasser. Richard ging zu ihr und setzte sich ebenfalls.

»Du hattest vollkommen recht. Ich hätte deinen Freund einfach ignorieren müssen«, begann sie und spielte dabei mit den Fingern am Ärmelsaum ihrer Jacke. »Ich habe doch gemerkt, wie angetrunken er war. Schon am Nachmittag, als Stöbsand bei mir am Wohnwagen aufgetaucht ist, roch er stark nach Alkohol. Ich weiß nicht, welcher Teufel mich geritten hat, seine Einladung überhaupt anzunehmen.«

»Nein?« Er lächelte schief.

Es dauerte, bis Jette wusste, worauf er hinauswollte. »Doch ... ja.«

»Ich hatte mir unser Wiedersehen auch anders vorgestellt. Das Essen ist komplett aus dem Ruder gelaufen.«

»Du hast das geahnt, nicht wahr?«

»Leider. Philipp liebte es, zu provozieren. Vor allem, wenn er getrunken hatte.«

»Am Ende war ich es, die provoziert hat.«

»Nein, du hast nur auf seine unterschwelligen Provokationen reagiert«, versicherte er.

»Trotzdem, ich hätte den Mund halten müssen.«

»Im Grunde war es egal, wer was gesagt hat.« Richard schüttelte leicht den Kopf. »Der ganze Abend war so oder so zum Scheitern verurteilt. Philipp hatte schon vor dem Essen den Vorsatz gefasst, sich zu betrinken. Du musst dir nichts vorwerfen.«

Jette kam ein Gedanke. »Wieso hat er so heftig reagiert?«
»Du meinst, auf deine Frage nach dem Schal?«
»Ja.«
Ratlos zuckte er die Achseln. »Auf der Vernissage wollte ich auch wissen, was es damit auf sich hat. Aber ich habe nur eine dumme, ausweichende Bemerkung von Philipp bekommen und es sein lassen, weiter darauf herumzureiten.«
»Hast du eine Vermutung?«
»Er konnte manchmal sehr ungehalten auf Kritik reagieren. Und wenn Philipp betrunken war, verstand er mitunter –«
Sie unterbrach ihn. »Ich meinte, ob du eine Vermutung hast, warum er ausgerechnet diesen Schal benutzt hat.«
»Nein.«
»Ist er dir schon einmal anderswo aufgefallen? Bei ihm in Münster? Hier im Haus?«
»Ich wüsste nicht ... nein«, stammelte Richard verwirrt. »Wieso fragst du mich das alles?«
Sie schwankte, merkte aber, dass sie nicht mehr zurückkonnte. Sie steckte fest in ihrem eigenen Lügengebäude. Richard würde auf der Stelle den Kontakt zu ihr abbrechen, wenn er die Wahrheit erfuhr. »Ach, ich bin bloß immer noch über seine scharfe Reaktion verwundert«, sagte sie in lockerem Ton. »Aber es ist wohl, wie du sagst: Vermutlich wäre er eh auf mich losgegangen.«
Er blickte sie aufmunternd an. »Es hatte nichts mit dir zu tun.«
Oh doch, das hat es, Richard, dachte sie, auch wenn du nicht ahnen kannst, wie. Ihr Blick glitt übers Meer. Die Nachmittagssonne stand tief und ließ das Wasser in weichen Orangetönen schimmern.
»Wer ist eigentlich dieser Thomas Dahlke?«, fragte Jette.
»Ein alter Freund von Philipp. Er ist Hausvermieter und betreibt selbst eine eigene Ferienanlage.«
»Wo genau?«
»In Niederwiek.«
»Kanntest du ihn schon vorher?«

»Nein, ich bin Dahlke wie du beim Essen zum ersten Mal begegnet.«

»Er tat mir schon ein bisschen leid. Sein Versuch, Konversation zu betreiben, ging gänzlich in die Hose.«

»Das trifft es ziemlich gut.« Richard lachte leise auf. »Isa und Sven Wienke haben sich nicht wirklich als Partylöwen hervorgetan.«

Isa. Seit Bert Mulsow an ihre Tür geklopft hatte, hatte Jette nicht mehr an sie gedacht. Sie war zu sehr mit ihren eigenen Gefühlen beschäftigt gewesen. Nun erinnerte Jette sich, wie still es seit gestern Mittag im Kapitänshaus war. Außer der Katze war sie niemandem begegnet.

»Wie geht es Isa eigentlich damit?«

Er machte eine vage Geste. »Wienke war gestern Abend bei mir. Er meinte, sie wäre recht gefasst.«

Forschend blickte sie ihn an. »Und du? Wie geht es dir?«

Richard wandte das Gesicht zum Wasser. »Ich ertappe mich ständig dabei, zur Tür oder aus dem Fenster zu schauen. Immer in Erwartung, ihn zu sehen.«

Jette musste schlucken. Ein Zustand, der ihr schmerzvoll vertraut war. »Bert Mulsow sagt, der Täter hätte einen Suizid vorgetäuscht?«

Nickend drehte er sich wieder um. »Philipp wurde Insulin gespritzt. Er lag tot in seinem Auto. In dem gleichen Waldstück, wo auch Annika Schoknechts Leiche aufgefunden wurde.«

»Das tote Mädchen, von dem du mir erzählt hast?«

»Ja. Alles sollte nach einem Geständnis aussehen.«

»Das bedeutet, beide Morde stehen in einem unmittelbaren Zusammenhang?«

»Davon geht die Polizei aus.«

»Hat man schon einen Verdacht?«

»Nein.«

»Und du?«

Richard schien kurz über ihre Frage erstaunt, dann lächelte er matt. »Jette, ich zermartere mir noch den Kopf darüber, wann Philipp gestern früh das Ferienhaus überhaupt verlassen hat.«

»Du hast nicht mitbekommen, wann er gegangen ist?«
»Ich bin gegen halb acht zum Darßwald rausgefahren. Nach dem desaströsen Abend brauchte ich dringend frische Luft.«
»Die hätten wir wohl alle benötigt«, sagte sie.
»Ich kann dir versichern, auch über drei Stunden Fußmarsch haben nichts gebracht. Außer einem leeren Magen.« Er deutete den Strand hinunter. »Ich war anschließend bei Helmut Zarnewitz im Restaurant.«
»Isas Vater?«
»Ein sympathischer Typ, trotz unseres kleinen Disputs.«
Jette neigte neugierig den Kopf. »Worum ging es?«
»Um das Strandfest. Ich hatte ein paar Fragen über Philipp gestellt, die ihn aufgebracht haben.«
Unbequeme Wahrheiten hört niemand gern, ging es Jette durch den Kopf. Sie war froh, es nicht ausgesprochen zu haben, jetzt, da Stöbsand tot war.
»Zarnewitz hat ja recht. Philipp war ein Säufer, der …«
Richard stockte, seine Pupillen flackerten nervös. Obwohl er sie direkt anschaute, schien er durch sie hindurchzublicken.
»Was ist los?« Jette streckte ihre Hand nach seinem Oberschenkel aus, doch da war er schon aufgesprungen.
»Ich habe mich eben erinnert, was Helmut Zarnewitz über Philipp und das Strandfest gesagt hat.« Aufgeregt lief Richard vor der Bank auf und ab. »Die Fotos des toten Mädchens stammen doch von seiner Kamera.«
»Die auf dem USB-Stick?«
»Ja, genau.«
»Und?«
»Die Kamera war sein künstlerisches Werkzeug. Philipp hätte sie niemals in unprofessionelle Hände gelegt, verstehst du? Die ganze Zeit habe ich nach einer Erklärung dafür gesucht. Sogar fast geglaubt, dass er tatsächlich etwas mit diesen Bildern zu tun hat.« Er blieb stehen. »Dabei ist die Lücke im ›Meerblick‹.«
Sie konnte ihm nicht folgen. »Lücke?«
»Zarnewitz meinte, Philipp hätte seine Kameratasche wäh-

rend des Fests im Restaurant vergessen. Weißt du, was das bedeutet?«

»Nein ...«

Zwei Frauen mit Nordic-Walking-Stöcken schoben sich zwischen ihn und die Bank. Richard wartete, dann setzte er sich neben Jette.

»Der Laden war rappelvoll, Philipp betrunken. Weder er noch das Personal hatten ständig ein Auge darauf.«

Langsam begann sie zu verstehen. »Jemand hat die Kamera an sich genommen, die Fotos geschossen und sie anschließend zurückgelegt.«

»Was Philipp sehr wahrscheinlich früher oder später aufgegangen ist.« Er nickte heftig. »Doch erst jetzt wird er dahintergekommen sein, *wer*.«

Jettes Puls schlug schneller. »Annikas Mörder.«

»Philipp hat ihn damit konfrontiert ...«

»... und musste sterben«, brachte sie seinen Satz zu Ende.

Jettes Herz begann zu klopfen. *Die Lücke ist im »Meerblick«.* Mit einem Mal fühlte sie sich beinahe euphorisch. Vielleicht erhielt sie ihre Antworten doch noch. Und das schneller, als sie es am Morgen noch für möglich gehalten hatte.

»Was wirst du tun?«, fragte sie und hoffte, ihre zittrige Stimme würde ihre Erregung nicht verraten.

»Zunächst einmal unseren Spaziergang fortsetzen«, Richard erhob sich von der Bank, »und dann bei Helmut Zarnewitz vorbeischauen.«

15

»Ich bedauere sehr, dass ich Ihnen keine andere Antwort geben kann, Professor Gruben«, sagte Zarnewitz und warf sich ein Geschirrtuch über die magere Schulter. »Aber es ist völlig ausgeschlossen.«

Richard saß auf einem Tresenhocker nahe der Eingangstür. Obwohl zu dieser späten Nachmittagsstunde kein Platzmangel im »Meerblick« herrschte, hatte er sich an die holzverkleidete Theke gesetzt. Er wollte bei seinem Gespräch mit Helmut Zarnewitz nicht ständig aufblicken müssen. Außerdem hätte er leichter den Rückzug antreten können, falls der Wirt ihm keine Beachtung geschenkt hätte. Doch Zarnewitz war freundlich und zuvorkommend, so als hätte ihr letztes Aufeinandertreffen nie stattgefunden. Wie andernorts brachte der Tod auch in Gellerhagen die Menschen wieder näher zusammen.

»Denken Sie bitte ganz genau nach«, sagte Richard eindringlich. »Das Strandfest liegt schließlich einige Jahre zurück.«

Der Wirt legte den Zeigefinger gegen die rechte Schläfe. »Da oben funktioniert noch alles tipptopp.«

»Das bezweifle ich nicht.« Richard schmunzelte. »Aber Gepflogenheiten ändern sich. Vielleicht weil Sie neues Personal eingestellt oder sich die Abläufe im Restaurant geändert haben.«

Eine Kellnerin eilte heran und reichte Zarnewitz einen Zettel. Nach kurzem Überfliegen griff er nach zwei Rotweingläsern im rückseitigen Regal und stellte sie auf ein rundes Holztablett.

»Ich erkläre es Ihnen gern noch einmal«, sagte er nicht unfreundlich, während er begann, die Gläser aufzufüllen. »Mit ›vergessen‹ meinte ich lediglich, dass Philipp seine Kameratasche nach dem Fest nicht mitgenommen hat, was für ihn ja recht ungewöhnlich war. Doch sie stand den ganzen Abend über verschlossen in meinem Büro. Da nur ich einen Schlüssel dafür besitze, hat auch niemand außer mir dorthin Zugang. Das war auch vor sechs Jahren nicht anders.«

»Und Philipp hat Ihnen die Kamera persönlich gegeben?«

»Zusammen mit seiner Brieftasche.«

»Brauchte er kein Geld auf dem Fest?«, fragte Richard verdutzt.

»Bei mir nicht.« Zarnewitz setzte die Weinflasche ab. »Ich hab ihn anschreiben lassen.«

»Weshalb hatte er sie dabei?«

»Die Brieftasche?«

»Seine Kamera.«

Grübelnd blickte Zarnewitz an ihm vorbei. Das zerfurchte Gesicht wurde noch faltiger. Dann sah er ihn wieder an. »Ich erinnere mich nicht, tut mir leid.«

Aber Richard ging bereits die nächste Frage durch den Kopf. »Wann genau hat Philipp Ihnen die Sachen ausgehändigt?«

»Professor Gruben, tipptopp bedeutet nicht, dass da oben ein Mikrochip implantiert ist.« Erneut fuhr der Zeigefinger in die Höhe.

»Es geht mir nicht um die präzise Uhrzeit.« Richard rutschte nervös auf seinem Hocker herum. »Ich möchte nur in Erfahrung bringen, ob Philipp eventuell im Restaurant war, bevor Sie die Kameratasche für ihn verwahrt haben.«

»Ich weiß, worauf Sie hinauswollen. Aber die Tasche stand nirgends unbeaufsichtigt herum. Philipp kam gegen neunzehn Uhr, und ich habe sie umgehend nach hinten gebracht. Dort blieb sie, bis die Polizei die Kamera mittags darauf sicherstellte.« Der Wirt stopfte den Korken in den Flaschenhals. »Ich selbst würde auch gern wissen, wie diese Fotos zustande kamen, Professor Gruben. Das können Sie mir glauben.« Bedauernd wiegte er sein grau behaartes Haupt. »Doch jetzt werden wir uns wohl endgültig damit abfinden müssen, es niemals zu erfahren.«

Die Kellnerin kam wieder. Während Zarnewitz ihr das Tablett über den Tresen reichte und dabei ein paar Worte wechselte, ließ Richard sich das Gehörte durch den Kopf gehen. Nach dem, was Zarnewitz ihm berichtet hatte, war es für einen Außenstehenden gänzlich unmöglich gewesen, an besagtem Abend an die Kamera zu gelangen. Dazu kam der Umstand, dass Philipp sie beim

Eintreffen dem Wirt persönlich und umgehend zum Verwahren ausgehändigt hatte. Richard seufzte. Noch vor zwei Stunden hatte er geglaubt, dass sich endlich etwas bewegte. Doch nun war er nicht klüger als vorher.

»Na, möchten Sie jetzt lieber etwas Stärkeres als das hier?« Helmut Zarnewitz räumte Richards leeres Wasserglas von der polierten Thekenplatte.

»Ja, wieso nicht?«, sagte er und machte sich auf dem Hocker gerade. »Ein doppelter Espresso wäre nicht übel.«

Zarnewitz verzog den Mund zu einem schiefen Grinsen, kommentierte es aber nicht. Einige Zeit später stellte er die Espressotasse vor ihm hin. Richard rührte Muster in die nussig braune Crema und dachte an Charlotte. Er musste sie anrufen und ihr sagen, dass Philipp tot war, auch wenn er mehr ein guter Bekannter als ein enger Freund für sie war und Richard ihr diese Nachricht ungern im Urlaub überbringen wollte. Er kannte Charlotte lang genug, um zu wissen, dass sie es ihm nachtragen würde, wenn er den Anruf noch länger hinauszögerte. Gut gemeint oder nicht.

Er legte den Löffel auf den Tellerrand und führte die Tasse an seine Lippen, dabei erblickte er am Ende der Theke einen Kunststoffhalter mit Flyern. Der Name im Schriftzug irritierte ihn. Neugierig beugte er sich vor und zog einen Zettel heraus. Tatsächlich. Er hatte sich nicht getäuscht. Andreas Schoknecht machte im »Meerblick« Werbung für eine mobile Hundeschule.

»Sie haben einen Hund?« Zarnewitz, der ein Bierglas polierte, deutete auf das farbig bedruckte Papier in Richards Händen.

»Nein. Ich bin –«

»Eher der Katzentyp?«

»Das auch.« Richard wedelte mit dem Zettel. »Ich bin nur überrascht.«

»Wieso sollte ich keine Werbung für Andreas machen? Nach Annikas Tod und seiner Restaurantpleite kann er jede erdenkliche Unterstützung gebrauchen.«

»Hm. Sie, Ihre Tochter, Ihr Schwiegersohn sind ... waren gute Freunde von Philipp.«

Der Wirt nahm ein neues Glas in die Hand. »Wir können das eine sehr wohl vom anderen trennen.«

Nach Schoknechts feindseligen Blicken zu urteilen, konnte Richard sich kaum vorstellen, dass das funktionierte.

»Andreas kann gut mit Hunden«, meinte Zarnewitz. »Zumindest besser als mit Frauen. Er hatte nie wirklich Glück, seit Annikas Mutter –«

»Helmut?« Ein Mann in einer dunklen Kochjacke kam aus den rückwärtigen Räumen und schwenkte ein Mobiltelefon in der Luft. »Für dich. Der Großhandel.«

»Entschuldigen Sie, bin gleich wieder bei Ihnen.« Zarnewitz tat Glas und Tuch beiseite, nahm das Gespräch entgegen und lief nach hinten.

Richard betrachtete die Bilder auf dem Flyer. Er erkannte den Hund, den Schoknecht gestern Mittag bei sich geführt hatte. Ein Berner Sennenhund. Es war ihm schon immer schwergefallen, sich Namen von Hunderassen zu merken. Abgesehen von dieser. Keine Ahnung, wieso.

»Hallo, Professor!«

Von der sonoren Stimme aufgeschreckt, wandte Richard den Kopf zur Seite und blickte in Sven Wienkes sommersprossiges Gesicht. Das kräftige hellblonde Haar war glatt gescheitelt, die Wachsjacke bis unter das Kinn geschlossen. Den linken Ellenbogen aufgestützt, lehnte der Naturpark-Ranger am Tresen. Richard fand, dass Wienke dieses Amt nicht nur optisch perfekt bekleidete. Schweigsam, aber mit interessiertem Blick. Er war kein Schwafler, der seine Mitmenschen mit unnötigen Informationen überschüttete.

»Wie geht es Ihnen?«, fragte Richard und drehte sich so, dass er den Mann direkt ansehen konnte.

»Der Schock sitzt natürlich tief. Aber für Isa ist es schlimmer. Irgendwie war Philipp immer mehr ihr Freund als meiner.«

»Richten Sie Ihrer Frau bitte aus, dass ich in den nächsten Tagen mal bei ihr vorbeischaue.«

Eine buschige blonde Augenbraue fuhr in die Höhe. »Sie wollen weiter in Gellerhagen bleiben? Ich meine, trotz allem, was passiert ist.«

»Es gibt ein paar Dinge, die ich noch herausfinden muss«, sagte er nur. Wie er Wienke einschätzte, würde es ihn vermutlich auch wenig kümmern, dass seine neue Untermieterin nicht ganz unschuldig daran war.

»Hat Ihre Frau gesagt, was mit der Ausstellung passiert?«, wollte Richard wissen.

»Das Museum bleibt bis übermorgen geschlossen. Wie es dann weitergeht, muss man sehen.«

»Keine leichte Entscheidung. Aber ich denke, es wäre in Philipps Sinn, die Ausstellung wiederzueröffnen.«

Sven Wienke gab ein zustimmendes Grummeln von sich und begann, den Kragen seiner Jacke aufzuknöpfen. »Verdammt heiß hier drin«, sagte er schnaufend.

Plötzlich musste Richard grinsen. Wienkes wulstige Finger umschlossen ein rosa Handy.

»Interessante Farbe.«

»Was?« Verständnislos starrte der Ranger ihn an.

»Ihr Telefon.«

Wienke ließ die Hände sinken. Betreten betrachtete er das Plastikgehäuse in seiner Hand. »Äh ... nein. Das gehört mir nicht.«

»Ihrer Frau?«

»Quatsch«, knurrte er. »In der Darßer Arche fand heute ein Aktionstag für Schulklassen statt. Ein Mädchen aus Gellerhagen hat es dort vergessen. Na ja, und da sie bei Helmut derzeit die Theorieausbildung für den Segelschein macht, wollte ich es ihm vorbeibringen. Er sieht sie eh heute Nachmittag in seinem Kurs.«

»Es gibt einen eigenen Segelverein im Ort?«

Wienke schüttelte den Kopf. »Keinen Verein. Es ist eine private Segelschule, die einem Neffen von Helmut gehört. Er betreut dort die Jugendgruppen.«

»Jüngstenschein, Grundschein ...«

Ein überraschter Blick erschien in Wienkes rundem Gesicht. »Sie segeln?«

»Früher mal. Mein Vater besaß lange Zeit ein eigenes Boot, mit dem wir häufig auf die Ostsee rausgefahren sind. Er musste es jedoch im letzten Jahr aus gesundheitlichen Gründen verkaufen.«

»Sie sollten das unbedingt wieder ins Auge fassen, Professor. Segeln ist ein phantastischer Sport«, fiel Wienke ins Schwärmen, nachdem er es endlich geschafft hatte, seine Jacke zu öffnen.

»Ich werde Ihren Ratschlag beherzigen.«

Sven Wienke beugte sich über den Tresen und legte das rosa Handy dort ab. »Sagen Sie Helmut wegen des Telefons Bescheid, wenn er kommt? Ich muss leider weiter.«

»Mach ich.«

Kurz klopfte der Ranger auf die Theke. Er hatte das Restaurant bereits einige Schritte durchquert, als Richard noch etwas einfiel. »Herr Wienke?«

Mit fragendem Blick kam er zurück. »Ja?«

»Ich habe zwar schon mit Ihrem Schwiegervater alles durchgespielt, aber vielleicht sehen Sie ja trotzdem eine Möglichkeit.«

»Wofür?«

»Nun, ich überlege, ob während besagtem Strandfest Gelegenheit bestand, ungesehen an Philipps Kameratasche heranzukommen.«

Wienke starrte ihn an, als hätte Richard ihm Grimms Märchen aufgetischt. Mit weiten Augen und heruntergeklapptem Kiefer. Erst eine vorbeihuschende Kellnerin holte ihn aus seiner Reglosigkeit.

»Sie vermuten, die Nacktfotos von Annika wurden an diesem Abend aufgenommen?«

»Das Strandfest ist das einzige Zeitfenster, das ich dafür sehe«, sagte Richard nickend. »Philipp war sehr eigen, was seine Kamera betraf. Daher dachte ich, dass die Kameratasche hier im Restaurant eine Weile unbeaufsichtigt herumgestanden hätte. Doch Ihr Schwiegervater schließt das definitiv aus. Er sagt, er hat sie höchstpersönlich in seinem Büro verwahrt.«

Wienke legte die Stirn in Falten. »Lassen Sie mich raten: Und niemand außer ihm besitzt einen Schlüssel?«

»Ist dem nicht so?«

»Doch, doch.« Mit einem Schulterblick vergewisserte er sich, dass Zarnewitz noch im rückwärtigen Küchentrakt beschäftigt war. »Allerdings ist es bei Personal und Stammgästen ein offenes Geheimnis, dass Helmut die Zweitschlüssel in der Garage aufbewahrt. Unter der Werkbank in einer rostigen Farbdose.«

Richards Augen folgten Wienkes Arm, der auf einen niedrigen Holzbau hinter dem Tresenfenster zeigte. »Wir können nachschauen, wenn Sie möchten.«

»Nein, ich glaube es Ihnen auch so.«

»Es ist eine schlechte Gewohnheit meines Schwiegervaters, dort die Zweitschlüssel zu deponieren.« Wienke schüttelte tadelnd den Kopf. »Helmut betreut im Ort ein paar wenige private Ferienhäuser, managt für die Eigentümer die Reinigung und solche Dinge. Es kommt häufig vor, dass die Leute mitten in der Nacht ohne Schlüssel anreisen oder das Haus kurzfristig den Verwandten überlassen. Die Garage ist immer unverschlossen, damit man jederzeit hineinkommt. Und Helmut selbst bunkert seine eigenen Zweitschlüssel für den Notfall auch dort.«

»Das heißt, wer darüber Bescheid wusste, konnte sich auch die Kamera geholt haben?«

»Haargenau.« Wienke drehte sich auf dem Absatz seiner Gummistiefel um und bedachte ihn mit einem warnenden Blick. »Das haben Sie aber nicht von mir, Professor.«

Richard nickte nur, denn er dachte bereits darüber nach, was die Information bedeutete. Nach Aussage von Zarnewitz lag Philipps Kamera von sieben Uhr am Abend bis zum nächsten Mittag im Büro. Das waren gut siebzehn Stunden. Ausreichend Zeit, die Kamera an sich zu nehmen, die Fotos von Annika Schoknecht zu machen und sie zurückzubringen. Das Restaurant platzte an diesem Abend vermutlich aus allen Nähten, und das Personal war im Dauerstress. Es dürfte genug Gelegenheiten gegeben haben, unbemerkt ins Büro hinein- und wieder hinauszugelangen. Abgesehen davon versteckte Zarnewitz sicher auch einen Zweitschlüssel für die Restauranttür in seiner Garage.

Demnach war es nicht schwierig, die Kamera auch während der Schließzeiten ins Büro zurückzubringen.

Richard überlegte, ob Mulsow ihm Annika Schoknechts genauen Todeszeitpunkt genannt hatte. Er wusste es nicht mehr. Aber höchstwahrscheinlich blieb ihrem Mörder nach der Tat noch genügend Zeit, den USB-Stick mit den Nacktfotos in Philipps Wagen zu platzieren, um damit den Verdacht auf ihn zu lenken.

In seinen Händen und Füßen begann es zu kribbeln. Dasselbe Kribbeln, das Richard schon vor zwei Stunden auf der Steilküste gespürt hatte. Für die Fotos gab es endlich eine Erklärung.

Eine Erklärung, die Philipp nun mit dem Leben hatte bezahlen müssen?

16

Isa klappte das Buch zu, stützte sich mit den Ellenbogen auf die Tischplatte und verbarg ihr Gesicht in den flachen Händen. Hinter ihrer Stirn pochte es dumpf. Die pelzige, angeschwollene Zunge in ihrem Mund schmerzte inzwischen bei der kleinsten Bewegung. Trotzdem ging es ihr besser. Das höllische Brennen in den Augen hatte endlich nachgelassen. Irgendwann in den frühen Nachmittagsstunden waren die letzten Tränen um Philipp versiegt. Isa spürte sogar so etwas wie Erleichterung.

Als sie sich wieder aufrichtete, jagte ein reißender Schmerz durch ihren Rücken. Vom stundenlangen Hocken auf dem harten Stuhl war er steif geworden. Wie so oft hatte sie es mit dem Lesen übertrieben. »Schatz, irgendwann bekommst du es mit den Bandscheiben«, lautete stets Svens überflüssiger Kommentar, wenn er sie über ein Buch gebeugt am Küchentisch fand. Sie wusste selbst, dass diese unbequeme Haltung auf Dauer ihren Rücken ruinieren würde, zumal sie auch im Büro selten eine andere Sitzposition einnahm. Doch Isa hatte nun einmal ihre Gründe, warum sie sich am Küchentisch marterte und keine Entspannung beim Lesen zugestand. Es war wie eine Zwangsstörung. Und Philipps Tod hatte diesen Drang noch verstärkt.

Schleppend erhob sie sich vom Stuhl, legte im Ofen ein Holzscheit nach und schaltete das Deckenlicht aus. Sven war unterwegs. Wo, wusste sie nicht. Isa nahm an, dass er durch das Unterholz in seinem Nationalpark streifte. Es war ihr recht und im Grunde auch gleichgültig. Ihr Zusammenleben hatte schon immer mehr einer Zweckgemeinschaft als einer Ehe geglichen. Eine Art Tauschgeschäft, in das jeder einbrachte, was er wollte. Aber nach und nach hatten sie beide immer weniger investiert.

Isa überlegte, wann Sven und sie das letzte Mal verreist waren. Es musste über sechs Jahre her sein. In der Zeit, bevor sie das alte Kapitänshaus erworben und ihre ganze Energie in dessen Renovierung gesteckt hatten. Fast jeden Sommer hatten sie den

Anhänger hinter ihren alten Ford Mondeo gespannt und waren wochenlang die Küste Westjütlands rauf- und runtergefahren. Rømø, Blåvand, Hvide Sande. Heute kamen ihr diese Urlaube wie Sequenzen aus einem anderen Leben vor, und der Anhänger im Garten schien ein nutzloses Vehikel, das entfernte Verwandte dort zwischengeparkt hatten.

Mit verschränkten Armen trat sie an das Fenster zum Garten. Der flackernde Feuerschein spiegelte ihre Gestalt in der dunklen Glasscheibe wider. Doch Isa wagte es nicht, sich darin zu betrachten. Die Erinnerung war zu stark, die erdrückende Last bedrohlich nah. Sie schloss die Augen. Philipp tauchte auf. Gestochen scharf sah sie ihn vor sich. Noch. Wie lange würde es dauern, bis sie sich sein Gesicht nicht mehr ins Gedächtnis rufen konnte? Wie lange, bis sie ihn endgültig verloren hatte?

Als Philipp im vergangenen Herbst angerufen und ihr die Idee mit dem Bildband über die Halbinsel unterbreitet hatte, schien in Isas Leben alles wieder ins Lot zu kommen. Philipp hatte sich seit Annikas Tod nur noch selten in Gellerhagen blicken lassen. Und wenn, hatte er das Kapitänshaus gemieden. Er brauchte Zeit – Abstand, wie sie auch. Doch mit einem Mal gab es wieder eine Verbindung zwischen ihnen. Trotz klammer Verlagskasse hatte Isa nicht gezögert, den Bildband herauszubringen. Gemeinsam hatten sie die Kosten kalkuliert und über Layout und Motivwahl gebrütet. Sooft es ging, war Philipp zwischen Münster und Gellerhagen gependelt. Daher brauchten sie kaum ein Jahr, bis der Bildband gedruckt war und sie die Ausstellung im Kunsthaus auf die Beine gestellt hatten. Philipp hatte ihr verziehen, und der grauenvolle Sommer war kaum mehr als eine verblasste Narbe.

»Hat man uns den Strom abgeschaltet?«

Sie fuhr herum. Sven. Mit aufgeschlagener Wachsjacke und Wollmütze in den Händen stand er breitbeinig im Türrahmen. Seine rechte Gesichtshälfte war vom Kaminfeuer erhellt. Die pausbackige Wange glänzte tiefrot. Ob von der kühlen Abendluft, die er mit in die Küche brachte, oder von der Erheiterung über seinen dummen Witz, konnte sie nicht ausmachen.

»Sven, lass die blöden Sprüche!« Sie drehte sich wieder zum Fenster, in dessen spiegelndem Glas sie die breite Gestalt ihres Mannes auf sich zusteuern sah. Die Arme hatte er beschwichtigend ausgebreitet. Reflexartig presste sie die ihren fester gegen den Oberkörper.

»Isa.« Svens kräftige Hände umschlossen ihre Schultern. Sanft und fest zugleich. Ein holziger, salzgetränkter Geruch ging von ihm aus. Wald und Meer. Der Geruch seines Reviers. »Ich habe nicht nachgedacht. Es tut mir leid.«

Das tat es vermutlich wirklich, dachte sie. Um ihre Ehe, die sie nie hatten, um die Erinnerungen, die sie teilten. Aber nicht um Philipp.

Er ließ ihre Schultern los, umfasste ihr Kinn. Sein harter Griff zwang sie, ihn anzusehen. »Wir stehen das gemeinsam durch, Isa. Wie immer.«

»Das brauchst du mir nicht extra zu sagen.«

Sie nahm seine Hand von ihrem Kinn. Isa war klar, wie seltsam ihre Ungerührtheit auf Sven wirken musste. Und wäre es um den plötzlichen Verlust ihres Vaters gegangen, hätte sie sich durchaus zu einem »Ich weiß, danke« hinreißen lassen. Aber es war Philipp, den sie verloren hatte.

Sven ließ sie stehen. Sie sah ihm nicht nach, beobachtete ihn stattdessen in der Fensterscheibe. Mit einem tiefen Stöhnen schälte er sich aus seiner Jacke, warf sie zusammen mit der Mütze auf einen Stuhl und öffnete den Kühlschrank.

Wie konnte er jetzt ans Essen denken? Sie bekam nicht einen Bissen hinunter. Aber nicht einmal Annikas Tod hatte Sven den Appetit verderben können. Weshalb sollte es dann Philipps Ermordung tun? Nach und nach beförderte er Butter, Tomaten und Fleischsalat auf den Tisch. Anschließend schnitt er sich drei dicke Scheiben Weißbrot ab, bewaffnete sich mit Messer und Teller und zog einen Stuhl hervor. Schnaufend ließ er sich nieder. Isa schaute weg, fokussierte einen Punkt am nachtschwarzen Himmel.

»Ach, übrigens. Ich soll dir Grüße vom Professor ausrichten. Er kommt die Tage vorbei.«

Der Stich in ihrem Brustkorb kam so abrupt, dass sie beinahe aufgeschrien hätte. Sie schnellte herum. »Richard Gruben ist noch hier?«

Kauend schaute ihr Mann sie an. »Jedenfalls war er es heute Nachmittag noch. Da hockte er bei deinem Vater im ›Meerblick‹.«

Isa stürmte zum Lichtschalter. Energisch schlug sie mit flacher Hand drauf. »Wieso sagst du mir das erst jetzt?«

»Du wolltest trauern.« Sven, geblendet vom gleißenden Licht, musste einige Male blinzeln. »Allein.«

Isa holte tief Luft, zwang sich zur Ruhe. Es brachte nichts zu streiten. Nicht jetzt. Sie ging zum Tisch und setzte sich ihm gegenüber.

»Philipp ist tot. Warum reist Gruben nicht ab?«

»Er meinte, er müsste noch einige Dinge herausfinden.«

»Dinge? Was für Dinge?« Ihre Zunge war hart wie eine Billardkugel.

»Das hat er nicht gesagt.« Sven leckte sich Mayonnaise von der Unterlippe. »Ich weiß nur, dass er mit Helmut diskutiert hat.«

»Lieber Himmel, Sven! Lass dir doch nicht alles aus der Nase ziehen!« Isas Geduldsfaden war gerissen. »Was wollte Professor Gruben von meinem Vater?«

»Es ging um das Strandfest«, antwortete Sven ruhig, völlig unbeeindruckt von ihrer Wutschnauberei. »Er wollte wissen, wo Philipps Kamera an dem Abend war. Mich hat er auch gelöchert. Der Professor scheint mit einer gesunden Neugier ausgestattet zu sein.«

Natürlich war er das. Ihre wiederentfachte Angst war schließlich nur der Penetranz dieses Mannes geschuldet. Erst die Geschichte mit Annika, jetzt der Mord an Philipp. Sie hatte geglaubt, Richard Gruben würde nach dem Tod seines Freundes die Vergangenheit ruhen lassen und aus ihrem Leben verschwinden. Stattdessen biss er sich darin fest wie eine Zecke.

»Was bildet sich dieser Kerl ein, einfach meinen Vater auszuhorchen?«, rief sie erzürnt.

»Frag ihn, wenn er zu Besuch kommt.«

Am liebsten hätte sie Sven eine gescheuert. Aber sie musste mehr über Grubens Schnüffelei in Erfahrung bringen.

Sie beugte sich zu ihm vor. »Weißt du, was mein Vater Gruben erzählt hat?«

»Nichts anderes als das, was er auch der Polizei gegenüber zu Protokoll gegeben hat. Die Kamera war in seinem Büro eingeschlossen.«

»Und du? Was hast du ihm gesagt?«

»Dass jeder an das Ding herankam, was sonst?«

Sven stach mit der Messerspitze in eine Tomate. Das Fruchtfleisch quoll dick heraus, und eine blutrote Pfütze breitete sich auf dem Teller aus.

Isa erhob sich. Trotz des warmen Feuers fröstelte sie. Sie könnte sich einen Tee machen. Nur wie sollte sie ihn mit dem starren Muskel in ihrem Mund hinunterschlucken? Sie ahnte plötzlich, dass sie ihrer Vergangenheit nicht mehr entrinnen konnte. Egal, was sie sagte, gleichgültig was sie tat. Richard Gruben würde weiter in den alten, hässlichen Wunden stochern. Beharrlich. Unaufhaltsam. Bis sie für ihre Sünden bezahlte.

Sie schlich ans Fenster zurück, betrachtete das leere Katzenkissen auf dem Sims. Seit Tagen hatte sie den Kater nicht gesehen.

»Wo ist Hampus?«, fragte sie in Svens Schmatzen hinein.

»Draußen, nehme ich an.«

»Hast du ihn heute Morgen gefüttert?«

»Es gibt Mäuse, Isa.«

Zum Glück waren in ihrem Tauschgeschäft niemals Kinder vorgekommen, dachte Isa mit einem Anflug von Ironie. Wo sie es offenbar nicht einmal schafften, sich um eine Katze zu kümmern.

»Hampus lümmelt bestimmt im Wohnwagen herum«, hörte sie Sven hinter ihrem Rücken sagen.

Jette! Auch sie hatte Isa seit dem grauenhaften Abendessen nicht mehr gesehen. Sie sollte besser einmal zu ihr hinübergehen, sich nach ihrem Empfinden erkundigen, nach dem Roman. Nicht dass Jette Herbusch die Segel strich und sie neben Philipp auch ihren Verlag begraben musste.

»Ich bin der Ansicht, wir sollten Jette Herbusch in Zukunft nicht mehr in unserem Haus ein und aus spazieren lassen.«

Erstaunt drehte Isa sich um. »Ich dachte, du findest sie *nett*?«

Sven legte das Messer hin. Eine Weile kaute er auf dem Bissen in seinem Mund, um sich seine Worte zurechtzulegen. Dann schaute er sie durchdringend an. »Die Frau hat so etwas Lauerndes an sich, beinahe unheimlich.«

Isa stieß ein hämisches Lachen aus. »Du klingst, als würdest du von einem deiner blöden Viecher im Revier reden.«

Aber Sven wehrte ihren Spott mit einem heftigen Kopfschütteln ab. »Glaub mir, Isa, irgendwas stimmt nicht mit ihr.«

Irgendwas.

Isa rollte entnervt mit den Augen. »Sven, du hast eindeutig zu viel Zeit allein im Wald verbracht.«

»Die Aussteiger-Nummer kauf ich ihr jedenfalls nicht ab.« Er ließ nicht locker.

»Ich habe dir Jettes Gründe dafür lang und breit erklärt.«

Sven wiegte seinen blonden Haarschopf abschätzig hin und her. »Das mag ja auf den ersten Blick alles einleuchtend klingen. Aber mal ehrlich: Welche Frau zieht noch mit Anfang vierzig freiwillig in einen Campinganhänger? Allein? Zu dieser Jahreszeit?«

»Was soll das, Sven?«, brauste Isa auf. »Wir beide waren uns doch darüber einig, dass Jette Herbusch im Wohnwagen bleiben kann, bis sie ihren Roman fertig geschrieben hat.«

»Ja, sicher«, sagte er beschwichtigend, »hab auch nichts dagegen. Aber du musst zugeben, ihr Verhalten bei Philipp war schon sehr sonderbar.«

»Sven! Der ganze Abend war sonderbar. Uns eingeschlossen.« Sie kreuzte die Arme vor der Brust. »Willst du mir meinen Verlag auch noch nehmen?

Sein Gesicht verfinsterte sich, die Augen wanderten zum Fenster. Er sah sie schweigend an. Dreißig Sekunden. Eine Minute vielleicht. Dann schob er den Stuhl zurück. In der Tür blieb er stehen, löschte das Licht und warf ihr einen letzten Blick über die Schulter zu.

»Gut, Isa. Es ist deine Entscheidung. Wie immer.«

17

»Und, Bert? Was hältst du von meiner Theorie?«

Richard sank in den Sessel. Wie schon am Nachmittag auf der Steilküste war er im Wohnzimmer des Ferienhauses auf und ab gelaufen. Jedoch hatte er seine Gedanken diesmal bedeutend langsamer und strukturierter dargelegt. Mittlerweile waren einige Stunden vergangen, und Richard hatte genügend Zeit gehabt, alles gründlich zu durchdenken. Darüber hinaus hatte Wienkes Hinweis mit dem Zweitschlüssel ihn in seiner Überzeugung bestärkt, dass Philipp Annika Schoknechts Mörder auf die Spur gekommen war. Eine Spur, die seinem Freund zum tödlichen Verhängnis wurde.

»Hm«, machte Mulsow auf dem Sofa gegenüber. »Die Aussagen von Zarnewitz und Wienke widersprechen sich.«

Richard schob die Ärmel seines Pullovers hoch. »Helmut Zarnewitz gibt vermutlich ungern zu, dass auch Personal und Stammgäste über die unverschlossene Garage Bescheid wissen und somit jederzeit in sein Büro gelangen können. Schließlich geht es nicht allein um die Privaträume in seinem Restaurant, in der Dose liegen auch die Schlüssel der Ferienhäuser. Es wäre ein Leichtes, sich dort Zutritt zu verschaffen. Wer würde ihm dann noch sein Ferienhaus anvertrauen?«

»Du denkst also, irgendwer aus diesem Personenkreis hat Stöbsands Kamera während des Strandfests an sich genommen?«

Richard nickte. »In dem Gewusel dürfte es genug unbeobachtete Momente gegeben haben.«

Mulsow schaute an die Decke, als würde er das Gehörte noch einmal Revue passieren lassen. »Warte kurz«, sagte er schließlich und ging in die Diele nach nebenan. Durch die offen stehende Tür sah Richard, wie der Polizist an der Garderobe die Taschen seiner Lederjacke durchsuchte. Mit seinem schwarzen Notizbuch kam er zurück.

Blätternd setzte er sich auf das Sofa. »Ich habe mich heute in Annika Schoknechts alte Akte eingelesen und mir ein paar Stichpunkte notiert. Wann, sagtest du, ist Stöbsand an dem Abend ins ›Meerblick‹ gekommen?«

»Zarnewitz meinte, gegen sieben.«

»Ah, da ist es.« Mulsow legte den Zeigefinger zwischen die Seiten. »Stimmt. Die Uhrzeit deckt sich mit den Aussagen von damals.«

»Das sind über siebzehn Stunden, bis die Kamera am nächsten Tag sichergestellt wurde. Der Täter hatte ausreichend Zeit, das Mädchen zu foto–«

»Nein.«

»Was nein?«

Mulsow blickte von seinem Notizbuch auf. »Die Fotos wurden nicht an diesem Abend aufgenommen.«

Perplex starrte er den Polizisten an. »Wie kannst du das wissen?«

»Es sind Innenaufnahmen. Vermutlich ein Hotelzimmer.«

»Es steht wohl außer Frage, dass die Fotos auf dem Fest entstanden sind. Irgendwann wird Annika Schoknecht mit dem Mann verschwunden sein. Zwischendurch oder kurz –«

»Nein«, unterbrach Mulsow ihn erneut. »Die Fotos wurden bei Tageslicht aufgenommen. Unter Berücksichtigung von Lichteinfall und Schatten konnte der Zeitraum auf früher bis später Nachmittag eingegrenzt werden.« Er machte eine Pause und sagte dann gewichtig: »Die Bilder wurden vor dem Strandfest aufgenommen, Richard. Stunden, Tage, Wochen.«

Richards Theorie fiel wie ein Kartenhaus zusammen.

Er erhob sich und trat ans Fenster. In den kleinen quadratischen Scheiben spiegelte sich sein Gesicht. Richard hätte lügen müssen, um zu behaupten, dass er nicht enttäuscht war. Denn er hatte die vergessene Kamera für den Schlüssel zur Aufklärung des Mordes an Philipp gehalten. Und jetzt? *Stunden, Tage, Wochen …*

»Vielleicht wäre es auch zu einfach gewesen«, sagte er matt und löste sich vom Fenster.

»Ich verstehe, dass du frustriert bist.« Der Polizist legte das Notizbuch auf den Tisch. »Aber so sind nun mal die Fakten.«

Eine Weile schwiegen sie beide. Dann nahm Richard die Unterhaltung wieder auf.

»Konntet ihr inzwischen herausfinden, wann Philipp gestern Vormittag das Haus verlassen hat?«

»Die Befragung in der Nachbarschaft hat nichts ergeben«, antwortete Mulsow mit einem Kopfschütteln. »Die meisten dieser Häuser werden als Ferienhäuser genutzt. Und da wir Nebensaison haben, sind nur eine Handvoll belegt. Niemand hat ihn das Grundstück verlassen oder seinen Wagen wegfahren sehen.«

»Habt ihr im Kunsthaus nachgefragt? Könnte doch sein, dass er noch dort gewesen ist?«

»Ebenfalls Fehlanzeige. Für halb eins war zwar eine Führung angesetzt, aber die hätte Stöbsand sowieso nicht mehr machen können. Zu diesem Zeitpunkt war er laut Obduktionsbericht bereits tot.« Er klopfte auf sein Notizbuch.

Richard überlegte. »Ich bin kurz nach halb acht weg. Also muss er in dieser Zeit das Ferienhaus verlassen und seinen Mörder getroffen haben.«

»Nicht unbedingt.«

Verständnislos blickte Richard den Polizisten an. »Was heißt das?«

»Wir können nicht ausschließen, dass Stöbsand und der Täter von hier aus gemeinsam mit dem Auto weggefahren sind.«

»Sein Mörder ist ins Ferienhaus gekommen?«

»Möglich.«

»Das würde bedeuten, Philipp hätte ihn an dem Morgen zu sich bestellt.«

»So könnte es gewesen sein.« Mulsow schnalzte einige Male mit der Zunge, ehe er weitersprach: »Denkbar wäre aber auch, dass Stöbsand nichts von dem Besuch wusste. Der Täter hat ihn mit seinem Kommen überrascht.«

»Wenn er im Haus war, hätten deine Kollegen dann nicht Fingerabdrücke finden müssen?«

»*Hier?*« Der Polizist machte eine den Raum umfassende

Geste, und Richard merkte gleichzeitig, wie unsinnig seine Frage war. In einem stark frequentierten Ferienhaus wie diesem wimmelte es nur vor Fingerabdrücken. Etwas Verwertbares zu finden, war nahezu unmöglich.

»Zudem muss er Handschuhe getragen haben«, sagte Mulsow. »Auch im Wagen und am Insulin-Pen gab es keine brauchbaren Spuren.«

Richard rutschte auf dem Sessel vor. »Aber weshalb sollte er sich die Mühe machen, mit Philipp im Auto wegzufahren? Er hätte ihm das Insulin einfach hier spritzen können.«

»Das Risiko war zu groß. Er konnte nicht wissen, wann du zurückkommst.«

»Wenn ich überraschend dazugestoßen wäre, hätte es nach einem unverfänglichen Besuch ausgesehen«, schlussfolgerte Richard.

»Nicht zu vergessen, dass der Täter neben dem Suizid auch ein Geständnis vortäuschen wollte. Die Stelle im Wald war perfekt dafür.« Mulsow zuckte mit den Achseln. »Wie gesagt, es sind nur Spekulationen. Stöbsand könnte seinen Mörder auch anderswo getroffen haben. Vielleicht waren sie nicht einmal miteinander verabredet.«

»Dann habt ihr also noch keine heiße Spur?«

»Leider nein.«

»Was ist mit dem Insulin-Pen? Irgendeine Idee, woher der stammt?«

»Von dieser Chargennummer wurde eine so hohe Anzahl produziert, dass wir keine Rückschlüsse ziehen können. Jede Apotheke in Norddeutschland dürfte diese Pens auf Lager haben.«

In der Küche sprang die Gastherme an. Das monotone Rauschen füllte eine Weile die bedrückende Stille im Wohnzimmer aus. Dann beugte Mulsow sich auf dem Sofa vor, legte die Unterarme auf die Knie und faltete die Hände ineinander. Prüfend sah er Richard an. »Schließt du Stöbsand weiterhin als Urheber der Fotos aus?«

Richard nickte, ohne zu zögern. »Philipp war es nicht.«

»Bauchgefühl?«

Es stimmte. Irgendwie war es das. Doch auch dieses Gefühl musste eine Ursache haben. Richard ging in sich, dachte an die Vernissage, an die Tage danach. Bis er wusste, woher es rührte. *Wieso fragst du mich nicht geradeheraus, Richard.*

»Philipps Reaktion auf meine Fragen war zu emotional.«

»Inwiefern?«

»Er fühlte sich sichtbar zu Unrecht verdächtigt. Immer noch. Als ich gefragt habe, wieso …« Richard durchzuckte ein Gedanke.

»Was ist los?«

Er sprang auf. »Ich lag völlig falsch.«

»Womit?«

Erneut lief er im Wohnzimmer umher. »Die ganze Zeit bin ich davon ausgegangen, dass Philipp erst jetzt dahintergekommen ist, wer ihm die Fotos untergeschoben hat. Was, wenn er aber schon damals wusste, wer es gewesen war?«

»Sekunde!« Mulsow wedelte protestierend mit der Hand. »Willst du behaupten, Stöbsand hat all die Jahre Annika Schoknechts Mörder gedeckt?«

»Es würde sein Verhalten erklären. Das Schweigen mir gegenüber, die schwammigen Antworten, sein Aufbrausen …« Richard stoppte. »Am Morgen nach der Vernissage wollte ich von Philipp wissen, wieso er mir nie von dem Mord und seinem Gefängnisaufenthalt erzählt hat. Er meinte nur, er hätte seine Gründe dafür.«

»Du willst sagen, er hat es aus Loyalität getan?«

»Vielleicht wurde ihm auch Geld geboten. Philipp muss schon damals in erheblichen finanziellen Schwierigkeiten gesteckt haben, sonst hätte er niemals das Ferienhaus verkauft.«

Nachdenklich schob Mulsow den Unterkiefer hin und her. »Mal angenommen, du hast recht, und Stöbsand wusste tatsächlich, wer hinter dem USB-Stick mit den Fotos steckte. Warum jetzt der Mord?«

»Philipp wollte sein Schweigen brechen und bei der Polizei auspacken«, sagte Richard. »Die Geschichte wird ihn die ganzen Jahre schwer belastet haben, und nach Schoknechts Auftritt auf der Vernissage ist alles in ihm hochgekocht. Er muss den Täter damit konfrontiert haben.«

Nachdenklich kratzte Mulsow sich das unrasierte Kinn. »Das ist verdammt starker Tobak.«

»Aber im Bereich des Möglichen?«

»Durchaus.«

»Bleibt also die Frage, wie diese Fotos entstanden sind.«

»Er hat seine Kamera verliehen?«

»Nein. Philipps Canon muss auch damals gut und gerne um die fünftausend Euro gekostet haben. Er hätte sie nie einem Laien anvertraut.« Richard schüttelte leicht den Kopf. »Ich denke eher, Philipp hat erst hinterher bemerkt, dass jemand sie in den Fingern hatte, und hatte eine starke Ahnung, wer dafür in Frage kam.«

»Gut«, Mulsow blickte auf seine Uhr und hievte sich aus dem Sofa, »ich lass mir das Ganze noch einmal durch den Kopf gehen.«

»Bleib doch zum Essen«, schlug Richard vor.

»Ich weiß dein Angebot wirklich zu schätzen«, sagte Mulsow grinsend und steckte das Notizbuch in die Hosentasche, »aber ich wälze besser noch ein paar alte Akten auf dem Revier.«

In der Diele nahm der Polizist die Lederjacke vom Haken und deutete mit dem Daumen ins Dachgeschoss. »Helmut Zarnewitz kommt die Tage vorbei, um Stöbsands persönliche Sachen zusammenzusuchen. Seine Mutter hat ihn darum gebeten. Ich hoffe, das geht in Ordnung für dich.«

»Ja, natürlich.«

»Frau Stöbsand hat uns gesagt, sie will ihren Sohn in Gellerhagen beisetzen lassen.«

»Wann wird seine Leiche denn freigegeben?«

»In den nächsten Tagen.« Mulsow setzte seine Mütze auf. »Sehr wahrscheinlich findet das Begräbnis in der kommenden Woche statt. Wirst du so lange bleiben?«

»Ich denke schon«, sagte Richard. »Zu Hause vermisst mich ja gerade niemand. Ich werde Dahlke fragen, ob ich das Ferienhaus bis dahin weiternutzen kann.«

Richard öffnete die Tür, als Mulsow sich plötzlich an die Stirn tippte. »Ach, mir wäre beinahe etwas entfallen. Moment!«

Mit den flachen Händen tastete er Lederjacke und Uniformhose ab, bis er in der Gesäßtasche fündig wurde. Mulsow blätterte erneut seine Notizen durch. »In Annikas Akte bin ich über einen Namen gestolpert. Eine Frau aus Münster.«

»Aus Münster?« Richard war erstaunt.

»Ja, vielleicht kennst du sie.« Mulsow leckte den Zeigefinger an und schlug die nächste Seite um. »Sie war zusammen mit Stöbsand in Gellerhagen und hat bestätigt, dass er in der Mordnacht nicht im Ferienhaus war … Ich hab's gleich … ah, hier«, Mulsow hob den Blick, »Ulrike Mühlheimer.«

Richard spürte dem Namen nach. Aber nichts. Der Name war ihm fremd. »Nie gehört, Bert.«

»Macht ja nichts. War nur so ein Gedanke.«

Sie verabschiedeten sich, und Richard ging in die Küche. Obwohl er völlig talentfrei war, was das Kochen betraf, hätte er sich an den Herd gestellt, wenn Mulsow zum Essen geblieben wäre. Aber allein konnte Richard sich nicht dazu durchringen und gelangte zu dem Entschluss, dass auch ein paar Butterbrote seinen Hunger stillen würden. Während er eine Tomate schnitt, ging ihm die Frau aus Münster durch den Sinn. Dass ihm der Name nichts sagte, war nicht weiter verwunderlich. Philipp hatte einen anderen und vor allem größeren Bekanntenkreis als er gehabt. Aber eine Frau, mit der er gemeinsam in den Urlaub fuhr, hätte Philipp ihm gegenüber sicher einmal erwähnt. Zu der Zeit war ihr Kontakt noch zu eng gewesen, als dass er so etwas verschwiegen hätte. Allerdings könnte diese Ulrike Mühlheimer auch auf einen spontanen Kurzbesuch ins Ferienhaus gekommen sein, weil sie zufällig in der Gegend war. Ein Zwischenstopp bei einem alten Freund an der Ostsee.

Richard stellte die Tomatenscheiben auf den Tisch. Dabei bemerkte er sein Telefon auf der Fensterbank. Umgehend meldete sich sein schlechtes Gewissen. Er hatte Charlotte nach wie vor nicht angerufen. Um diese Uhrzeit war Henrik vermutlich noch wach. Wenn er jetzt gleich anrief, könnte er vorher ein paar

Worte mit seinem Sohn wechseln. Er streckte die linke Hand nach dem Smartphone aus, da klopfte es an der Haustür. Verwundert hob er den Kopf. Hatte Mulsow etwas vergessen?

Richard lief in die Diele. Als er beim Öffnen in ein Paar graublaue Augen blickte, stellte er fest, dass ihm warm im Bauch wurde. Er war wenig überrascht.

»Sehe ich so angsteinflößend aus?«

»Wie bitte?«

Jette sah an ihm hinunter. »Das da.«

Er neigte den Kopf nach unten. In der rechten Hand hielt er noch das Messer. Grinsend schaute er sie an. »Das war für die Tomaten. Nicht für dich.«

»Da bin ich erleichtert.«

Er wies ins Haus hinein. »Wenn du Hunger hast …«

In der Küche beeilte er sich, die restlichen Sachen auf den Tisch zu bringen, während Jette ihren Parka ablegte. Darunter erkannte Richard den rot-blauen Strickpullover. Sie war blass, wirkte müde. Es war ihm schon am Nachmittag auf der Steilküste aufgefallen. Die Ereignisse der letzten Tage hatten sie augenscheinlich doch mehr aufgewühlt, als sie bereit war, zuzugeben.

»Wie kommst du mit deinem Roman voran?«, erkundigte er sich.

»Mein Protagonist verhält sich störrisch.« Jette nahm auf dem Stuhl am Fenster Platz. »Er tut nicht, was ich will.«

»Ich knöpfe mir den Kerl bei Gelegenheit mal vor«, sagte er, worauf sich ein zaghaftes Lächeln auf ihr Gesicht stahl.

Richard nahm eine Flasche Mineralwasser und zwei Gläser aus dem Schrank und setzte sich zu ihr. Nachdem er eingegossen hatte, deutete Jette mit einer Kopfbewegung nach draußen.

»Mir ist eben auf der Dorfstraße ein Streifenwagen entgegengekommen. Hattest du Besuch?«

»Du hast Bert knapp verpasst.«

»Weiß er schon Genaueres über die Mordumstände?«

»Noch nicht.« Er reichte ihr den Brotkorb. »Niemand hat Philipp oder seinen Wagen gestern Morgen gesehen.«

»Und bei dir? Hattest du Erfolg?«
»Mein Besuch bei Helmut Zarnewitz?«
Jette nickte und langte nach einer Scheibe Vollkornbrot.
»Nein.« Kurz überlegte er, ob er weiter ausholen sollte. Doch vermutlich fragte Jette nur der Höflichkeit halber, deshalb sagte er nur: »Die Fotos sind nicht an dem Abend entstanden.«
»Das heißt, Personal und Stammgäste scheiden aus?«
»Was den Zeitpunkt betrifft, schon.«
Sie lächelte schwach. »Es wäre auch zu einfach gewesen.«
Erst als Jette zum dritten Mal seinen Namen nannte, merkte Richard, dass er sie anstarrte. »Entschuldige bitte. Ich war in Gedanken«, sagte er schnell. »Wolltest du etwas wissen?«
»Ob du eine Trekkingtour durch die Alpen planst.« Sie zeigte auf das Fensterbrett. Sein alter Reiseführer. Er hatte ihn am Tag seiner Abreise mit in den Koffer gelegt.
»Ach nein«, meinte er wehmütig. »Philipp und ich waren Mitte der Neunziger auf einer Rucksacktour in den französischen Alpen. Ich hatte das Ding eingepackt, um mit ihm in alten Erinnerungen zu schwelgen. Aber nun …« Er brach ab.
»… tust du es mit mir.« Jette nahm das Buch von der Fensterbank. »Wo seid ihr langgelaufen?«
»Auf dem GR5.«
»Hört sich nicht sehr malerisch an. Eher wie der Name einer stark befahrenen Autobahn.«
Er nahm ihr das Buch aus der Hand. »GR5 steht für Grande Randonnée 5.«
»Große Wanderung.«
Richard nickte, suchte die Route, fand sie und drehte die Seite so, dass Jette sie sehen konnte. »Die Franzosen haben bestimmte Riesenwanderwege durch ihr Land, der Fünfer ist einer davon. Er führt vom Genfer See über die französischen Westalpen und endet schließlich am Mittelmeer in Nizza.«
Sie deutete auf die abgedruckte Karte. »Siebenhundert Kilometer? Beachtlich.«
»Wir sind nur einen Teil der Strecke gelaufen. Von der Schweiz bis nach Modane.« Mit dem Zeigefinger fuhr er die

rot markierte Linie entlang. »Allerdings war das Stück schon Herausforderung genug. Der GR5 geht ständig rauf und runter. Das sind locker tausend Meter Höhenunterschied pro Tag. Die Narben der Monsterblasen sieht man noch heute an meinen Fersen.«

»Und wieso tut man sich so etwas freiwillig an?«

»Die grandiose Natur entschädigt für alles.« Richard sah sie an. »Schneebedeckte Gipfel, glasklare Bergseen, herabstürzende Bäche, Murmeltiere ...«

»Murmeltiere?« Belustigt rümpfte sie die Nase. Ihr Gesicht hatte Farbe bekommen.

»Was?«, tat er gekränkt. »Das sind putzige Tierchen.«

Sie lachte und nahm sich von den Tomaten. »Wo habt ihr übernachtet?«

»Manchmal in einem kleinen Gasthof weiter unten im Tal. Aber meistens in den Hütten, die du in den Bergen überall findest.« Richard schmunzelte in sich hinein. »Gleich am zweiten Tag wurden wir dort oben beklaut. Bargeld, Pässe, Philipps Kamera ... alles weg.«

»Und dann?«

»Ich wollte sofort alles abbrechen, aber für Philipp kam das nicht in Frage. Er war fest entschlossen, diese Tour durchzuziehen. Und hat den Hüttenwirt erfolgreich bequatscht, uns für zwei Tage bei sich schuften zu lassen. Das Gleiche haben wir später noch einige Male gemacht. Wir brauchten das Geld für Essen und Unterkunft. So wurden aus unseren geplanten zwei Wochen am Ende fünf.« Er klappte das Buch zu. »Aber trotz der Strapazen war es mit die beste Zeit in meinem Leben. Es ist nur schade, dass ich überhaupt keine Bilder von dieser Tour besitze.«

»Doch, Richard, du besitzt sie«, erwiderte Jette. »In deinem Kopf.«

Die Wärme in seinem Bauch nahm zu. Er legte den Reiseführer zurück auf die Fensterbank. »Im Nachhinein war ich Philipp sehr dankbar für seine Hartnäckigkeit. Ich bin es heute immer noch.«

Nickend kaute sie auf ihrer Unterlippe.

»Philipp konnte auch anders sein«, sagte Richard. »Er war nicht ständig so ein Arschloch.«

»Ich weiß.«

Er spürte, dass sie es ehrlich meinte. Aber da hatte noch etwas in ihrer Stimme mitgeschwungen, das ihn irritierte. Ein Hauch Traurigkeit.

Zwei Stunden später langte Jette nach ihrer Jacke. Richard konnte ihrem Gesichtsausdruck entnehmen, dass sie sich wunderte, als er gemeinsam mit ihr vor die Haustür trat. Sie sagte jedoch nichts. Schweigend liefen sie die Auffahrt hinunter. Die Nacht war kühl, aber windstill. Bei ihrem Auto angekommen, stutzte er. Eines der hinteren Seitenfenster war mit heller Folie zugeklebt.

»Hattest du einen Unfall?«

Jette schüttelte den Kopf und angelte den Schlüssel aus der Jackentasche. »Die Scheibe hatte schon ewig einen Riss. Ich muss gestern auf Wienkes Grundstück über einen Stein gefahren sein. Das hat ihr wohl den Rest gegeben.«

»Soll ich dir meinen Wagen leihen?«

»Ach iwo, ich muss doch bloß in den Bernsteinweg.«

»Dann lass mich dich fahren.«

»Es ist nur eine kaputte Scheibe, Richard.«

»Du könntest dir eine Lungenentzündung holen.«

»Ich schlafe in einem Wohnwagen. Ich bin abgehärtet.«

»Das schützt nicht vor bösen Schnittwunden.«

»Du gibst nicht auf, oder?«

»Nein.«

»Wie wäre es mit einem Kompromiss?« Sie neigte den Kopf zur Seite. »Du lässt mich jetzt fahren und darfst mich dafür morgen Abend zum Essen einladen.«

Richard lachte. »Einverstanden.«

Jette entriegelte den Wagen und drehte sich wieder zu ihm um. Ihre Augen begegneten seinem Blick.

»Danke für das Tomatenbrot.«

»Danke für die Erinnerungen.«

Sie steckte eine lose Strähne hinter ihr Ohr. »Also, dann ... Gute Nacht, Richard.«

»Gute Nacht.«

Er sah den Rücklichtern ihres Autos nach. Nachdem Jette hinter der Wegbiegung verschwunden war, legte er den Kopf in den Nacken. Eine Wolke schob sich vor den Mond. Richard schloss die Augen und fragte sich, ob er gerade seinen Zeitpunkt verpasst hatte.

18

Jette stellte den Motor aus und ließ die Hand auf dem Zündschlüssel liegen. Regungslos betrachtete sie ihr Gesicht im Rückspiegel. Die farblose Haut, die müden Augen. Ihr Atem schlug sich auf dem kühlen, feuchten Glas nieder. Die wenigen Meter vom Ferienhaus bis in den Bernsteinweg hatten den alten Nissan kaum aufheizen können. Als die Innenraumbeleuchtung erlosch und Dunkelheit sie umhüllte, ließ Jette sich schwermütig gegen die Rückenlehne sinken.

Am Nachmittag auf der Steilküste war sie noch voller Hoffnung gewesen, dass sie trotz Stöbsands Ermordung ihre Antworten bekäme. Natürlich hätte auch mit Richards Theorie nur eine minimale Chance bestanden, den Kreis der Verdächtigen einzugrenzen und dadurch den Täter zu finden. Doch es hatte eine Chance gegeben. Aber jetzt? *Die Fotos sind nicht an dem Abend entstanden.* Der Satz lief in ihrem Kopf inzwischen auf Dauerschleife. Die Theorie war also dahin. Und Stöbsand selbst war tot. Außer seinem Mörder wusste nun niemand, wann und wo diese Bilder aufgenommen wurden. Und wenn doch, dann dürfte sich derjenige auch sechs Jahre später aus demselben Grund zum Schweigen verpflichtet fühlen wie damals. Jette war frustriert und vollkommen entmutigt. Blieb ihr wieder nur, auf die Polizei zu hoffen?

Wütend schlug sie mit der flachen Hand gegen das Lenkrad. Der harte Schlag ließ die Folie im Seitenfenster rascheln. Automatisch musste sie an Richard denken, an die Geschichte der gerissenen Scheibe, die sie ihm vorgegaukelt hatte. Vor drei Tagen, als sie mit ihm im Wohnwagen zu Abend gegessen hatte, war ihr das Lügen noch leichtgefallen. Doch inzwischen konnte sie ihm kaum mehr in die Augen blicken. Jette war wild entschlossen gewesen, Richard heute endlich die Wahrheit zu sagen, auch auf die Gefahr hin, dass sie damit einen Bruch zwischen ihnen herbeigeführt hätte. Aber mit jedem weiteren Meter, dem sie sich dem Lotsenweg genähert hatte, war ihr Mut gesunken und hatte sich die Angst, die letzte Brücke zu Stöbsand zu verlieren, in ihr breitgemacht.

Jette klappte die Sitzlehne zurück und hob die Hand. Ihre Fingerspitzen glitten sacht über die transparente Folie. Trotz der ernüchternden Nachricht war es ein schöner Abend im Ferienhaus gewesen. Mehr als das. Für eine Weile hatte sie das Gedankenkarussell in ihrem Kopf stoppen können. Richards ruhige, besonnene Art tat ihr gut. Sein offenes Ohr. Sein warmes Lächeln. Seine Nähe. Jette seufzte innerlich. Sie wusste, dass sie ihren flatternden Herzschlag nun nicht länger ignorieren konnte. Wie das Knistern, das zwischen ihnen lag. Umso heftigere Schuldgefühle bereitete ihr der Gedanke, Richard weiter zu belügen.

Sie gab sich einen Ruck und stieg aus dem kalten Auto. Jäh hielt sie inne. Etwas stimmte nicht. Das sagte ihr ein unterschwelliges Kribbeln. Wie bei einer fiesen Halsentzündung, die sich heimtückisch anbahnte. Mit angehaltenem Atem lauschte Jette in die Nacht. Angestrengt versuchte sie zu ergründen, wodurch dieses Unbehagen verursacht wurde. Stimmen? Geräusche? Eine gespenstische Stille lag über dem Grundstück. Mit bangem Blick schaute sie den spärlich ausgeleuchteten Bernsteinweg hinunter. Niemand war zu sehen. Nur die grauen, lautlosen Schatten der umliegenden Reetdachhäuser. Sie atmete aus. Vermutlich neigte sie seit der nächtlichen Begebenheit einfach nur zur Paranoia. Trotzdem beruhigte es sie, das Taschenmesser in ihrer Jackentasche zu wissen. Nach ein paar tiefen Atemzügen drehte Jette sich Richtung Bodden um. Und da wusste sie, was sie störte.

Die Fenster im Wohnwagen waren hell erleuchtet.

Wieso war ihr das nicht gleich aufgefallen? Sie hatte kein Licht brennen lassen, als sie zu Richard gefahren war. Und dass jemand von den Wienkes um diese Uhrzeit nach dem Rechten schaute, war ausgeschlossen. In ihrem Kopf rotierte es. Wo lag der Umschlag? Das Blechkästchen mit ihren Andenken? Auf dem Tisch? Auf ihrem Bett? Oder hatte sie die Sachen weggetan, bevor sie den Anhänger verlassen hatte? Hektisch zog Jette das Taschenmesser aus ihrer Jacke. Mit zittrigen Fingern versuchte sie die Klinge auszuklappen. Ihr rechter Daumennagel brach ab, als sie an der kleinen Kerbe zerrte. Sie probierte es mit dem linken. Das Messer schnappte auf.

Im nächsten Moment rannte sie los. Schon nach wenigen Schritten geriet sie ins Schleudern. Die glatten Sohlen ihrer Stiefel rutschten gefährlich auf dem Laub, das auf den Granitsteinen der Auffahrt lag. Sie balancierte vorsichtig auf ihren Absätzen weiter. Endlich erreichte sie den schmalen Trampelpfad im Gras. Sie lief schneller. Der ausgetretene Sandweg reflektierte das Mondlicht. Bereits von Weitem erkannte Jette, dass die Tür nur angelehnt war. Sie kam näher. Der Rahmen war in halber Höhe eingedrückt, das Schloss verbogen. *Oh Gott! Bitte nicht.* Für einen kurzen Moment schloss sie die Augen. Dann fasste sie sich ein Herz, umklammerte den Messergriff fester und zog die Wohnwagentür auf.

Ihr Laptop fehlte. Das war das Erste, was ihr auffiel. Er hatte in der Mitte des Klapptisches gestanden. Jette hob den Blick. Die Ablage über der Sitzbank war leer. Auch ihre Kamera hatte er mitgehen lassen. Ihre Knie sackten ein, mit der Hand stützte sie sich an den Rahmen. Die aufgerissenen Schranktüren und das zerbrochene Geschirr auf dem Boden nahm sie nur wie in einem Dämmerzustand wahr. Genau wie die heruntergerissenen Rollos, den zerstörten Fernseher und die Rückenpolster der Sitzecke, die im Wohnraum zerstreut lagen. Der Anblick des zerwühlten Anhängers versetzte sie in eine Schockstarre.

Ein dünner Schrei zerschnitt die Stille. Jette riss den Kopf herum. Hampus. Der grau getigerte Kater tauchte hinter dem Vorhang der Schlafnische auf und tappte ihr entgegen. Ihr galoppierender Herzschlag verflachte. Nach dieser Schrecksekunde war sie endlich in der Lage, wieder einen Gedanken zu fassen. Ihr Blechkästchen! Jette stürzte auf den Klapptisch zu. Die Scherben knirschten unter ihren Stiefeln. Sie kniete sich auf die Sitzbank und robbte zum Fenster vor, als sie plötzlich eine Bewegung hinter sich bemerkte.

Jette hob den Kopf, doch in derselben Sekunde traf etwas Hartes ihren Rücken. Ein heftiger Schmerz durchfuhr sie. Sie schrie auf, kippte vornüber und schrammte mit der Stirn gegen die Tischkante. Das Messer entglitt ihren Fingern. Reflexartig legte Jette die Hände über den Kopf. Zusammengekrümmt blieb sie liegen und wartete auf den nächsten Schlag. Er kam nicht. Wimmernd begann sie ihren Oberkörper zu wiegen. Auch Minuten später passierte nichts. Irgendwann wagte sie es, sich aufzurichten. Der Schmerz zwischen den Schulterblättern trieb ihr Tränen in den Augen. Sie blinzelte durch den wässrigen Schleier. Nichts. Der Wohnraum war leer. Schluchzend presste sie die Hände ans Gesicht.

Wie lange sie so dagesessen hatte, bevor Hampus' Schreie sie aufgeschreckt hatten, wusste sie nicht. Sekunden? Minuten? Jette hatte jegliches Zeitgefühl verloren. Entsetzt starrte sie auf ihre Fingerkuppen. Blut. Sie betastete vorsichtig die Stirn, zuckte unter der Berührung zusammen. Die Wunde brannte höllisch, aber sie schien nur oberflächlich zu sein. Schniefend wischte sie sich die Tränen am Ärmel ab. Dann kroch sie auf der Sitzbank zurück, die scharfen Stiche in ihrem Rücken ignorierend. Sie wankte auf den Scherben zur Tür. Mit ganzer Kraft zog sie sie heran, doch das Schloss schnappte nicht mehr ein.

Jette überlegte, ob sie zu Richard fahren und bei ihm um Nachtasyl bitten sollte. Sie ließ den Gedanken fallen. Spätestens nach dem Frühstück würde er seinen Freund Mulsow anrufen und ihn über den Einbruch in Kenntnis setzen. Sie konnte unnötigen Aufruhr nicht gebrauchen. Außerdem würde ihr Angreifer sich heute Nacht nicht noch einmal im Wohnwagen blicken lassen. Wenn er sie hätte töten wollen, hätte er dies bereits vor wenigen Minuten erledigen können.

Jette zog die Kordel aus ihrem Parka. Sie schlang das Band um den Haltegriff und zurrte es am Garderobenhaken neben der Tür fest. Gleich morgen früh würde sie Sven Wienke bitten, das Schloss notdürftig zu reparieren. Sie musste sich nur noch eine Erklärung zurechtlegen. Vielleicht, dass sie ihren Schlüssel verloren und den Anhänger aufgebrochen hatte, weil sie niemanden wecken wollte. Oder dass es doch einen Einbruch gegeben hatte, ihr aber nichts gestohlen worden war und der ganze Aufwand mit Anzeige nicht nottat. Irgendetwas würde ihr schon einfallen.

Doch jetzt wollte sie nicht darüber nachdenken. Erst musste sie nach dem Blechkästchen schauen.

Jette schlich zur Sitzecke zurück. Bei jedem Atemzug stach es ihr unangenehm im Rücken, aber sie war sich relativ sicher, dass sie nicht ernsthaft verletzt war. Sie ging in die Knie und beugte sich unter den Klapptisch. Stöhnend griff sie nach dem Taschenmesser. Auf der Sitzbank ließ sie einige Sekunden verstreichen, ehe sie weiter vorrückte. Sofort erkannte sie, dass die Schrauben der Wandverkleidung nicht gelockert waren. Erleichtert klappte Jette den Schraubenzieher in ihrem Messer heraus und begann, die erste Schraube zu lösen. Sie brauchte das Doppelte an Zeit als üblich. Ihre Hände zitterten noch immer. Nachdem sie auch die zweite Schraube herausgedreht hatte, packte sie das Messer beiseite und drückte mit gespreizten Fingern gegen das Wandpaneel. Die Platte sprang zurück.

Jette schob ihre Hand in den tiefen Spalt. Sie fühlte die Seiten ihres Manuskripts. Den Umschlag. Das kühle Blech des Kästchens. Nach und nach holte sie die Sachen hervor und legte sie auf den Tisch. Liebevoll strich sie über den Deckel mit der vergilbten Kodak-Werbung. Dann klappte sie ihn auf. Die Muschel aus dem Korsika-Urlaub, das geflochtene Armband, der Schlüsselanhänger, ihre Bilder ... es war alles da.

Hampus hüpfte auf die Bank. Schnurrend tänzelte der Kater auf ihren Oberschenkeln. Jettes Finger fuhren nachdenklich durch sein warmes Fell. Dass er den Laptop und die Kamera hatte mitgehen lassen, war schlimm, aber kein Beinbruch. Sie hatte alle ihre Dateien und Fotos mehrfach auf USB-Sticks gesichert. Dazu würde man nichts auf den Geräten finden, was ihre Identität verraten könnte. Die Hinweise, nach denen er im Wohnwagen gesucht hatte, hatte er ebenso wenig gefunden wie drei Nächte zuvor in ihrem Auto. Trotzdem ließ Jette etwas ins Grübeln kommen. Dieser zweite Einbruch war der Beweis, dass der Mörder mehr als nur eine Ahnung haben musste, weshalb sie nach Gellerhagen gekommen war.

Nur wieso ging er dann das Risiko ein, sie am Leben zu lassen?

19

»Papa … was das?«

Richard, der mit dem Rücken am Geländer der Seebrücke lehnte, schaute zum Himmel, an dem ein Schwarm Möwen kreischend über ihn hinwegflatterte.

»Das sind Möwen«, brüllte er ins Telefon.

»Löwen?«

Ein Lachen stieg in seiner Kehle hoch und gleichzeitig ein Gefühl so gelöst wie seit Tagen nicht mehr. Augenblicklich fehlte ihm sein Sohn noch mehr.

»Möwen, Henrik«, sagte er noch mal, nachdem die Seevögel gen Westen weitergezogen waren.

»Löwen? Ich denke, du bist an der Ostsee«, hörte er nun Charlottes Stimme im Ohr. Henrik hatte das Handy wieder an seine Mutter zurückgereicht. Das mit dem Telefonieren mussten sie beide noch üben.

Er lachte. »Ich stehe in Niederwiek auf der Seebrücke.«

»Ach so.«

»Geht es euch gut?« Richard presste das Smartphone fester an die Wange. Laute Musik und Kindergeschrei drängten sich in die Leitung.

»Ja, ja, alles bestens. Wir sind beim Kinderschminken in der Hotelhalle.«

»Aha. Deshalb also der Löwe.«

»Wo denkst du hin? Unser Sohn hat sich für Spiderman entschieden.«

»Dann weiß ich auch, wieso er mich am Telefon abserviert hat. Gegen Superman bin ich chancenlos.«

»Spiderman, bitte«, sagte sie lachend, »das ist auch für einen Zweijährigen ein himmelweiter Unterschied, Richard.«

Auch er musste lachen. »Schick mir später ein Foto rüber.«

»Mache ich«, versprach sie und sagte: »Hör zu, Richard! Die Animateurin fängt an, Henriks Beine blau anzupinseln. Ich sollte schleunigst einschreiten, sonst ufert das Kinderschminken noch in Bodypainting aus. Wir telefonieren heute Abend, okay?«

»Ruf durch, wann es bei euch passt.«

Er glaubte schon, Charlotte wäre nicht mehr dran, aber mit einem Mal hörte er sie wieder deutlicher.

»Richard?«

»Ja?«

»Ist alles in Ordnung bei dir?«

Sein Magen krampfte sich zusammen. »Natürlich.«

»Bist du sicher?«

Noch vor zwei Minuten hatte er den festen Vorsatz gehabt, Charlotte endlich von Philipps Tod zu erzählen. Doch jetzt war nicht der richtige Moment – wenn es den überhaupt gab. Mehr für ihn als für Charlotte. Henriks helle Stimme hallte noch in ihm nach.

»Ja, alles gut«, log er schnell. »Bis heute Abend.«

»Bis heute Abend.«

Dann hörte er nur noch die Wellen, die unter den Holzplanken an die Seebrückenpfeiler schlugen. Charlotte hatte aufgelegt. Richard verstaute das Smartphone in der Innentasche seiner Daunenweste. Er hatte sie vorsorglich über die Fleecejacke gezogen, denn trotz strahlend blauem Himmel blies von der Ostsee her ein kühler, böiger Wind. Ein erneuter Wetterumschwung kündigte sich an. Richard stieß sich vom Geländer ab und drehte sich nun Richtung Landseite um. Der Strand leuchtete im hellen Sonnenlicht beinahe weiß. Ein paar Familien mit Kindern ließen bunte Lenkdrachen steigen. Sein Blick wanderte die Küste entlang, bis er in der Ferne einen imaginären Punkt oberhalb der Dünen fixierte.

Nach dem Frühstück hatte Richard beschlossen, sich endlich in seine Arbeit zu stürzen. Seit er in Gellerhagen war, hatte er – verständlicherweise – noch keinen Handschlag getan. Wenn er nicht bald etwas Brauchbares zu Papier brachte, würde er die Abgabetermine für die Expertisen nicht halten können. Doch kaum dass er den Laptop hochgefahren hatte, war Helmut Zarnewitz mit einer Rolle Abfallsäcke aufgetaucht, um für Philipps Mutter die Sachen ihres Sohnes abzuholen. Nach einem kurzen Wortwechsel mit dem Gastwirt war Richard schließlich gegangen. Zarnewitz hatte es nicht direkt gesagt, aber ihm war anzumerken, dass er dabei lieber für sich sein wollte.

Da er Thomas Dahlke ohnehin wegen der Weiternutzung des Ferienhauses kontaktieren musste, war Richard in seinen Wagen gestiegen und nach Niederwiek gefahren. Doch es gab noch einen anderen Grund, der ihn heute Vormittag zu Dahlke führte.

Nach der gestrigen Unterhaltung mit Mulsow kreisten seine Gedanken unablässig um den Morgen nach der Vernissage. Philipps Äußerung beim Frühstück ging ihm nicht mehr aus dem Kopf. Natürlich war die Vorstellung ungeheuerlich, dass er jahrelang einen Mörder gedeckt haben könnte. Doch für Richard ergab dies Sinn. Es passte zu Philipps undurchsichtigem Verhalten. Immer wieder hatte Richard versucht, sich ihr Gespräch in Erinnerung zu rufen. Eine Andeutung, die Philipp gemacht hatte, Richard zu diesem Zeitpunkt jedoch nicht einzuordnen wusste. Einen Namen, einen Ort, eine Begebenheit. Aber ihm war nichts eingefallen. Nun hoffte er, dass Thomas Dahlke ihm weiterhelfen konnte. Denn sehr wahrscheinlich kannte der Ferienhausvermieter neben Philipps Bekanntenkreis auf der Halbinsel auch einige Stammurlauber, zu denen er engeren Kontakt pflegte.

Langsam setzte Richard sich in Bewegung und ging die Seebrücke landeinwärts. Obwohl es noch früh am Vormittag war, kamen ihm viele Passanten entgegen. Das sonnige Wetter trieb weitaus mehr als die im November übliche Gästeanzahl an die mecklenburgische Ostseeküste. Für Hoteliers und Ferienhausbesitzer war dieser Umstand in der Nebensaison ein wahrer Segen. Auch Thomas Dahlke dürfte mit seiner Ferienanlage davon profitieren.

Beim Gedanken an Dahlke blickte Richard auf seine Uhr. Es blieben ihm noch zwanzig Minuten. Er hatte unterwegs im Empfangsbüro des Ferienparks angerufen, Dahlke aber nicht erreichen können, weil er bei einem auswärtigen Termin gewesen war. Die Mitarbeiterin am Telefon hatte Richard jedoch versichert, dass ihr Chef in einer Stunde zurück und den Rest des

Tages in seinem Büro anzutreffen wäre. Da die Zeit zu knapp war, um noch irgendwo ein zweites Frühstück einzunehmen, entschied er, vor Ort auf Dahlke zu warten.

Die Seebrücke endete. An einer Ortskarte auf der Promenade orientierte er sich, wo er entlanggehen musste, kaufte in einer Bäckerei einen Kaffee to go und schlug den Weg zur Ferienanlage ein. Nach einhundert Metern tauchten in der Ferne die ersten roten Ziegeldächer auf. Das Areal mit etwa fünfzehn einzeln stehenden Häusern hatte eine phantastische Lage direkt hinter den Dünen, und bis zum Ortszentrum waren es nur wenige Schritte. Mulsow hatte unlängst gemeint, dass Dahlke mit dem Kauf des Grundstücks ein unverschämtes Glück gehabt habe. Dem konnte Richard nur unumwunden zustimmen.

An einer Weggabelung fiel ihm ein Hinweisschild zum Empfangsbüro auf. Er folgte dem Richtungspfeil und entdeckte es schließlich im Erdgeschoss eines baugleichen Ferienhauses. Richard ging darauf zu. Verwundert stellte er fest, dass die Tür verschlossen war. Er warf einen Blick auf die Öffnungszeiten neben dem Eingang. Demnach hätte das Empfangsbüro geöffnet haben müssen. Er drückte ein zweites Mal die Klinke, dabei bemerkte er einen handbeschriebenen Zettel hinter der Glasscheibe: »Sind gleich zurück.«

Richard überlegte. Allzu lang dürfte es wohl nicht dauern. Vielleicht fand er zwischen den Häusern eine windgeschützte Bank, von der aus er den Eingang einsehen konnte. Er hatte sich halb von der Tür abgewandt, als ein gelber Opel Tigra angerauscht kam. Mit quietschenden Reifen hielt das Auto vor dem Empfangsbüro. Eine junge Frau Anfang zwanzig stieg aus. Sie trug weiße Jeans und eine schwarze Fransenlederjacke, die blonden Haare reichten ihr bis an die Hüften.

»Möchten Sie ein Haus mieten?«, rief sie ihm freundlich zu, während sie ihre Handtasche schulterte.

»Mein Name ist Gruben«, entgegnete er. »Ich hatte vorhin angerufen.«

»Ach ja, richtig.« Ihre Miene erhellte sich. »Warten Sie, ich bin gleich bei Ihnen.«

Sie beugte sich in ihr Auto. Richard konnte erkennen, wie sie etwas vom Beifahrersitz räumte. Als sie die Fahrertür mit der Hüfte zustieß, hielt sie zwei Bäckertüten, einen weißen Plastikbeutel und einen Blumenstrauß in den Händen. Allem Anschein nach hatte sie die Abwesenheit ihres Chefs für ein paar schnelle Einkäufe genutzt.

»Sie können gern drinnen auf Herrn Dahlke warten«, sagte sie und kam auf ihn zugeeilt. An der Tür versuchte sie umständlich, ihre Handtasche zu öffnen, um an den Schlüssel zu gelangen.

»Soll ich Ihnen die Sachen abnehmen?« Richard warf seinen Kaffeebecher in einen Abfallkorb und wies auf ihre Einkäufe.

»Oh, vielen Dank«, sagte sie atemlos und drückte ihm Blumen und Bäckertüten in die Arme. »Im Normalfall verlasse ich das Büro ja nicht. Aber meine Mama hat heute ihren Fünfzigsten, und nach dem Feierabend bekomme ich nirgends mehr einen gescheiten Blumenstrauß.«

Sie fand den Schlüssel, steckte ihn ins Schloss und sah ihn über die Schulter an. »Sie verpetzen mich doch nicht bei meinem Chef?«

Obwohl sie breit grinste, war ihrem Tonfall anzumerken, dass sie Dahlke wegen des kleinen Ausflugs nur ungern Rede und Antwort stehen wollte.

Richard hob die Tüten an. »Für ein Stück Kuchen schweige ich wie ein Grab.«

Die junge Frau kicherte und stieß die Tür auf. »Daran soll es nicht scheitern, Herr Gruben.«

Das Empfangsbüro war eher klein. Ein halbrunder Tresen neben dem Fenster, drei Besucherstühle und an der Wand ein mannshoher Informationsständer mit Prospekten und Flyern. Gegenüber dem Eingang ging eine Milchglastür ab, links führte eine offene Holztreppe ins Dachgeschoss. Darunter befand sich eine Pantryküche.

»Setzen Sie sich doch«, bat sie ihn und eilte zur Küchenzeile.

Richard folgte ihrer Aufforderung, unterdessen legte sie den Plastikbeutel in den Kühlschrank und ließ Wasser in eine Vase laufen.

»Ich tue das mit dem Zettel nur in absoluten Notfällen wie heute«, plapperte sie munter weiter und nahm ihm die Blumen ab. »Im Sommer sind wir zu viert oder fünf. Da fällt es nicht weiter auf, wenn jemand zwischendurch ein paar Erledigungen macht. Aber jetzt in der Nebensaison ist unser Büro höchstens an den Wechseltagen doppelt besetzt. Außer Herrn Dahlke und mir ist unter der Woche niemand hier. Ich mache Normalschicht von acht bis fünf, und der Chef bleibt meist bis zweiundzwanzig Uhr.«

»Die Leute werden schnell ungeduldig, wenn sie warten müssen«, sagte Richard, der noch immer die Bäckertüten auf dem Schoß hatte.

»Wem sagen Sie das.« Sie ging zum Tresen, versteckte die Vase darunter und legte ihre Handtasche dazu. »Wenn nicht umgehend der defekte Satellitensender oder das fehlende Gratisduschbad beanstandet werden können, droht für die meisten der Urlaub in einer Katastrophe zu enden.«

Wie aufs Stichwort öffnete sich die Tür, und ein älteres Paar mit Nordic-Walking-Stöcken kam ins Empfangsbüro. Doch ihre freundlichen Mienen ließen nicht auf Ärger schließen. Richard legte die Tüten auf dem Nachbarstuhl ab und studierte die Flyer, während Dahlkes Mitarbeiterin den Urlaubern auf einer Faltkarte eine Wanderroute erklärte. Plötzlich hörte er das Schlagen einer Autotür. Er sah zum Fenster hinaus und erkannte den roten Sportwagen. Nur Augenblicke später trat Thomas Dahlke in Anzughose und Nadelstreifenhemd durch die Eingangstür.

»Professor Gruben!«, rief er erstaunt, als er ihn auf dem Besucherstuhl bemerkte. Richard erhob sich und schüttelte die ihm dargebotene Hand.

»Ich habe Ihr Auto gar nicht auf unserem Parkplatz gesehen«, sagte Dahlke zur Begrüßung, der einen braunen Aktenkoffer dabeihatte.

»Können Sie auch nicht«, erwiderte Richard. »Ich stehe in der Nähe der Seebrücke.«

»Schön, dass Sie meinen Ratschlag beherzigt haben.«

»Nun ja, eigentlich sind Sie der Grund für meinen Abstecher.«

»Aha.« Dahlke blickte ihn fragend an. »Was führt Sie zu mir?«
»Das Ferienhaus.«
»Ach so. Einen Augenblick, bitte.« Er deutete die Treppe hoch. »Ich bring nur rasch den Koffer nach oben.«
Zwei Minuten später war er wieder unten. Dahlke öffnete die Milchglastür und bat Richard in sein Büro. Ein großzügig bemessener Raum mit extravagantem Mobiliar. Links der Tür standen Schrankwand und Schreibtisch, hinten am Fenster eine schwarze lederne Sitzgruppe mit Glastisch. Richard zog seine Weste aus, hängte sie an einen Garderobenständer und ließ sich auf einem Sessel nieder. Interessiert betrachtete er die Steinsammlung auf dem Fenstersims. Schwarze, graue, weiße Steine in unterschiedlichen Größen. Vielleicht Mitbringsel vom Strand, die die Gäste in den Ferienwohnungen vergessen hatten. Ein Exemplar war besonders ausgefallen. Ein dunkler Hühnergott, in dessen Loch ein kleiner Bernstein steckte.
»Laura?«
Richard drehte den Kopf. Dahlke stand im Türrahmen und blickte zur Anmeldung. Mit einem lautlos geformten »Kaffee« und zwei hochgestreckten Fingern bedeutete er seiner Mitarbeiterin, was er von ihr wollte. Dann schloss er die Tür.
»Entschuldigen Sie, dass ich Sie habe warten lassen.« Dahlke durchschritt zügig das Büro und nahm in dem zweiten Sessel Platz. Lässig stützte er die Ellenbogen auf die Lehnen. »Aber nun bin ich ganz für Sie da. Sie sagten, es ginge um das Ferienhaus?«
Richard nickte. »Ich würde gern bis zu Philipps Beerdigung darin wohnen bleiben. Für den Mietpreis komme ich selbstverständlich auf.«
»Das müssen Sie nicht.« Dahlke machte eine abwehrende Geste. »Es war vereinbart, dass Philipp das Haus für die Dauer der Ausstellung frei zur Verfügung steht. Bleiben Sie, so lange Sie möchten.«
»Danke«, sagte Richard, obwohl es ihm widerstrebte, das Ferienhaus nach Philipps Tod mietfrei zu nutzen. Aber da er davon ausging, dass Dahlke kein Geld von ihm annehmen würde, sparte er sich die Diskussion.

»Gibt es denn schon einen Termin für das Begräbnis?«, wollte Dahlke wissen.

»Noch keinen genauen. Höchstwahrscheinlich kommende Woche.«

Dahlke blickte kurz zu einem Wandkalender, als wollte er etwas überprüfen. Dann verschränkte er die Hände ineinander und stützte das Kinn auf den ausgestreckten Zeigefingern ab.

»Also, Professor Gruben. Sie haben sicher nicht den Weg auf sich genommen, nur um mit mir über das Ferienhaus zu sprechen?«

»Ja, das ist richtig. Ich hoffe, Sie können mir behilflich sein.«
»Schießen Sie los.«

Richard beugte sich leicht vor. »Ich würde gern wissen, mit wem Philipp verkehrte, wenn er hier oben war. Bekannte. Freunde. Stammurlauber.«

»Das sind eine Menge Leute«, meinte Dahlke mit einem schiefen Grinsen. »Philipp Stöbsand war in der Gegend bekannt wie ein bunter Hund.«

Richard merkte, dass er seine Frage anders formulieren musste. Direkter. »Können Sie sich vorstellen, dass Philipp jemanden gedeckt hat?«

Dahlke schien einen Augenblick zu brauchen, bis er verstand, worauf Richard abzielte. »Annika Schoknechts Mörder, meinen Sie?«

Richard setzte zu einer Antwort an, wurde aber durch ein Klopfen an der Tür abgehalten. Laura trat mit einem Tablett ins Büro und verteilte zwei gefüllte Tassen sowie Zuckerdose und Milchkännchen auf den Glastisch vor ihnen. Zum Schluss stellte sie zwei Teller Kuchen dazu. Verschwörerisch lächelte sie Richard über die Schulter an, während sie zurück an den Empfang lief.

Als die Tür ins Schloss fiel, hob Thomas Dahlke empört die Hände. »Das halte ich für ausgeschlossen. Philipp hätte niemals einen Mord gedeckt. Wie kommen Sie überhaupt darauf?«

»Er hat mir gegenüber Andeutungen gemacht.«

Dahlke riss die Augen auf. »Philipp wusste, wer Annika umgebracht hat?«

»Ich vermute es.«

»Und Sie denken, deshalb wurde er jetzt aus dem Weg geräumt?«

Richard zuckte nur mit den Achseln.

Für einen Moment blickte Dahlke an ihm vorbei, schien sich die Vorstellung durch den Kopf gehen zu lassen. Dann sah er ihn zweifelnd an. »Ich weiß nicht, das alles klingt doch sehr weit hergeholt.«

Richard spürte, dass er an diesem Punkt nicht weiterkam. Grübelnd nahm er einen Schluck heißen Kaffee. Auf einmal hatte er einen Gedanken. Er setzte die Tasse ab.

»Wissen Sie, ob Philipp vor sechs Jahren ein Essen oder eine Party im Ferienhaus veranstaltet hat? Ähnlich unserem Abendessen unlängst.«

»Wofür ist das wichtig?«, erwiderte Dahlke, den der Themenwechsel sichtbar irritierte.

»Ich suche noch immer nach einer Erklärung, wie die Fotos des Mädchens entstanden sind. Da ich ausschließe, dass Philipp seine Kamera verborgt hat, muss es eine Gelegenheit gegeben haben, bei der der Täter sie an sich nehmen konnte.«

»Lassen Sie mich kurz überlegen.« Dahlke hob seine Tasse an den Mund, nahm mehrere kleine Schlucke und stellte sie kopfschüttelnd zurück. »Philipp hatte gewiss den einen oder anderen Besucher im Haus, daher könnte so ein Essen durchaus stattgefunden haben. Aber an ein konkretes Ereignis kann ich mich nicht erinnern.«

»Und bei den Wienkes im Kapitänshaus?«

»Ich wüsste nicht, nein«, sagte er sofort. »Aber fragen Sie besser noch mal Isa oder Sven. Ich werde ja nicht immer dabei gewesen sein.« Er lachte auf. »Ich hatte keinen Urlaub wie Philipp.«

Urlaub. Richard fiel etwas ein. »Erinnern Sie sich an eine Ulrike Mühlheimer?«

»Mühlheimer …? Irgendetwas klingelt da bei mir.« Dahlke trommelte mit den Fingern auf der Sessellehne.

»Sie war bei Philipp im Ferienhaus.«

»Ach ja. Ulrike.« Sein Gesicht hellte sich auf. »Ich erinnere mich noch gut an sie. Philipp hatte sie aus Münster mitgebracht. Die beiden waren frisch verliebt.«

»Sie sind der Frau also begegnet?«

»Hin und wieder schon, selbstverständlich.« Dahlke nickte bestätigend. »Ich weiß noch, dass ich Ulrike am Morgen des Fests im Auto mitgenommen hatte. Sie wollte zum Darßer Weststrand raus, und da ich nach Prerow musste, hatte ich mich angeboten, sie mitzunehmen. Gegen Mittag habe ich Ulrike auf dem Rückweg wieder eingesammelt. Später sind wir beide uns noch einmal im ›Meerblick‹ begegnet.« Plötzlich sah Dahlke ihn verwundert an. »Wieso fragen Sie mich nach ihr?«

»Ich bin ein wenig irritiert, weil Philipp Ulrike Mühlheimer nie erwähnt hat. Immerhin war sie seine Freundin.«

»Freundin? Na ja.« Dahlke lächelte schwach. »So fest schien mir das mit den beiden noch nicht zu sein. Eventuell wäre mehr daraus geworden, wenn nicht die Sache mit Annika passiert wäre.«

»Wie meinen Sie das?«

»Nachdem Philipp in Untersuchungshaft kam, hat Ulrike umgehend ihre Koffer gepackt und ist nach Hause gefahren. Konnte ihr auch keiner verdenken. Es sah ja alles danach aus, als hätte er Annika …« Dahlke winkte ab. »Wenn Sie mich fragen, ist Schoknecht eh an allem schuld. Er hat der Kleinen viel zu viel durchgehen lassen.«

»Inwiefern?«

»In dem Sommer, als das mit Annika passiert ist, hatte ich meine Ferienhausvermietung noch in Gellerhagen. Mein Büro lag genau neben Schoknechts altem Fischrestaurant, wo Annika in ihren Ferien kellnerte. Mein Bürofenster ging zur Terrasse raus. Ich habe gezwungenermaßen einiges mitbekommen.« Er räusperte sich scheinbar verlegen. »Ich möchte es mal so ausdrücken: Das Mädchen spielte all ihre Reize aus. Hautenges, bauchnabelfreies Shirt, einen Rock, der nicht mal eine Handbreit unter ihrem Po endete, die Lippen rot geschminkt … Annika genoss es, die Blicke der Männer auf sich zu ziehen. Und mit

Männern meine ich keine Milchbubis, die noch grün hinter den Ohren sind.«

Warum haftete einem jungen Mädchen, das sich schminkte und modisch kleidete, immer gleich etwas Anrüchiges an? Augenblicklich erinnerte Richard sich daran, dass er den Kerl nicht mochte.

»Ich denke, für das, was passiert ist, trifft Andreas Schoknecht keine Schuld. Dafür sollten sich eher Männer verantwortlich fühlen, die einem minderjährigen Mädchen hinterherstarren.« Er erhob sich aus dem Sessel und reichte Dahlke die Hand. »Vielen Dank für Ihre Zeit.«

»Keine Ursache.« An Dahlkes lächelnder Miene war nicht abzulesen, ob er die Äußerung auf sich bezog. Richard hoffte es wenigstens. Er nahm seine Weste vom Garderobenhaken und verließ grußlos das Büro.

»Das war aber ein kurzer Besuch«, meinte Laura mit leichter Verwunderung, nachdem er die Milchglastür hinter sich geschlossen hatte.

»Mir ist eingefallen, dass ich noch arbeiten muss.« Richard zog die Weste über.

»Genießen Sie lieber die Sonne, Herr Gruben.« Sie deutete zum Fenster. »Ich schätze mal, es sind die letzten schönen Stunden für sehr lange.«

Richard nickte zerstreut und wünschte Laura eine schöne Geburtstagsfeier. Er ahnte nicht, wie bald sich ihre Worte bewahrheiten würden.

20

Eine leichte Windböe erfasste seinen Mantel, als Richard Gruben von der Gellerhäger Dorfstraße in den Hafenweg einbog. Es war später Nachmittag, und die Luft hatte sich inzwischen merklich abgekühlt. Ohne große Eile lief er über das unebene Kopfsteinpflaster. Linker Hand erblickte er in der Häuserzeile eine kleine Kunstgalerie. Als Richard sich ihr näherte, sah er, dass bereits die Nachtbeleuchtung eingeschaltet war. Er legte die Hände an die dunkle Scheibe, konnte aber nur einen undeutlichen Blick auf die Ausstellungsstücke erhaschen. Kurz studierte er die Öffnungszeiten und folgte dem Weg Richtung Saaler Bodden.

Bei seiner Rückkehr aus Niederwiek hatte er Helmut Zarnewitz zu seiner Erleichterung nicht mehr im Ferienhaus angetroffen. Die Vorstellung, Philipps Sachen in Abfallsäcken in der Diele vorzufinden, hatte ihm Bauchschmerzen bereitet. Anderseits hätte er gern mit Zarnewitz gesprochen. Möglicherweise wusste der Gastwirt noch von einem Essen oder einer privaten Feier im Ferienhaus. Auch wenn Richard den Eindruck hatte, dass der Mann seiner Fragen mittlerweile überdrüssig war, nahm er sich vor, ihn in den nächsten Tagen abermals in seinem Restaurant aufzusuchen. Es musste eine Erklärung für die Fotos geben. Und Richard war überzeugt, dass diese zu Philipps Mörder führte.

Der Hafen tauchte in seinem Blickfeld auf. Ein einziges Boot lag verwaist in dem schmalen Becken. Unruhig dümpelte es im Bodden. Am dämmernden Abendhimmel flog ein Vogelschwarm vorüber, letzte Zugvögel auf ihrem Weg nach Süden. Richard ließ das weiß verputzte Hafenrestaurant zu seiner Linken liegen und schlenderte auf die Bootsschuppen zu. Bei der hölzernen Steganlage blieb er stehen. Gedankenversunken stierte er aufs Wasser.

Nach einem schnellen Mittagessen war Richard wieder an seine Arbeit gegangen, hatte aber nicht annähernd so viel geschafft, wie er sich vorgenommen hatte. Ständig ertappte er sich dabei, an Jette zu denken. Schließlich hatte er resigniert aufgegeben. Er war unter die Dusche gesprungen, hatte sich ein frisches Hemd angezogen und bald darauf das Ferienhaus verlassen. Doch auf halbem Wege war Richard aufgefallen, dass es nicht einmal fünf Uhr war. Nur weil er keinen klaren Gedanken fassen konnte, musste das nicht automatisch für Jette gelten. Auch wenn sie miteinander verabredet waren, wollte er ungern zu früh bei ihr aufkreuzen und sie beim Schreiben stören. Also war er ziellos durch den Ort gestreift, um die Zeit totzuschlagen.

Die Schreie der Zugvögel rissen ihn aus seiner Starre. Richard vergrub die Hände in die Manteltaschen und verließ das Hafengelände. Er war noch immer mit den Gedanken bei Jette, da hörte er mit einem Mal eine bekannte Stimme. Jemand rief seinen Namen. Verdutzt schaute er sich um. Vor einem niedrigen, eher unscheinbaren Haus entdeckte er Helmut Zarnewitz. Er stand mit einem Mann zusammen und winkte ihm zu. Zu ihren Füßen lag ein großer schwarzer Hund. Ein kurzes Ziehen durchfuhr seinen Magen, als er erkannte, dass sein Gegenüber Andreas Schoknecht war. Da dieser nur ein olivgrünes T-Shirt trug, vermutete Richard, dass er in dem Haus wohnte.

Richard wartete, bis Zarnewitz sich verabschiedet hatte. Mit langen Schritten kam der Gastwirt auf ihn zu.

»Gut, dass ich Sie treffe, Professor«, sagte er und fädelte dabei den Reißverschluss einer blauen Wetterjacke ein. »Ich habe heute Vormittag versehentlich ein Buch mitgenommen, das Ihnen gehört. Meine Tochter fand Ihren Namen auf der Umschlaginnenseite. Ein Alpen-Reiseführer.«

»Ja, das ist meiner.«

»Ich wollte nur, dass Sie das wissen. Das Buch liegt bei ...« Ein Hustenanfall schüttelte ihn. Zarnewitz drückte sich die Faust gegen den Mund. »'tschuldigung, ich hab mir irgendwas eingefangen«, presste er hervor, nachdem der Anfall verebbte. »Jedenfalls liegt Ihr Buch bei mir im Restaurant. Ich bringe es Ihnen aber selbstverständlich die Tage vorbei.«

»Machen Sie sich keine Umstände«, wehrte Richard ab. »Ich komme zu Ihnen. Das ist unkomplizierter.«

»Sollten Sie noch etwas vermissen, geben Sie mir bitte Bescheid. Das war keine böse Absicht.«

»Das weiß ich.«

Zarnewitz wandte sich zum Gehen. »Ich muss dann auch weiter.«

»Einen Moment noch, bitte«, hielt Richard ihn zurück.

»Ja?«

»Es tut mir leid, wenn ich Sie erneut mit meinen Fragen bedränge, aber mich lässt diese Kamera-Sache nicht los.«

»Das tun Sie keineswegs, Professor.« Zarnewitz deutete mit einer leichten Kopfbewegung hinter sich. »Uns allen hier ergeht es nicht anders.«

Richard blickte kurz zu dem Haus zurück, vor dem Schoknecht wie angewurzelt verharrte und sie beide aufmerksam beobachtete. Der Hund hockte nun aufrecht neben ihm.

»Was wollen Sie denn wissen?«

Er sah Zarnewitz wieder an. »Erinnern Sie sich, ob Philipp eine Party oder ein Essen im Ferienhaus gegeben hat? Ich meine, vor sechs Jahren.«

»Und Sie glauben, mich alten Zausel hätte er dazu eingeladen?«, sagte er augenzwinkernd.

»Warum nicht? Sie beide kannten sich gut.«

»Ich habe im Sommer alle Hände im Restaurant zu tun, da bleibt keine Zeit für *Partys*.« Zarnewitz winkte ab und fügte hinzu: »Ich muss jetzt aber wirklich weiter, Professor. Sonst entwischen mir meine Schnattergänse.«

Richard war irritiert. »Schnattergänse?«

»In drei Minuten beginnt mein Segelscheinkurs.« Er hustete heiser. »Sieben pubertierende Mädchen, die in einem fort am Schnattern sind. Sie verstehen?«

Bevor Richard etwas darauf erwidern konnte, war die hagere Gestalt bereits in den angrenzenden Weg eingebogen. Nachdenklich sah er Zarnewitz hinterher, dann spähte er zu Andreas Schoknecht. Mit der flachen Hand tätschelte er dem Hund den Kopf. Nach wie vor ließ er ihn nicht aus den Augen. Langsam lief Richard weiter.

»Verzeihung?«, sprach Schoknecht ihn an, als er auf seiner Höhe war.

Zögernd stoppte Richard und sah abwartend zu dem Mann hinüber. Auf seiner linken Gesichtshälfte prangte unten ein blassblauer Fleck.

»Hätten Sie kurz Zeit für mich?« Schoknecht zeigte auf die angelehnte Haustür. »Bitte!«

In seiner Stimme lag keinerlei Zorn mehr. Nur dieselbe erdrückende Hoffnungslosigkeit wie in seinen Augen.

Richard ging auf das Haus zu. Schoknecht hielt ihm die Hand hin. »Professor Gruben, richtig?«

»Richtig.« Richard nahm an, dass Zarnewitz ihm seinen Namen verraten hatte.

Andreas Schoknecht stieß die Tür ganz auf und bedeutete Richard, ihm nach drinnen zu folgen. Das Haus wirkte klein und eng, ein Eindruck, der durch die niedrigen Zimmerdecken noch verstärkt wurde. Trotzdem strahlte es eine Behaglichkeit aus, die gut an die mecklenburgische Ostseeküste passte. Weiß lackierte Türen, helle Holzmöbel und ein sandfarbenes Sofa im Wohnzimmer, auf dem Annikas Vater ihn höflich bat, Platz zu nehmen. Schoknecht selbst begab sich in die Küche, um Tee zu kochen. Der Hund ließ sich auf einer Decke unter dem Fenster nieder. Das schwarze Fell roch leicht nach modriger Erde.

Richard legte den Mantel auf der Sofalehne ab, blieb aber stehen. Eine Reihe gerahmter Fotos auf einem ausladenden Schreibtisch unter dem Fenster erregte seine Aufmerksamkeit. Bei seiner Internetrecherche vor einigen Tagen hatte er zwar ein Bild von Annika Schoknecht gesehen, doch das war recht grobkörnig gewesen und keine Porträtaufnahme. Neugierig ging er hinüber und nahm eins der Fotos in die Hand. Sein erster Gedanke war, wie erschreckend jung sie gewesen war. Erst dann hatte Richard einen Blick für die Details, sah die kornblumenblauen Augen, ihre leicht asymmetrische Nase, die blonden, schulterlangen Haare, das hellgrüne T-Shirt mit der Kette. Annika Schoknecht war ihrem Vater wie aus dem Gesicht geschnitten.

Eine Weile betrachtete Richard die anderen Bilder. Das Mädchen neben ihrem Vater, auf einem Pferd, mit einer Schultüte, in einer Segeljolle. Viele Aufnahmen, doch nirgends gab es eine zusammen mit der Mutter. Möglicherweise hatten sie ja keinen Kontakt gehabt. Von Mulsow wusste er, dass Schoknecht seine Tochter nach der Geburt allein großgezogen hatte.

Sein Blick wanderte wieder zu dem Porträtfoto in seinen Händen. Es erinnerte Richard an etwas, jedoch konnte er es nicht festmachen. Angestrengt kniff er die Augen zusammen. Aber bald verflüchtigte sich der Gedanke, und Richard stellte den Rahmen zurück. Auf der Schreibtischplatte lagen Flyer der Hundeschule und mehrere Kartenausdrucke. Beim genaueren Hinsehen erkannte er, dass es Katasterauszüge waren, in denen eine größere Fläche farbig markiert wurde. Es musste sich dabei um ein Grundstück an der Ostsee handeln. Strand, Dünen und Seebrücke waren in die Katasterkarte eingezeichnet. Richard schmulte rechts oben auf den Stempel. Niederwiek. Offenbar war Andreas Schoknecht auf der Suche nach einem Grundstück für seine Hundeschule.

»Wollen wir?«

Richard blickte auf. Schoknecht stand in der Wohnzimmertür. Ob es ihn störte, dass er in seinen privaten Dingen herumschnüffelte, ließ sein Gesichtsausdruck nicht erkennen. Freundlich zeigte er zum Couchtisch, auf dem eine bauchige Kanne, Tassen und ein Teller mit Keksen standen. Schoknecht wartete, bis Richard auf dem Sofa saß, und setzte sich dann ebenfalls. Sein dürrer Körper wirkte ein wenig verloren in dem breiten, hohen Sessel. Kaum dass er Platz genommen hatte, erhob sich der Hund und legte sich vor den Tisch. Mit der Schnauze auf den weißen Pfoten sah er zu Richard auf.

»Sie mag Sie«, meinte Schoknecht und goss den Tee ein.

Richard lächelte. »Wie heißt sie denn?«

»Biene.«

»Ein schöner Name.«

»Hat meine Tochter ausgesucht.«

Unwillkürlich machte sich ein beklemmendes Gefühl in Richard breit. Er griff nach einem Keks, da er nicht wusste, was er sagen sollte.

»Hören Sie, Professor Gruben!« Schoknecht, der seine Verlegenheit anscheinend bemerkt hatte, setzte die Kanne ab. »Es tut mir sehr leid, dass ich mich auf der Vernissage so danebenbenommen habe. Ich hoffe, Sie können mir meine Ausfälligkeiten verzeihen.«

Richard legte den Keks auf seinen Untertelller. Langsam, um die richtigen Worte zu finden. »Ich bin selbst Vater eines Sohnes«, sagte er schließlich. »Auch wenn ich es mir in keinster Weise vorzustellen vermag, wie es ist, sein Kind zu verlieren, weiß ich, was es bedeutet. Sie müssen sich nicht entschuldigen, Herr Schoknecht.«

Der Anflug eines Lächelns erschien auf dem Gesicht seines Gastgebers. Er nickte dankbar und blickte zu der Fotogalerie auf dem Schreibtisch. »Ich verdränge es jeden Tag, sonst könnte ich gar nicht leben. Doch der Schmerz ... er hört nie auf. Er bleibt für immer.« Er atmete hörbar aus, und seine Stimme, die eben noch traurig geklungen hatte, war nun voller Verbitterung. »Trost gibt es nicht für mich. Niemals. Aber den Mörder meiner Tochter hinter Gitter zu wissen, wäre ein Gefühl von Gerechtigkeit. Erst dann kann ich zur Ruhe kommen.«

Richard musste an Jette denken, an ihr Gespräch über Trauer und deren Auswirkungen. Annikas Vater hatte noch einen langen Weg vor sich.

Stumm nippte er an seinem Tee. Auch Schoknecht blickte gedankenverloren vor sich hin, bis er ihr Gespräch wiederaufnahm.

»Helmut erzählte mir, dass Sie jemanden von der örtlichen Polizei kennen?«

»Das stimmt. Bert Mulsow.«

»So ein kleiner Stämmiger?«

Richard nickte schmunzelnd.

»Der war unlängst mit einem Kollegen von der Kripo hier. Sie sagten mir, sie gehen von einem Zusammenhang zwischen dem Mord an Stöbsand und dem meiner Annika aus. Aber an den Ermittlungen damals war dieser Mulsow nicht beteiligt, oder?«

»Nein, trotzdem kennt er den Fall Ihrer Tochter.«

»Vielleicht bewegt sich ja nun etwas, da Stöbsand ...« Schoknecht ließ den Satz unvollendet. Er nahm einen Löffel voll Zucker und schüttete ihn in seine Tasse. »Ich hoffe, das Schwein wird bald gefasst, damit ich endlich weiß, was wirklich passiert ist. Wenn ich mir vorstelle, dass ich Stöbsand die ganzen Jahre womöglich zu Unrecht verdächtigt habe und Annikas Mörder mir tagtäglich frech ins Gesicht gegrinst hat ...« Er seufzte tief.

Richard, den Schoknechts Eingeständnis überraschte, brachten die Worte auf einen Gedanken. »Mit wem im Ort stand Philipp denn in engerem Kontakt?«

»Sie meinen, wem ich das zutraue?« Zackig rührte er mit dem Löffel den Zucker ein. »Darüber zerbreche ich mir schon, seit ich von dem Mord gehört habe, den Schädel.«

Indirekt hatte Richard darauf abgezielt, doch er wollte diese Frage nicht ausgerechnet mit Andreas Schoknecht vertiefen, daher sagte er: »Eigentlich wollte ich nur wissen, ob Sie Freunde oder Bekannte von ihm kennen.«

»Isa und Sven Wienke«, antwortete er prompt. »Und Helmut natürlich.«

»Wer noch?«

Schoknecht hob die knochigen Schultern. »Stöbsand und ich kannten uns seit der Schulzeit, ja. Aber wir waren nie so dicke miteinander, dass ich wüsste, mit wem er abhing, wenn er auf Besuch war. Dazu hatte er sich nach Annikas Tod kaum noch in Gellerhagen sehen lassen. Fragen Sie Isa. Sie wird es wissen.«

Der Hund drehte sich geräuschvoll schnaufend auf die Seite. Beide Männer schauten unweigerlich zu ihm hin. Richard nahm einen zweiten Keks. »Wollen Sie sich mit Ihrer Hundeschule vergrößern?«

»Wie kommen Sie darauf?«, fragte Andreas Schoknecht kauend, der sich gleichfalls am Keksteller bedient hatte.

»Auf Ihrem Schreibtisch liegen Katasterauszüge.«

»Ach das.« Er schüttelte heftig den Kopf. »Nein, die Auszüge haben nichts mit meiner Hundeschule zu tun. Das ist noch Ballast aus meinem alten Gastwirtsleben. Ich hatte früher ein Fischrestaurant in Gellerhagen.«

»Ich weiß, Bert Mulsow hat es mir erzählt. Er schwärmt heute noch von Ihrer Küche.«

»Schön zu hören.« Schoknecht freute sich sichtbar über das Kompliment. »Mein Laden lief wirklich gut, wenn ich das mal so behaupten darf. Daher wollte ich den Sprung ins kalte Wasser wagen und hatte vor zu expandieren.«

»Ein zweites Restaurant in Niederwiek?«

»Größer. Viel größer.« Er lachte leise. »Ich hatte Pläne für eine exquisite Hotelanlage. Restaurants, Schwimmbad, Fitnesscenter, Wellnessoase. Alles, was das Urlauberherz begehrt. Das Grundstück in Niederwiek war perfekt dafür.« Schoknechts Blick wanderte zum Schreibtisch. »Tja, leider blieb es nur ein Traum.«

Richard ahnte, was ihm dazwischengekommen war. »Sie haben die Hotelpläne nach dem Tod Ihrer Tochter fallen lassen.«

Schoknecht sah ihn an. »Nein, damit hatte es nichts zu tun. Der Grundstückskauf ist bereits einige Zeit zuvor geplatzt. Thomas Dahlke konnte dem beauftragten Maklerbüro ein höheres Angebot unterbreiten.«

»Dahlke?«, erwiderte Richard erstaunt.

»Sie kennen sich?«

»Oberflächlich. Ich war heute Vormittag bei ihm im Büro.«

»Dann haben Sie seine Ferienanlage ja gesehen. Ich muss gestehen, Dahlke hat was aus dem Grundstück gemacht«, meinte Schoknecht anerkennend. »Die Anlage ist bei den Urlaubern äußerst beliebt. Aber er ist auch lang genug als Vermieter im Geschäft, um zu wissen, wie der Hase läuft.«

Irgendwo läutete ein Telefon. Der Hund sprang abrupt auf und rannte schwanzwedelnd aus dem Zimmer. Schoknecht erhob sich aus dem Sessel. »Biene ist der Meinung, ich sollte rangehen. Bin gleich wieder bei Ihnen.«

Richard blickte auf die Uhr. Fast sechs. Er fand, er hatte nun genug Zeit mit der Vergangenheit vertrödelt. Er wollte Jette wiedersehen. Und etwas anderes essen als Kekse.

Fünf Minuten darauf verabschiedete er sich von Andreas Schoknecht und lief Richtung Bernsteinweg.

21

»Und da brichst du bedenkenlos das Schloss auf?«

Richard stand im Wohnwagen und beobachtete Jette, wie sie eine lange Kordel um den Türgriff wickelte. Beim Anklopfen hatte er nicht bemerkt, dass die Tür einen Spaltbreit offen stand. Erst als er sie hinter sich zuziehen wollte, waren ihm das kaputte Schloss und der verbogene Rahmen aufgefallen. Auf seinen fragenden Blick hin hatte Jette dann etwas von einem verlorenen Schlüssel und einer Werkzeugtasche in ihrem Auto gestammelt.

»Was sollte ich denn machen?« Sie knotete die Kordel nun an einem Garderobenhaken fest. »Mir blieb nichts anderes übrig.«

»Du hättest zu mir kommen können.«

»Es war mitten in der Nacht. Ich wollte dich nicht wecken.«

»Stattdessen beschädigst du lieber Wienkes Wohnwagen?«

»Sven hat sich die Tür angeschaut. Er meint, der Schaden ließe sich leicht beheben«, wich sie der eigentlichen Frage aus. »Er muss bloß passende Schrauben im Baumarkt besorgen.«

Jette ging zur Sitzecke und streifte eine Strickjacke über ihren rot-blauen Pulli. Anschließend öffnete sie den Vorratsschrank und wühlte ohne erkennbaren Grund darin herum. Voller Argwohn sah Richard ihr dabei zu. Irgendetwas stimmte nicht. Seit sie ihm die Tür geöffnet hatte, wich Jette ihm regelrecht aus. Nicht ein einziges Mal hatte sie ihn richtig angesehen. Dazu kaufte er ihr die hanebüchene Geschichte mit dem aufgebrochenen Schloss nicht eine Sekunde ab.

Langsam näherte er sich ihr. »Was ist los?«

»Was soll sein?«, murmelte sie, ohne ihre sinnlose Suche zu beenden.

Richard streckte den Arm aus. Mit sanftem Druck umschloss er ihr Handgelenk. Sofort hörte sie mit der Wühlerei auf.

»Jette, schau mich an.«

Es dauerte lange, bis sie ihm das Gesicht zudrehte. Richard

zuckte zusammen. Eine breite Schürfwunde zog sich auf ihrer Stirn am Haaransatz entlang.

»Wie ist das passiert?«

»Es ist nur ein Kratzer.«

»Das ist keine Antwort auf meine Frage.«

»Ich bin gestürzt.«

»Nein, Jette.« Richard ließ ihren Arm los. »Das Türschloss ist demoliert, deine Stirn ziert eine fette Schramme, und du kannst mir kaum in die Augen blicken. Sag mir endlich, was hier los ist!«

Sie schien seine Worte in sich nachzuspüren, dann sagte sie: »Im Wohnwagen wurde eingebrochen.«

»Was?«, rief er schockiert. »Wann?«

»Gestern, als ich bei dir war.«

Er sah sich im Anhänger um. »Wurde etwas gestohlen?«

»Nein«, hörte er Jette sagen. »Es sind nur ein paar Sachen zu Bruch gegangen. Nichts Dramatisches.«

»Was ist mit deinem Laptop? Deiner Kamera?«

»Lag alles in meinem Auto. Es fehlt nichts.«

Richard schaute sie wieder an. »Und die Polizei? Was sagt die?«

»Ich habe den Einbruch nicht gemeldet.«

»Du musst doch –«

»Richard, nein«, unterbrach sie ihn. Ruhig, aber bestimmt. »Es wurde nichts gestohlen. Und der Schaden im Wohnwagen ist halb so schlimm. Es waren sicher nur ein paar dumme Jungs auf der Suche nach Schnaps. Bitte, ich möchte diese ganze Aufregung mit Anzeige und Polizei nicht, okay?«

Sein gesunder Menschenverstand sagte ihm, dass es falsch war, die Angelegenheit auf sich beruhen zu lassen. Dennoch, er konnte ihr Argument verstehen. Erst der Mord an Philipp, jetzt der Einbruch. Die letzten Tage waren für Jette vermutlich stressiger als eine Klassenfahrt mit pubertierenden Siebtklässlern in den Europapark. Dabei war sie hier, um eine Auszeit zu nehmen, runterzukommen …

Richard nickte langsam. »Aber wieso erst diese abstruse Schlüssel-Geschichte?«

Sie hob unsicher die Schultern. »Ich habe wohl befürchtet, du würdest umgehend deinen Freund Mulsow anrufen.«

»Du kennst mich ziemlich gut.« Er musste grinsen, wurde aber sofort wieder ernst. »Beim nächsten Mal sagst du mir gleich, was los ist, in Ordnung?«

»Es wird schon keinen zweiten Einbruch geben. Nun wissen sie, dass es bei mir nichts zu holen gibt.«

Es war nicht ganz die Antwort, die er hören wollte. »Und die Schramme auf deiner Stirn?«

»Hab ich mir beim Aufräumen zugezogen. Die Tischkante war im Weg.« Jette deutete zur Sitzecke. »Ich muss mir noch etwas Schickeres anziehen, bevor wir losgehen. Setz dich eine Weile zu Hampus, ja?«

Während Jette einen Stapel loser DIN-A4-Blätter und einen braunen Umschlag vom Klapptisch räumte, zog Richard den Mantel aus und hockte sich zu dem Kater auf die Bank. Noch immer hatte er das Gefühl, dass sie seinen Blick mied.

»Was hast du heute angestellt?« Jette klemmte sich ein abgegriffenes Blechkästchen unter die Achsel.

»Ich habe Thomas Dahlke in seiner Ferienanlage besucht. Drüben in Niederwiek.«

»Weshalb?«, wollte sie wissen und verschwand mit den Sachen hinter dem Vorhang der Schlafnische.

»Das Ferienhaus gehört ihm. Ich musste klären, ob ich es weiternutzen kann.«

»Du hättest ihn anrufen können.«

»Es gab noch ein paar andere Dinge, nach denen ich Dahlke fragen wollte.«

»Wegen der Kamera?«

»Unter anderem. Aber wirklich weiterhelfen konnte er mir nicht.«

»Schade.«

Das Rascheln von Kleidung drang zu ihm herüber. Richard wurde bewusst, dass Jette sich auszog. Um die Geräusche auszublenden, redete er schnell weiter.

»Ach übrigens, Philipp war mit einer Frau hier. Ich meine,

vor sechs Jahren, als Annika Schoknecht ermordet wurde. Offensichtlich haben sie zusammen den Urlaub in Gellerhagen verbracht.«

Stille.

»Jette?«

»Tatsächlich?«, rief sie schrill. »Woher weißt du das?«

»Bert erwähnte es gestern. Eine Ulrike Mühlheimer. Sie hat zu Protokoll gegeben, dass Philipp in der Mordnacht nicht im Ferienhaus war.«

Richard wartete auf eine Erwiderung. Doch hinter dem Vorhang blieb es vollkommen ruhig. *Was machte sie da?*

»Weißt du, ich wundere mich bloß, weshalb Philipp nie von ihr gesprochen hat. Schließlich war sie seine Freundin. Dahlke konnte sich noch gut an ihren Urlaub hier erinnern. Er hatte die Frau mal im Auto zum Darßer Weststrand mitgenommen.«

Nichts. Keine Reaktion.

»Hörst du mir überhaupt zu?«, fragte er.

»Klar.« Das Rascheln setzte wieder ein.

»Jedenfalls ist diese Ulrike dann unmittelbar nach Philipps Verhaftung abgereist.«

»Aha.«

Grübelnd strich Richard mit den Fingern über die Tischplatte. Vorhin hatte er ihr zugeknöpftes Verhalten noch dem Einbruch zugeschrieben, aber jetzt war er sich dessen nicht mehr so sicher. Jette schien ihn überhaupt nicht wahrzunehmen. Wahrscheinlich hatte die Aufregung der letzten Tage sie völlig überfordert. Vor etlichen Monaten hatte er ähnliche gesundheitliche Probleme gehabt. Er konnte sich gut in ihre augenblickliche Verfassung hineinversetzen. Keinesfalls brauchte Jette jemanden, der sie noch mit seinen eigenen Problemen behelligte. Nach allem, was vorgefallen war, dürfte sie der Mord an Philipp herzlich wenig interessieren. Und noch weniger, dass er mit einer Frau in den Urlaub gefahren war.

Der Vorhang wurde aufgezogen. Jette, nun in flaschengrüner Bluse, lächelte verlegen. *Oder gezwungen?*

»Ich wäre dann so weit.«

Richard streckte die Hand aus. »Komm mal her.«

Wieder spürte er ein kurzes Zögern, bevor sie ihre Hand in seine legte. Sie war eiskalt. Abwartend blickten ihre graublauen Augen auf ihn hinunter.

»Möchtest du unser Essen verschieben?«, fragte er.

Sie lachte nervös. »Wie kommst du darauf?«

»Du bist komplett neben der Spur, Jette. Ich habe das Gefühl, dass du lieber für dich sein willst.«

»Nein, ich möchte essen gehen.« Sie drückte seine Hand. »Mit dir.«

»Bist du sicher?«

»Richard, ich freue mich, dich zu sehen.« Jette lächelte. Diesmal warm und ungezwungen. »Indianerehrenwort.«

»Dann freue ich mich auch.«

»Ich hole nur noch meine Jacke von drüben.« Sie deutete zum Kapitänshaus hinüber. »Dann können wir. Wartest du so lange?«

Richard nickte und ließ ihre Hand los. Rasch hatte Jette die Kordel aufgeknotet und kletterte aus dem Wohnwagen. Sie war schon fast draußen, da drehte sie sich noch einmal zu ihm um. Ein fröhliches Funkeln lag in ihren Augen.

»Bis gleich.«

Die Tür blieb nur angelehnt. Richard fragte sich, ob Jette bereits ein Patent für das Schließen von außen entwickelt hatte oder ob sie ohne viel Federlesens einen Stuhl dagegenstellte. Er schmunzelte in sich hinein. Chaotisch, unkonventionell und ein bisschen naiv waren die Attribute, die ihm sofort zu Jette Herbusch einfielen. Seltsam war nur, dass ausgerechnet ihm das an einer Frau gefiel.

Der Vorratsschrank stand noch offen. Als Richard den Türknauf umschloss, fiel sein Blick in die Schlafnische. Auf dem Bett lagen die losen DIN-A4-Seiten, die sie vorhin vom Tisch geräumt hatte. *Jettes Roman.* Sollte er ein Stück davon lesen? Es war ihm durchaus bewusst, wie eigen Autoren mitunter in Bezug auf ihre unfertigen Texte sein konnten. Doch die Neugier siegte über seine Skrupel, dass es Jette nicht recht sein könnte. *Nur ein kurzer Blick.*

Er ließ sich auf dem Bett nieder. Wahllos nahm er ein Blatt in die Hand und begann zu lesen. Einfache, aber makellose Sätze, ohne jegliche Aufgeregtheit. Richard gefiel, was er las. Nur schwer widerstand er der Versuchung, nach der nächsten Seite zu greifen. Er legte das Blatt zu den anderen und erhob sich. Durch die Bewegung rutschte ein brauner Umschlag auf den Teppichboden. Schnell beugte er sich nach unten, um ihn aufzuheben. Ein Fotoausdruck lugte seitlich hervor. Richard wollte ihn schon zurückschieben, als ihn etwas innehalten ließ. Noch vor drei Tagen hätte er es übersehen, es nicht beachtet. Aber jetzt bohrte sich die blaue Ecke wie ein spitzer Pfeil in seine Brust. Er nahm den Umschlag in die Hände und zog das Blatt ganz heraus. Ein Mädchen auf einem Bett. Nackt. Kussmundpose. Zwischen ihren Brüsten ein blauer, langer Schal. *Philipps Schal.*

Richard überrollte eine Mischung aus Verstörung und Entsetzen. Er schüttete den gesamten Inhalt des Umschlags auf der Bettdecke aus. Noch mehr Ausdrucke, ungefähr ein Dutzend. Ein Dutzend Fotos, auf denen Annika Schoknecht nackt mit einem blauen Schal posierte. Er war wie elektrisiert. Warum besaß Jette diese Fotos? Was hatte sie mit dem Mädchen zu tun? War sie wegen ihr nach Gellerhagen gekommen? Er schluckte. *Wieso dieser blaue Schal?* Das hatte Jette an dem Abend immer und immer wieder gefragt. Hatte sie etwa Philipp …?

Richard wurde schlecht. Er stürzte zur Kochecke und beugte den Kopf tief über das schmale Spülbecken. Nur knapp gelang es ihm, seinen aufsteigenden Mageninhalt zurückzuhalten. Er drehte den Hahn auf und hielt seinen Mund in den kalten Strahl. Nach einigen gierigen Schlucken benetzte er das Gesicht mit Wasser und richtete seinen Oberkörper auf. Dann öffnete sich die Tür.

»Wenn du willst, können wir …« Jette brach ab und verharrte auf der ersten Stufe. In ihren Augen lag Verwirrung, aber auch Vorsicht. »Du siehst aber gar nicht gut aus.«

Oh ja, das konnte er sich vorstellen. Richard lachte heiser auf.

Jette löste sich aus ihrer Starre und kam nun ganz in den Wohnwagen. Kurz fasste sie sich ans Revers, entschied sich aber doch, ihre Jacke anzulassen. Als sie ihre Hand nach ihm ausstreckte, wich er zurück.

»Nicht.«

Erschrocken starrte sie ihn an. »Alles in Ordnung bei dir?«

»Das fragst du mich?«

Sie musterte ihn eine Weile, dann sagte sie leise: »Richard, erklär mir bitte, was mit dir los ist.«

Wie ferngesteuert ging sein Blick zur Schlafnische. Wenige Sekunden nur, aber Jette hatte es bereits bemerkt. Sie drehte sich zum Bett um.

»Oh Gott, ich wollte nicht …«

»Was wolltest du nicht?«, fragte er aggressiv. »Dass ich die Fotos bei dir finde oder Philipp einen Insulin-Pen in den Bauch rammen?«

Jettes Kopf schnellte herum. Bestürzung spiegelte sich in ihrem kalkweißen Gesicht. »Du glaubst, ich hätte Philipp Stöbsand umgebracht?«

»Die Nacktfotos von Annika Schoknecht liegen auf deinem Bett.«

»Du spinnst! Nur weil ich die Fotos besitze, bedeutet das noch lange nicht, dass ich etwas mit seiner Ermordung zu tun habe.«

»Ach nein?« Wütend funkelte er sie an. »Hast du da nicht ein klitzekleines Detail vergessen?«

»Was meinst du?«

»Ich meine den verfluchten Schal!«

Sofort war sie still. Mit zusammengepressten Lippen sah sie zur Schlafnische. Ihre Augen hatten einen fiebrigen Glanz.

»Jette, du bist wegen genau diesem Schal mit Philipp aneinandergeraten«, sagte Richard, bemüht, ruhig zu bleiben. »Der Schal, der um den Hals des toten Mädchens hängt. Da muss ich doch denken, dass …«

»Ja, ich weiß«, flüsterte sie nur.

»Verdammt noch mal, Jette! Rede mit mir!« Richard fuhr sich durch die Haare. »Was hat es mit all dem auf sich? Wieso bist du hier?«

Jette atmete mühsam ein und streckte den Kopf nach oben. Im Ausschnitt ihrer Bluse traten die Schlüsselbeinknochen hervor. Eine halbe Minute lang stand sie so da. Vielleicht mehr, vielleicht weniger. Dann blickte sie ihn an. Richard erschauerte. In ihren Augen lag dieselbe Hoffnungslosigkeit wie bei Andreas Schoknecht.

»Ich suche meine tote Schwester.«

Verständnislos starrte sie ihn an. »Du machst *was*?«

»Ich suche Rike. Meine Schwester Ulrike.«

Es dauerte einen Moment, bis Richard begriff. *Ulrike.* Ulrike Mühlheimer war Jettes Schwester. Trotzdem verstand er es nicht. Wieso hatte Jette ihm nie davon erzählt? Nicht einmal jetzt, wo er über sie gesprochen hatte? Und wieso glaubte sie, ihre Schwester wäre tot? Er versuchte, einen Faden zu finden, einen Faden, an dem er seine wirren Gedanken logisch aneinanderreihen konnte. Es gelang ihm nicht.

»Jette, was genau heißt: Du suchst deine Schwester?«

Sie ging zum Bett, nahm ein Foto aus dem Blechkästchen und reichte es ihm. Ein Urlaubs-Schnappschuss auf einer Kaimauer. Sonne. Türkisblaues Meer. Zwei lächelnde Frauen. Ulrike Mühlheimer war auf den ersten Blick ein völlig anderer Typ als Jette. Brünett, zierlicher, eleganter. Doch die Gesichtszüge wiesen eine gewisse Ähnlichkeit auf, sodass man beim zweiten Hinsehen die Verwandtschaft erkannte.

»Rike ist seit sechs Jahren spurlos verschwunden.« Jette sank in die Sitzbank und starrte auf den Boden. »Kurz vor ihrem Verschwinden hat Rike mich angerufen. Sie hätte einen Mann kennengelernt und wollte mit ihm verreisen. ›Wir fahren an die Ostsee, Schwesterherz.‹ Ich habe gelacht und gesagt: ›Die Ostseeküste ist lang, und mit wem genau fährst du eigentlich?‹ Rike meinte, ich soll nicht so neugierig sein. Und außerdem wäre sie gar nicht sicher, ob sich aus dem kleinen Abenteuer etwas Dauerhaftes entwickeln würde. Schließlich kennen sie sich erst seit zwei Wochen. Aber wenn sie zurück ist, würde sie mir alles erzählen. ›Versprochen‹, hat sie gesagt. Ich habe ihr viel Spaß gewünscht, und bevor sie auflegte, sagte sie noch, er hätte dort ein Haus. ›Wo dort?‹, habe ich sie geneckt. ›Na, auf dem Darß oder dem Fischland. Du weißt schon, Jette, diese Halbinsel in Mecklenburg-Vorpommern.‹ Das war das letzte Mal, dass ich Rike gesprochen habe.«

Richard war wie vor den Kopf geschlagen. Philipp hatte mit Ulrike Mühlheimer seinen Urlaub verbracht. Jetzt war sie spurlos verschwunden und Philipp tot.

»Drei Wochen darauf hat mich ihr Arbeitgeber angerufen. Rike war nach ihrem Urlaub nicht im Büro erschienen, und sie konnten sie nirgends erreichen. Ich hab sofort alle ihre Freunde und Bekannten abtelefoniert, aber niemand wusste etwas. Nur einer Kollegin hatte sie am Tag ihrer Abreise eine SMS geschickt, allerdings mit den gleichen nebulösen Andeutungen wie mir gegenüber. Noch am selben Tag bin ich aufs Polizeirevier und habe Rike als vermisst gemeldet. Aber weißt du, was die Polizei unternimmt, wenn ein Mensch verschwindet?« Sie hob den Blick. »Nichts.«

»Irgendetwas müssen sie doch unternommen haben«, hielt Richard dagegen.

»Klar, haben sie.« In ihrer Stimme schwang ein ironischer Unterton mit. »Alle erdenklichen Leute wurden befragt: Verwandte, Kollegen, ihr Exmann, Freunde … Und sie haben Rike in ihr bundesweites Informationssystem aufgenommen, worauf jede Polizeidienststelle in Deutschland Zugriff hat. Ist eine Menge, oder?«

»Du wusstest, wo sie hinwollte, hätte man da nicht …«

»… eine Großfahndung einleiten sollen?«

»Ja.«

»Weißt du, was das kostet?«

»Nein.«

»Wusste ich auch nicht«, sagte sie mit einem bitteren Lachen. »Ich sehe diesen arroganten, pausbäckigen Kommissar immer noch vor mir, wie er hinter seinem Beamtenschreibtisch thront und mir haarklein vorrechnet, was es kostet, wenn er das ganze Programm anrollen lässt: Hundertschaften, Taucher, Spürhunde, Hubschrauber mit Wärmebildkameras … ›Da summieren sich die Einsatzstunden blitzschnell auf eine sechsstellige Summe zusammen, Frau Herbusch.‹« Jette äffte den Ton des Mannes nach und atmete dann scharf aus. »Zudem wär's nicht einmal sicher, ob Rike sich zuletzt tatsächlich auf der Halbinsel aufgehalten hat.«

»Weshalb?«

»Man hat ihr Handy in Stralsund geortet, bevor es abgeschaltet wurde.«

Richard schaute auf das Foto in seinen Händen. Als Jette weiterredete, legte er es auf den Klapptisch.

»Der Herr Kommissar hat behauptet, sehr wohl zu wissen, wie groß meine Verzweiflung sein muss. Aber seitens der Polizei sind solche Maßnahmen bei erwachsenen Personen nun einmal nicht üblich, wenn sie von ihren Angehörigen als vermisst gemeldet werden und kein Hinweis auf eine Straftat vorliegt.«

Sie richtete ihren Blick wieder nach unten, auf die Hände zwischen ihren Knien. »Also bin ich allein hier hoch und habe Ort für Ort, Kneipe für Kneipe, Laden um Laden mit Rikes Foto abgeklappert. Irgendwann konnte ich diesen flüchtigen Blick, das unangenehm berührte Kopfschütteln der Leute nicht mehr ertragen und habe die Suche abgebrochen. Das Einzige, was ich noch für Rike tun konnte, war, ihr Verschwinden in den einschlägigen sozialen Netzwerken zu verbreiten.«

Obwohl ihre Worte sich in seinem Kopf allmählich zu einem klaren Bild formten, schaffte Richard es nicht, einen Zusammenhang zu erkennen. Die Verbindung zu den Fotos auf ihrem Bett.

»Jette«, er zeigte mit ausgestrecktem Arm zur Schlafnische, »was hat das alles mit Annika Schoknecht zu tun? Wieso bist du im Besitz dieser Fotos?«

Sie blickte auf. »Ich habe sie in Rikes Cloud gefunden.«

»In ihrer *Cloud*?«

»Ein virtueller Speicher im Internet.«

»Ich weiß, was eine Cloud ist«, sagte er ungehalten. »Aber wie bist du daran gekommen?«

Mit einer beschwichtigenden Geste erhob sie sich. Der Vorratsschrank stand noch offen. Sie sperrte ihn zu und lehnte sich mit dem Rücken gegen die Tür.

»Ungefähr ein Jahr vor ihrem Verschwinden hat Rike die Zugangsdaten für mich auf einem Zettel notiert, weil sie ein Fotoalbum von meiner Amerika-Tour erstellen wollte. Dafür sollte ich die Bilder hochladen. Rike war Fotojournalistin bei einem Reisemagazin und kannte sich mit diesem Zeugs besser aus als ich. Ich hatte den Zettel all die Jahre vergessen. Mich einfach nicht mehr daran erinnert.«

Sie seufzte und setzte kurz darauf neu an. »Ende August bin ich in meine neue Wohnung gezogen. Beim Packen der Umzugskartons fand ich in einer Schublade plötzlich Rikes Zettel mit den Zugangsdaten wieder. Nichts ahnend habe ich den Computer hochgefahren und mich in ihre Cloud eingeloggt. Die letzten Bilder wurden im Monat ihres Verschwindens abgespeichert. Zuerst einige Aufnahmen vom Darßer Weststrand und dann, einen Tag bevor Rikes Handy abgeschaltet wurde, die Fotos von Annika Schoknecht.«

Erneut stieg Übelkeit in Richard auf. Er zwang sich zu schlucken, um dagegen anzukämpfen. Er musste sich konzentrieren. »Und wie bist du auf die Verbindung zu Philipp gekommen? Woher wusstest du, dass deine Schwester mit ihm hierhergefahren ist?«

»Nach zwei Tagen hatte ich realisiert, dass diese Nacktfotos mit dem Mann zu tun haben mussten, mit dem Rike an die Ostsee wollte. Ich habe mich hingesetzt und zusammen mit den Orten auf der Halbinsel alle möglichen Kombinationen in die Suchmaschine eingegeben. Mit ›Gellerhagen – Mord – Minderjährige‹ bin ich schließlich auf den Fall Annika Schoknecht gestoßen. Neben ihrem Foto waren auch noch alte Berichte aus der Lokalpresse online.«

Richard erinnerte sich an seine eigene Suche vor wenigen Tagen. Er kannte die Artikel.

Einige Sekunden verstrichen, dann fuhr sie leise fort: »Ich hab bei der hiesigen Zeitung angerufen und behauptet, dass ich an einem Artikel über ungeklärte Mädchenmorde recherchiere. Es dauerte nicht lang, bis der Name Stöbsand gefallen war, und ich wusste, wer sich hinter dem genannten Philipp S. verbirgt.« Ihre

Finger spielten mit dem Ärmelsaum ihrer Bluse. »Stöbsand hat wie Rike in Münster gelebt. Es war also mehr als wahrscheinlich, dass sie sich dort über den Weg gelaufen waren. Aber Gewissheit, dass Rike und Stöbsand sich kannten, erhielt ich erst, nachdem ich seinen Bildband aufgeschlagen hatte. Der Schal auf den Strandbildern war derselbe wie auf den widerlichen Fotos in Rikes Cloud. Ich dachte, das alles war kein Zufall mehr, und Stöbsand muss für ihr Verschwinden verantwortlich sein …«

»… weil deine Schwester die Fotos bei ihm gefunden hat und er den Mord an dem Mädchen vertuschen wollte«, brachte Richard ihren Gedanken zu Ende.

»Ja«, hauchte sie.

Er erinnerte sich an das Abendessen im Ferienhaus. Ihre seltsame Anspannung, die unterdrückte Wut in der Stimme, der Hass in ihren Augen. Jette hatte geglaubt, dem Mörder ihrer Schwester gegenüberzusitzen.

»Und nun?« Richard suchte ihren Blick. »Philipp ist tot. Ermordet. Denkst du immer noch, *er* hätte sie verschwinden lassen?«

»Nein«, sagte Jette sofort. »Natürlich nicht. Ich weiß jetzt, dass er nur ein Opfer wie Rike ist. Was Stöbsand betrifft, war ich völlig auf dem Holzweg.«

»Ich bin nicht sicher, ob ich das als beruhigend empfinden soll.«

Sie fasste nach seiner Hand. »Ja, ich habe mich geirrt, Richard. Aber ihr Mörder läuft noch immer –«

»Hör auf!« Er riss sich los.

Unter seiner Schädeldecke begann es, merklich zu pochen. Er musste dringend an die Luft. Doch ihm geisterte noch zu viel Ungeklärtes durch den Kopf. Richard befahl sich, Ruhe zu bewahren. Die frische Luft musste warten. Er ging zur Sitzecke, blieb aber stehen.

»Bert hat Annika Schoknechts Akte eingesehen, darin stand nichts von neuen Erkenntnissen. Wenn du auf diese Bilder gestoßen bist, hätte die Polizei Philipp dazu vernehmen müssen.«

»Ich war nicht dort.«

»Du warst nicht bei der Polizei?« Augenblicklich schnellte sein Puls wieder in die Höhe.

»Was sollte ich da? Für die ist Rikes Fall doch längst abgehakt«, empörte sie sich. »Bei unserem letzten Gespräch meinte der Kommissar: ›Vielleicht will Ihre Schwester auch nicht gefunden werden, Frau Herbusch. Es ist eine Möglichkeit, die man immer in Betracht ziehen muss.‹ In meinem ganzen Leben habe ich mich nicht so gedemütigt gefühlt. Denkst du, ich wollte mir das noch einmal antun?«

»Du hattest einen neuen Anhaltspunkt.«

»Die Fotos allein hätten doch nichts bewiesen. Die Zeitungen schrieben, dass Stöbsand ein Alibi hat. Wieso sollte die Polizei annehmen, dass er etwas mit Rikes Verschwinden zu tun hat? Zwei, drei Fragen, und die Angelegenheit wäre erledigt gewesen.«

»Ist dir nicht eine Sekunde der Gedanke gekommen, dass alles ganz anders zusammenhängen könnte?«

Beschämt schaute Jette zur Seite und sagte mit gedämpfter Stimme: »Ich dachte nur, ich hätte das Schwein endlich gefunden, das mir meine Schwester genommen hat, und wenn ich herausfinden will, was mit ihr passiert ist, muss ich mich selbst darum kümmern.«

»Kümmern? Was heißt das?«, fragte er alarmiert. Doch ihm schwante bereits, was es bedeutete. *Für ihn.*

Jette streifte ihre Jacke ab und warf sie auf die Sitzbank, worauf Hampus miauend den Kopf hob. Nach einer Weile rollte der Kater sich wieder zusammen.

»Ich erinnerte mich, gelesen zu haben, dass Stöbsands Verlegerin eine Jugendfreundin von ihm war. Auf der Homepage einer gewissen Isa Wienke habe ich dann einen Eintrag zu ihrem Stand auf der Frankfurter Buchmesse gefunden. Dort erzählte mir die Frau von Stöbsands kommender Ausstellung in Gellerhagen und dass er vorhätte, diese für mehrere Wochen persönlich zu betreuen. Zwei Tage lang habe ich darüber gegrübelt, wie ich es am besten anstelle, meine Anwesenheit in dem Ort glaubhaft zu machen, bis mir der Gedanke mit dem Roman kam.«

»Warte!« Richard holte Luft. »Verstehe ich das richtig: Du hast Isa Wienke deinen Roman nur vorgegaukelt?«
»Nicht ganz.«
»Jette!«
»Schon gut.« Sie hob einlenkend die Hände. »Es gibt einen Roman. Ich habe vor einigen Monaten damit begonnen. Der Friedhofsgärtner, die Geschichten der Hinterbliebenen, die Inschriften der Grabsteine, all das stimmt. Nur seit ich in Gellerhagen bin, habe ich keine einzige Zeile geschrieben. Das war auch nie meine Absicht. Ich bin allein wegen Rike hier.«
»Das Ganze«, Richard machte eine ausschweifende Geste, »ist also nur erfunden? Das Buch, die Aussteiger-Geschichte, dein Burn-out ... vermutlich bist du nicht einmal Lehrerin?«
Sie sah ihn nur schweigend an.
»Ich fass es nicht!«
Jette kam näher. »Ich hatte doch keine Ahnung, ob Rike ihm etwas von mir erzählt hat, was ich mache, wer ich bin ...«
»Bitte, sag jetzt nicht, du hast dir auch einen anderen Namen zugelegt.«
»Das war nicht nötig. Rike trug den Namen ihres Exmannes.«
Erschüttert starrte Richard sie an. »Du hattest das tatsächlich bis ins kleinste Detail durchdacht.«
Sie versuchte, ihn zu berühren, doch auf halbem Weg ließ sie ihren Arm sinken. »Irgendwann wollte ich es dir sagen, Richard ... dir alles erklären.«
»Irgendwann? In zehn Tagen? Zehn Wochen? Wenn Philipp hinter Schloss und Riegel sitzt?«
»Ich wusste doch nicht, ob ich dir vertrauen kann.«
»Ob du mir vertrauen ...?« Ein Gedanke durchfuhr ihn. Richard stieß ein kurzes, gequältes Lachen aus. »Alles, was du von mir wolltest, waren Informationen über Philipp.«
»Nein!«
Er schüttelte niedergeschlagen den Kopf. »Lüg mich nicht an! Nicht jetzt.«
Verlegen sah sie zu Boden. »Ja, anfangs schon«, räumte sie ein, »schließlich musste ich einen Weg finden, an Stöbsand her-

anzukommen. Bei Isa und Sven Wienke brauchte ich nicht anzusetzen. Das wurde mir ziemlich schnell klar. Isa ging für ihn durchs Feuer, und Sven ist stumm wie ein Fisch.«

»Und ich habe welchen Eindruck erweckt? Der begriffsstutzige Kumpel, der leicht um den Finger zu wickeln ist?«

»Du weißt, dass das nicht stimmt«, sagte sie leise und blickte auf.

»Was ich weiß, ist, dass du mich belogen hast.«

»Richard, was zwischen uns –«

»Stopp!«, unterbrach er sie. »Ich will es nicht hören.«

»... was zwischen uns war, hatte nie mit Stöbsand zu tun«, vollendete sie ihren Satz, ohne seinen Einwand zu beachten.

»Weshalb hast du mir dann bei unserem Essen deine Kamera mit dem Foto von Annika Schoknechts Grabstein unter die Nase gehalten?«

Sie schwieg. Das war für ihn Antwort genug. Richard griff nach seinem Mantel.

»Nicht!« Jette hielt ihn fest. »Ich wollte es dir die ganze Zeit sagen. Aber dann ... war es plötzlich zu spät dafür, und ich hatte Angst ... dich zu verlieren.«

Ihre Augen schimmerten feucht, die Hand auf seinem Arm zitterte. Richard zögerte. »Woher wusstest du, dass Philipp und ich uns kennen?«

Sie blickte an ihm vorbei. »Ich habe dich am Morgen meiner Ankunft beim Supermarkt gesehen ... dein Nummernschild.«

Das Nummernschild. Er fuhr immer noch mit Münsteraner Kennzeichen umher.

»Isa Wienke hat mir gesagt, dass du bei Stöbsand im Ferienhaus wohnst.«

Richard machte sich los und sah sie traurig an. »Wie hattest du dir das eigentlich vorgestellt, Jette? Sollte ich Philipp, während er beim Frühstück seinen Marmeladentoast schmiert, danach fragen, wo er deine Schwester verscharrt hat?«

»Ich habe keine Ahnung, aber ...«

»... aber es war dir völlig gleichgültig, solange ich den Georg Wilsberg für dich spiele. Nur dass ich kein Buchantiquar bin, der nebenbei noch Aufträge als Privatdetektiv annimmt, sondern Kunsthistoriker.«

Sie sagte nichts, und auch Richard war still, bis er seinen Mantel überstreifte.

Jette berührte ihn an der Schulter. Nicht fest, nur so, dass er sie anschaute. Sie war sichtbar bemüht, beherrscht zu bleiben. »Bitte, Richard! Irgendjemand in diesem Ort weiß, wo Rike ist. Der Mord an Stöbsand und der Einbruch beweisen, dass der Kerl unter Druck steht. Er wird Fehler machen.« Sie lächelte hilflos.

Richard schlug den Mantelkragen hoch. »Mach's gut, Jette.«

»Es tut mir leid, dass ich dich angelogen habe.« Sie schnappte nach dem Foto auf dem Tisch und drückte es ihm beinahe flehentlich in die Hand. »Aber ich wollte ... *ich will* meine Schwester finden.«

»Dann geh endlich zur Polizei.«

Mit einem Ruck entzog er sich ihrem Griff und verließ den Wohnwagen.

22

Richard schlug die Decke zurück und stellte die Füße auf das kalte Laminat. Gähnend griff er nach seiner Armbanduhr auf dem Nachttisch. Kurz vor halb acht. Er rechnete nach und stellte fest, dass er gerade einmal vier Stunden geschlafen hatte. Nach einem Moment des Überlegens beschloss er dennoch, aufzustehen. Das ewige Grübeln hatte längst wieder eingesetzt. Richard legte die Uhr auf das noch schlafwarme Kopfkissen und ging ins Bad unter die Dusche. Zehn Minuten darauf stieg er im Schlafzimmer in Boxershorts und Jeans und streifte einen Pullover über. Anschließend zog er die Fenstervorhänge beiseite. Wabernde weiße Nebelschwaden hingen in der Luft. So tief, dass nur die Baumkronen und die Dächer der umliegenden Häuser einsam aus dem milchigen Dunst ragten. Eine friedliche morgendliche Stille breitete sich vor seinen Augen aus. Doch hinter Richards Stirn tobte ein Orkan.

Nicht einmal fünf Tage war es her, dass er zusammen mit Jette in ihrem Wohnwagen zu Abend gegessen hatte. Mit einer sympathischen Lehrerin, die nach ihrem Burn-out einen Roman schreiben wollte. Und jetzt? Er hatte nicht den leisesten Schimmer, was sie beruflich machte, wo sie lebte oder welchen Beziehungsstatus sie tatsächlich hatte. Von einem Moment auf den nächsten war sie für ihn zu einer Unbekannten geworden. Eine fremde Frau, von der er so gut wie nichts wusste. Außer, dass sie ihn gezielt belogen und getäuscht hatte.

Richard konnte nicht fassen, was Jette getan hatte, wie berechnend sie gewesen war. Willentlich hatte sie sich in sein Leben geschlichen, ihn als möglichen Informanten auserkoren. Ihre Einladung in den Wohnwagen war nur fingiert gewesen, um an nützliche Details über Philipp heranzukommen. Vermutlich war nicht einmal die Begegnung in Wienkes Küche dem Zufall geschuldet. Richard wusste es nicht. Er wusste nur, dass er ihr sein Vertrauen geschenkt und sie es missbraucht hatte.

Davon abgesehen war ihre Täuschung auch Isa und Sven Wienke gegenüber mehr als schäbig. Die beiden hatten ihr bereitwillig den Wohnwagen überlassen, selbst im Kapitänshaus konnte sie Tag und Nacht ein und aus gehen. Von ihrem angeblichen Burn-out und dem Roman, den sie nie beabsichtigt hatte, fertig zu schreiben, ganz zu schweigen. Jede Handlung, jedes Wort von Jette war nur darauf ausgerichtet gewesen, Beweise für Philipps Schuld zu finden. Eine Aktion, die unaufrichtig und blauäugig zugleich war und sich dazu noch als fataler Irrtum herausgestellt hatte.

Richard seufzte leise. Trotz der Wut in seinem Bauch konnte er ihre Beweggründe bis zu einem gewissen Grad nachvollziehen. Jette wollte ihre Schwester finden. Endlich Sicherheit darüber haben, was ihr zugestoßen war. Gleichgültig, wie schrecklich die Wahrheit auch sein mochte. Jeden Morgen mit der immer selben Frage aufzuwachen, musste ein Alptraum sein. Jette konnte erst zur Ruhe kommen, wenn es ein Grab zum Trauern gab. Richard hatte sogar Verständnis dafür, dass sie sich von der Polizei im Stich gelassen fühlte. Nichts war schlimmer als dieses Egal-Gefühl, die Machtlosigkeit, der man sich in der eigenen Verzweiflung ausgesetzt sah.

Aber spätestens als Jette bei ihrer Suche über den ungeklärten Mord an Annika Schoknecht gestolpert war, hätte sie mit den neuen Erkenntnissen auf das nächste Polizeirevier gehen müssen, statt auf eigene Faust Ermittlungen anzustellen.

Auf dem Nachttisch erklang der Nachrichtenton seines Smartphones. Richard rieb sich mit der Handfläche über das Gesicht und umrundete das Bett. Charlotte. Ein Lächeln huschte über seine Lippen, als ihn ein kleiner Spiderman anstrahlte. Er speicherte das Foto ab und las Charlottes Nachricht: »Sorry, wurde spät gestern. Faulenzen heute aber den ganzen Tag am Pool. Klingel jederzeit durch. PS: Die Farbe durfte ich nach lautem Protestgeschrei wieder runterwaschen ;)«

Kurz schloss Richard die Augen. Es war ihm nicht einmal aufgefallen, dass sie gestern nicht angerufen hatte. Während er ein paar Zeilen zurückschrieb, stieg er die Treppe hinunter. In der

Küche ließ er sich ein Glas Leitungswasser einlaufen und drückte eine Schmerztablette aus der Packung, die auf dem Tisch lag. Ein Restschmerz loderte noch in seinem Kopf. Richard setzte sich. Sein iPad lag auf der Fensterbank. Er nahm es in die Hand und checkte seine E-Mails, merkte jedoch, dass er kaum etwas behielt von dem, was er da las. Mit Nachdruck klappte er den Deckel zu. Dann stand er auf und ging in die Diele. In seiner Manteltasche steckte noch das Urlaubsfoto, das Jette ihm in die Hand gedrückt hatte. Irgendwo zwischen Bernsteinweg und Ferienhaus war ihm bewusst geworden, dass er es bei sich hatte.

Er setzte sich an den Tisch zurück und starrte Ulrike Mühlheimer an. Wieso befanden sich Annika Schoknechts Fotos in ihrer Cloud? Die wahrscheinlichste Erklärung dafür war, dass sie sie selbst dort abgespeichert hatte. Aber wozu? Und wie war sie an sie herangekommen? Für Richard lag es auf der Hand, dass die Fotos in Ulrike Mühlheimers Cloud der Grund für ihr spurloses Verschwinden waren. Jette hatte die richtigen Schlüsse gezogen. Nur nicht, dass Philipp dafür verantwortlich war. Laut Mulsow hatte ihre Schwester noch nach seiner Verhaftung eine Aussage gemacht.

Richard rieb sich die pochenden Schläfen. Wenn Ulrike Mühlheimer wusste, wer der Urheber der Fotos war, wieso hatte sie es der Polizei gegenüber verschwiegen? Sie musste doch davon ausgehen, dass sie Philipp damit entlasten würde. Dass er den Täter vielleicht gedeckt hatte, konnte sie schließlich nicht wissen. *Oder doch?* Nein. Das ergab keinen Sinn. Ulrike Mühlheimer war erst wenige Tage in Gellerhagen gewesen. Sie hätte keinen Grund gehabt, einen Mord zu verschweigen, für jemanden, den sie kaum kannte.

Sein Blick wanderte zu Jette. Eine Weile betrachtete er ihr Gesicht. *Ich wollte es dir die ganze Zeit sagen. Aber dann ...* Auch wenn sie ihm unzählige Lügen aufgetischt hatte, glaubte er ihr. Es war keine Ausrede, die sie sich auf die Schnelle hatte einfallen lassen. Ihr war inzwischen klar, dass es keinen Unterschied gemacht hätte, wenn sie früher mit der Wahrheit herausgerückt wäre. Mit ihrem dilettantischen Alleingang hatte sie sich in eine

Sackgasse manövriert, aus der sie keinen Ausweg mehr wusste. Sogar den Einbruch in den Wohnwagen hatte sie vor ihm herunterzuspielen versucht.

Richard schaute zum Fenster. Noch immer verschleierte eine Nebelwand den Blick in den Vorgarten. Was würde sie nun tun? Ihr irrsinniges Unterfangen fortsetzen? Den zuständigen Kommissar im Vermisstenfall ihrer Schwester anrufen? Aber was immer Jette auch vorhatte, ab jetzt war es Sache der Polizei, Ermittlungen anzustellen. Der Einbruch war kein harmloser Dummejungenstreich gewesen, wie sie ihm weismachen wollte. Und mit den Fotos in Ulrike Mühlheimers Cloud hatte sich nicht nur eine Spur zu ihrer Schwester aufgetan, auch für die Morde an Philipp und an Annika Schoknecht waren sie relevant.

Entschlossen griff Richard nach seinem Smartphone.

23

»Das Miss-Marple-Spielen hätte auch leicht ins Auge gehen können.«

Keine halbe Stunde nach seinem Anruf war Mulsow ins Ferienhaus gekommen. Richard hatte am Telefon nicht viel gesagt, nur dass es um Ulrike Mühlheimer ging. Schweigend hatte der Polizist ihm zugehört, nur hin und wieder ein leises »Hm!« oder »Ah!« gebrummt. Jetzt saß er zurückgelehnt auf dem Küchenstuhl und blickte ihn kopfschüttelnd an.

»Dass sie sich dabei selbst in Schwierigkeiten bringen könnte, hat Jette völlig ausgeblendet«, sagte Richard. »Nicht einmal jetzt nach dem Einbruch scheint sie sich dessen bewusst zu sein.«

»Das sollte sie aber. Beim nächsten Mal muss es nicht bei einem Einbruch bleiben«, gab Mulsow zu bedenken. »Dazu kommt, dass Frau Herbusch beim Aufräumen höchstwahrscheinlich wichtige Spuren beseitigt hat.«

»Sie ist nach dem Fund der Fotos in einen regelrechten Tunnelblick verfallen«, versuchte er ihr Verhalten zu erklären. »Jette hat jeden Vernunftgedanken ignoriert.«

»Wie den, dass es auch eine andere Erklärung für die Fotos in der Cloud ihrer Schwester geben könnte.«

Richard nickte. »Wie unüberlegt und einseitig ihre ganze Aktion war, hat Jette sich erst nach dem Mord an Philipp eingestanden.«

Mulsow gab ein kurzes Brummen von sich und legte nachdenklich die Hände über den Bauch. »Ulrike Mühlheimer wurde damals unmittelbar nach Stöbsands Verhaftung befragt. Warum hat sie die Fotos in ihrer Cloud nicht erwähnt?«

»Dafür suche ich bereits die halbe Nacht und den ganzen Morgen eine Erklärung.«

»Vielleicht wusste sie überhaupt nichts darüber.«

Richard schob die Tablettenpackung hin und her. »In dem Fall hätte jemand ihre Zugangsdaten kennen müssen.«

»Sie hat sie an ihre Schwester weitergegeben. Wieso nicht auch an Stöbsand?«

»Möglich«, stimmte er zu. »Doch Philipp hätte zum Speichern seine eigene Cloud genutzt. Er arbeitet bereits seit Ewigkeiten damit.«

»Hm.« Mulsow ließ die Daumen kreisen. »Außer Stöbsand wird sie wohl kaum jemandem im Ort die Daten genannt haben.«

»Ich bin sicher, Ulrike Mühlheimer hat die Fotos selbst dort abgespeichert. Alles andere wäre zu abwegig.«

»Bleibt die Frage, wieso sie uns nichts gesagt hat.« Das Daumenkreisen stoppte. »Möglicherweise wusste sie, dass Stöbsand jemanden deckt.«

»So weit war ich auch schon«, sagte Richard. »Doch die beiden waren erst wenige Wochen zusammen. Ulrike Mühlheimer hätte keinen Mord vertuscht. Nicht für Philipp und noch weniger für einen Fremden.«

»Wenn die Hormone verrücktspielen, tun die Menschen die sonderbarsten Dinge.«

»Ohne jede Frage.« Richard schmunzelte müde. Er dachte an den Einbruch, über den er Jette zum Gefallen hinweggesehen hätte. »Nur dann hätte auch niemand einen Anlass gehabt, Ulrike Mühlheimer verschwinden zu lassen.«

»Stimmt auch wieder.« Mulsow setzte sich aufrecht. »Sie muss Annika Schoknechts Mörder nach Stöbsands Verhaftung mit den Fotos behelligt haben, sodass er sich zum Handeln gezwungen sah. Vielleicht hat sie ihm ein Ultimatum gestellt.«

»Dass er sich selbst anzeigt?« Zweifelnd sah er den Polizisten an.

»Wenn sie die gleiche kriminalistische Ader wie ihre Schwester besaß.«

Er musste zugeben, nach Jettes unbedarftem Alleingang war Mulsows Argument nicht von der Hand zu weisen. Richard ließ die Tablettenschachtel los und griff nach dem Foto. Eine Weile sah er es an, dann legte er das Bild vor Mulsow hin. »Ich frage mich die ganze Zeit, ob Ulrike Mühlheimer der Grund dafür sein könnte, dass Philipp plötzlich keine Lust mehr hatte, einen Mörder zu decken.«

Der Polizist senkte seinen Blick. Nach einigen Sekunden zog er die hohe Stirn kraus. »Du meinst, er hat sie in Frau Herbusch wiedererkannt?«

»Jette hat ihn vielleicht an Ulrike erinnert. Ähnlich genug sehen sie sich ja.« Richard machte eine vage Handbewegung. »Er will sie kontaktieren und findet heraus, dass sie spurlos verschwunden ist.«

Mulsow schaute auf. »Stöbsand stellt den Täter zur Rede, und eins kommt zum anderen.«

»Es wäre denkbar.«

Noch einmal musterte der Polizist das Foto, bis er es schließlich resolut in die Tischmitte schob. »Das alles bleibt reine Spekulation, solange wir nicht wissen, ob Stöbsand tatsächlich Annika Schoknechts Mörder gedeckt hat.« Er setzte eine gewichtige Miene auf. »Nicht zu vergessen, dass Ulrike Mühlheimers Verschwinden durchaus auch eine andere Erklärung haben kann.«

»Dass sie freiwillig untergetaucht ist?«, fragte Richard konsterniert.

»Ich weiß, Frau Herbusch hört das nicht gern.« Mulsow hob die Hand. »Und ich gebe zu, nach allem, was du erzählt hast, halte ich das für eher unwahrscheinlich. Aber ich bin Polizist und muss den Fall objektiv betrachten.«

Richard konnte nur hoffen, dass er Jette seine Fallanalyse ersparte. In ihrer derzeitigen Verfassung würde sie wenig Verständnis zeigen.

Mulsows Handy klingelte. Er stand auf und ging zum Telefonieren in die Diele. Währenddessen räumte Richard die Spülmaschine aus. Als er den letzten Teller in den Schrank gestellt hatte, kam Mulsow zurück.

»Ich werde jetzt aufs Revier fahren und mich noch mal mit meinem Chef kurzschließen. Danach schauen wir bei Frau Herbusch vorbei.« Fragend neigte er den Kopf. »Soll ich dich hinterher anrufen?«

Richard überlegte kurz, dann nickte er. »Ja, ich würde gern wissen, ob sie zur Vernunft gekommen ist.«
»Dann bis später.«
Mulsow war schon halb durch die Tür, da lief Richard ihm nach. »Warte! Ich komme mit.«
»Zu Frau Herbusch?«
»Sie wird mich kaum dabeihaben wollen.« Richard zog seinen Mantel über und nahm den Haustürschlüssel von der Kommode. »Du kannst mich beim ›Meerblick‹ absetzen.«
»Reichlich früh fürs Mittagessen. Selbst für mich.« Mulsow grinste schief.
»Ich will zu Zarnewitz.« Die Tür fiel ins Schloss. »Er hat etwas, das mir gehört.«
Zwei Straßenecken weiter stieg Richard aus dem Streifenwagen. Mulsow tippte an den Rand seiner Dienstmütze und fuhr davon.
Auf der linken Seite erhob sich das Strandrestaurant, dessen Konturen im weißen Dunst unscharf verschwammen. Die Ostsee hinter den Dünen konnte man nur erahnen. Wie alles an diesem Morgen hatte der Nebel auch das Meer verschluckt. Richard überquerte die Straße. Im Gehen wickelte er seinen Schal enger um den Hals, weil ihm die feuchte, kalte Luft von hinten in den Kragen kroch. Ein brauner, zottliger Hund trottete mit einem Stock im Maul den Dünenaufgang herauf, dahinter ging ein älteres Paar in farbgleichen Wetterjacken.
Richard hatte gerade den ersten Fuß auf die Eingangstreppe gestellt, als ihm der grüne Geländewagen auf dem Parkplatz ins Auge fiel. Hinter dem Lenkrad saß Sven Wienke und telefonierte, den Kopf hatte er dabei zur Seite abgewandt. Auf dem Beifahrersitz erkannte Richard den kupferroten Haarschopf seiner Frau. Grüßend hob er die Hand. Obwohl Isa Wienke in seine Richtung schaute, reagierte sie nicht. Wie erstarrt hockte sie hinter der Windschutzscheibe. Er ließ den Arm sinken. Sollte er zu den beiden hinübergehen? Nach kurzem Zögern nahm er die restlichen Treppenstufen. Er fühlte sich hundeelend. Ihm stand nicht der Sinn nach Höflichkeitsgeplänkel.

Richard betrat das Restaurant. Die Lichter waren gedämpft, Tische und Stühle verwaist. Die Sicht durch die Glasfront versperrte der Nebel wie ein bauschiger blickdichter Vorhang. In der hinteren Ecke breitete eine junge Kellnerin weiße Decken über einen Tisch aus. Sie hob den Kopf, als Richard näher kam.

»Wir haben noch geschlossen«, rief sie ihm freundlich, aber bestimmt entgegen.

Richard setzte ein gewinnendes Lächeln auf. »Ich bin wegen Herrn Zarnewitz gekommen. Ist er da?«

»Den Chef habe ich den ganzen Morgen noch nicht gesehen.« Energisch strich sie mehrmals über das Tischtuch, um es zu glätten. »Aber das muss nichts heißen.«

»Könnten Sie nachsehen? Ich störe auch nicht lang.«

Sie warf ihm einen prüfenden Blick von der Seite zu. »Sind Sie von der Polizei?« Ein Zungenpiercing blitzte auf.

»Nein.«

»Hätte ich drauf wetten können.«

Ihr Tonfall ließ nicht erkennen, ob das eher für oder gegen ihn sprach. Er lächelte breiter.

»Würden Sie für mich nachsehen? Bitte!«

Mit einem knappen Kopfnicken deutete die Kellnerin auf einen Stuhl. »Warten Sie!«

Richard setzte sich, damit sie es sich nicht noch anders überlegte. Während sie sich entfernte, hallte das stakkatoartige Klacken ihrer Absätze in dem leeren Restaurant wider. Gedankenverloren ließ er die Finger über das Tischtuch gleiten. Bei seinem ersten Besuch im »Meerblick« hatte er mit Mulsow genau an diesem Tisch gesessen. Es war der Tag nach der Vernissage gewesen. Der Nachmittag, an dem er Jette begegnet war ...

Die Eingangstür schwang auf. Sven Wienke riss sich die Wollmütze von den semmelblonden Haaren und hastete zum Tresen. Er wollte sich darüberbeugen, da bemerkte er Richard.

»Professor!« Sofort kam er auf ihn zugeeilt. »Dann kann ich mir den Weg zu Ihnen ja sparen.«

Wienke legte die Mütze auf das weiße Tuch und zog einen Stuhl vom Nachbartisch heran. Ein wenig atemlos ließ er sich darauf nieder und öffnete den Reißverschluss seiner Wachsjacke. Helle Bartstoppeln sprossen auf den runden Wangen.

»Sie beide hatten doch einen ziemlich guten Draht zueinander«, sagte er und stützte die Hände auf die Knie.

»Nach über fünfundzwanzig Jahren, die ich Philipp kannte, lässt sich das durchaus behaupten«, erwiderte Richard. Er war leicht irritiert, worauf dieses Gespräch hinauslaufen würde.

»Nein«, Wienke schüttelte den Kopf, »es geht nicht um Stöbsand.«

»Nicht?«

»Jette. Jette Herbusch.«

Eine nervöse Unruhe stieg in ihm auf. *Hatten. Sie* hatten *einen guten Draht zueinander.* Wienke sprach in der Vergangenheit. Er nickte schwer. »Das ist richtig.«

»Deshalb dachte ich, Sie wüssten, wo sie hin ist.«

»Wo sie hin ist?«, wiederholte er im Flüsterton.

»Ja.« Wienke nickte mehrmals. »Der Wohnwagen ist leer geräumt.«

Richard starrte ihn an. »Was genau heißt das?«

»Ihre Kleidung, Reisetasche, Kulturbeutel ... alles weg. Auch ihr Auto. Es sieht so aus, als wäre sie nie dort gewesen.«

Panik überfiel ihn. »Wann haben Sie Jette zuletzt gesehen?«

»Weiß nicht«, sagte Wienke und wischte sich über die Bartstoppeln. »Gestern Nachmittag, vielleicht gegen halb vier.«

Das war, lange bevor er selbst den Wohnwagen verlassen hatte. »Und Ihre Frau?«

»Isa hat Jette seit Tagen nicht gesehen.«

Richard wollte aufstehen, da hörte er ein bellendes Husten. Zarnewitz bahnte sich den Weg durch die Tischreihen. Sein fragender Blick flog zwischen den Männern hin und her. »Gibt's ein Problem?«

»Jette Herbusch ist weg. Wie vom Erdboden verschluckt«, sagte Wienke.

»Eure Schriftstellerin?« Der Gastwirt legte Richards Reiseführer auf den Tisch. »Die war eben noch beim Supermarkt.«

»Wann genau?«, wollte Richard wissen.

»Vor ungefähr zwanzig Minuten. Wir sind direkt aneinander vorbeigefahren. Ich bin auf den Parkplatz rauf, und sie wollte runter«, sagte er röchelnd.

»Und Sie sind sicher, dass es Jette Herbusch war?«

»Ein Nissan älteren Baujahrs? Grüne Jacke? Graue Strickmütze?«

Richard spürte, wie er sich entspannte. Er plumpste auf den Stuhl zurück. »Ja, das war sie.«

»Was meinst du denn mit: Sie ist weg?« Zarnewitz blickte nun auf seinen Schwiegersohn hinunter.

»Jette Herbusch hat ihre Zelte bei uns abgebrochen und weder Isa noch mir Bescheid gegeben.«

»Sie muss euch doch irgendetwas gesagt haben!«, grummelte Zarnewitz.

»Würde ich sonst nach ihr suchen?« Wienke wirkte gereizt. »Isa hat mehrmals versucht, sie auf dem Handy zu erreichen, aber es springt nur dauernd die Mailbox an.«

»Gab es Streit zwischen den beiden?«

»Isa sagt Nein.« Wienke beugte sich über den Tisch. Mit gerunzelter Stirn sah er Richard an. »Hat Jette Herbusch sich Ihnen gegenüber geäußert, dass sie wegwollte? Oder gar, weshalb?«

»Nein«, sagte er ehrlich, auch wenn er die Gründe für ihre überstürzte Abreise ahnte. Die Fassade der stressgeplagten Lehrerin konnte sie nicht mehr aufrechterhalten. Jette wusste, dass er die Angelegenheit mit den Fotos nicht auf sich beruhen lassen und Mulsow informieren würde. Es blieb ihr nichts weiter, als die Koffer zu packen und ihr Detektivspiel zu beenden. Sie war zur Vernunft gekommen. *Gezwungenermaßen.*

»Lassen Sie es uns bitte wissen, wenn Jette sich bei Ihnen melden sollte«, bat Wienke ihn.

»Das werde ich«, versprach er.

Doch in Richard regte sich bereits die Gewissheit, dass sich Jette Herbuschs und seine Wege längst wieder getrennt hatten.

Er wünschte Zarnewitz gute Besserung, nahm den Reiseführer und verließ das Restaurant.

24

»Du sagst mir Bescheid, wenn es Neuigkeiten gibt?«
»Natürlich.«
»Diesmal gleich. Versprochen?«
»Versprochen.«
»Okay, Richard. Pass auf dich auf.«
»Ihr auch.«
Ein letztes Knacken, dann war die Verbindung zu Charlotte getrennt. Richard legte das Smartphone auf den Sofatisch, bog den Kopf nach hinten und faltete die Hände im Nacken. Er hatte das Gespräch viel zu lange vor sich hergeschoben und war froh, es nun hinter sich gebracht zu haben. Philipps gewaltsamer Tod war auch für Charlotte ein Schock gewesen. Richard hatte zwar versucht, ihr die Ereignisse und Zusammenhänge knapp und begreiflich zu erklären, doch es war ihr hörbar schwergefallen, seinen Ausführungen zu folgen. Im Nachhinein war es eine gute Entscheidung gewesen, Jette und ihre Schwester außen vor zu lassen. Es hätte sie vermutlich komplett verwirrt.

Pragmatisch veranlagt, wie Charlotte war, wollte sie sofort ins nächste Flugzeug steigen, um ihn auf die Beerdigung zu begleiten. Jedoch hatte er ihr die lieb gemeinte Rückendeckung wieder ausgeredet. Den Tod des Freundes musste er allein verarbeiten. *Wie alles andere.* Charlotte konnte sich auch nach ihrer Rückkehr aus Lanzarote von Philipp verabschieden. Dafür musste sie ihren Urlaub nicht vorzeitig beenden.

Als in der Küche die Gastherme ansprang, schreckte Richard hoch. Er griff nach der Wolldecke und verstaute sie in der Kommode neben dem Fenster. Nach dem Mittag hatte er sich im Wohnzimmer auf das Sofa gelegt, um den fehlenden Schlaf nachzuholen. Zu seinem eigenen Erstaunen war er augenblicklich eingenickt und hatte über sechs Stunden tief und traumlos geschlafen. Als Charlottes Anruf ihn dann geweckt hatte, war es weit nach neunzehn Uhr gewesen.

Er öffnete das Fenster und hielt das erhitzte Gesicht in die kaltfeuchte Abendluft. Der Vorgarten war wie schon am Morgen in dichten Nebel gehüllt. Dort, wo sich die Toreinfahrt befand, warf die Straßenlaterne einen einsamen, diffusen Lichtkegel in die Dunkelheit. Das ferne Rauschen der Brandung drang leise ins Wohnzimmer. Nach einer Minute sperrte Richard das Fenster wieder zu. In der Küche schaltete er das Licht der Abzugshaube ein. Unentschlossen sah er die Vorräte im Kühlschrank durch. Schließlich nahm er Philipps angebrochene Rotweinflasche heraus und goss sich davon ein. Mit dem Glas in der Hand setzte er sich an den Küchentisch. Sein Blick ruhte auf Jettes Foto.

Er hatte noch immer keine Nachricht von Mulsow. Bevor Richard sich aufs Ohr gelegt hatte, war der Polizist ein weiteres Mal ins Ferienhaus gekommen. Er hatte sich Jettes Handynummer bei Isa Wienke beschafft, konnte aber ebenfalls nur ihre Mailbox erreichen. Wahrscheinlich saß sie im Auto und wollte beim Fahren nicht ans Telefon gehen. Mulsow hatte ihm versichert, sich umgehend zu melden, sobald er mit Jette gesprochen hatte. Nun war es beinahe acht Uhr abends. Mittlerweile dürfte sie längst zu Hause angekommen sein. Wo steckte sie nur?

Richard konnte bloß hoffen, dass Jette tatsächlich zurückgefahren war und nicht vorhatte, weiter eigenmächtig Ermittlungen anzustellen. Wenn Philipps Tod ihr eins klargemacht haben musste, dann, dass der Täter vor einem erneuten Mord nicht zurückschrecken würde, um das Verbrechen an Annika Schoknecht zu verschleiern. Richard nahm einen tiefen Schluck aus seinem Glas und stellte es ab. Ein beklemmender Gedanke beschlich ihn. Philipp war tot. Er konnte nicht mehr zu den Ereignissen von vor sechs Jahren befragt werden und Licht ins Dunkel bringen. Womöglich würde Jette niemals erfahren, was ihrer Schwester zugestoßen war.

Sein Ellenbogen stieß gegen das Weinglas. Er versuchte noch, es abzufangen, aber vergeblich. Das Glas ging klirrend zu Boden. Mit einer Küchenrolle wischte er umständlich den Wein zwischen den Scherben auf. Anschließend trat er auf den Fußhebel des Mülleimers, doch es war kein Beutel eingehängt. »Mist!«

Richard ließ die vollgesogenen Tücher auf dem Fliesenboden liegen und öffnete die Küchenschränke. Nirgends konnte er einen Abfallbeutel finden. Nur eine weiße Apothekentüte lag zusammengeknautscht unter der Spüle. Er stopfte die Tücher hinein und ging in die Knie. Mit Daumen und Zeigefinger sammelte er vorsichtig die Glasscherben in die Plastiktüte. Mittendrin stutzte er plötzlich und hielt inne. Irgendetwas drängte in sein Bewusstsein. Eine Erinnerung. Noch farblos und verschwommen. Aber so heftig, dass er sie nicht mehr abschütteln konnte. Er kam aus der Hocke und lehnte sich gegen die Arbeitsplatte.

Einige Minuten starrte er die Tüte an. Ein Bild tauchte vor seinem inneren Auge auf. Laura. Die junge Frau in Thomas Dahlkes Empfangsbüro. Sie war aus ihrem Auto gestiegen und hatte Blumen, Bäckertüten und einen weißen Plastikbeutel dabei. Eine Apothekentüte wie diese. Richard sah das rote gotische A und den darin befindlichen Arzneikelch mit Schlange deutlich vor sich. Wieso versetzte es ihn nur so in Unruhe? Er kam nicht dahinter.

Richard legte die Tüte auf dem Mülleimerdeckel ab und wusch sich die Hände. Die Weinflasche stand noch auf der Arbeitsplatte. Ein Fingerbreit voll. Doch anstatt sich den Rest einzugießen, stellte er sie in den Kühlschrank zurück. Seine Nackenhaare richteten sich auf. *Der Kühlschrank.* Laura hatte die Apothekentüte dort hineingelegt. Insulin musste kühl gelagert werden, zwischen zwei und acht Grad Celsius, sonst verlor es seine Wirkung. Die meisten Diabetiker bewahrten ihre Insulin-Pens im Kühlschrank auf.

Und dieser Kühlschrank stand in Thomas Dahlkes Büro.

Richard atmete durch. Er musste Ruhe bewahren, rational denken. Dass Laura die Tüte dort abgelegt hatte, war noch lange kein Indiz dafür, dass sich darin Insulin befand. Es gab Zigtausende Medikamente, die kühl aufbewahrt werden mussten. Außerdem durfte er sich wegen seiner persönlichen Abneigung gegen Dahlke nicht grundlos in etwas hineinsteigern. Wieder einmal. Trotzdem hatte sich der Gedanke festgebissen. Das vage und doch heftige Gefühl, dass Thomas Dahlke Philipp mit einer Überdosis Insulin getötet hatte.

Ruhelos ging er in der Küche umher. Dahlke hatte Annika Schoknecht gekannt, und er war ebenfalls auf dem Strandfest gewesen, wie er selbst erzählt hatte. Zudem waren Philipp und Dahlke jahrelang miteinander befreundet gewesen. Aber das alles traf genauso auf Wienke oder Zarnewitz zu. Was hatte er übersehen? In seinem Kopf arbeitete es fieberhaft. Er musste die Gespräche mit Dahlke rekapitulieren, die Abläufe bei seinem Besuch in der Ferienanlage. Vielleicht half es, sich genauer zu erinnern.

Richard blieb bei der Tür zum Wohnzimmer stehen. Laura hatte ihn gebeten, sich zu setzen, die Tüte in den Kühlschrank gelegt und die Blumen in eine Vase gesteckt. Nach einem kurzen Wortwechsel war Dahlke erschienen. Er trug den Aktenkoffer ins Dachgeschoss hinauf und ließ ihn anschließend in sein Büro, wo Richard in einem Sessel am Fenster Platz genommen ... Seine Muskeln spannten sich an. Irgendetwas war dort gewesen. Erneut rief er sich den Moment ins Gedächtnis. Dann sah er es vor sich. Erst Dahlkes Steinsammlung auf dem Fensterbrett. Dann Annikas Foto. Das gerahmte Bild, das in Schoknechts Wohnzimmer stand. Das Mädchen trug eine Halskette mit einem auffälligen Anhänger. Ein dunkler Hühnergott. Im Loch steckte ein kleiner Bernstein. Richard wusste noch, dass er schon da stutzig geworden war. Doch er war an diesem Nachmittag zu abgelenkt gewesen, um sich an den Stein in Dahlkes Büro zu erinnern. Nur war es kein gewöhnlicher Stein. Kein Fundstück vom Strand, wie er angenommen hatte. Der Hühnergott war Annikas Anhänger. Auch wenn die Kette fehlte. Und der lag in Dahlkes Büro.

Richard stockte der Atem. Er griff nach seinem Handy auf dem Sofatisch und scrollte hektisch zu Mulsows Nummer. Besetzt. Er fluchte laut, setzte sich hin, stand wieder auf. In der Küche goss er sich jetzt doch den Tropfen Rotwein ein und leerte das Glas in einem Zug. Ein eigenartiges Brennen loderte in seiner Magengrube, das aber nur der wachsenden Nervosität geschuldet war. Er wählte ein zweites Mal. Erneut drang das Besetztzeichen an sein Ohr. Richard knallte das Glas neben Jettes Foto auf den Tisch und erstarrte. *Jette.* In der Cloud ihrer Schwester waren Bilder vom Darßer Weststrand gespeichert. Vermutlich an dem Tag aufgenommen, als Dahlke Ulrike Mühlheimer im Auto mitgenommen hatte. Er selbst hatte Jette gestern von dem Ausflug erzählt. Er fühlte, wie es ihm unter dem Pullover heiß wurde. War sie womöglich auf die Idee gekommen, Dahlke über den Ausflug auszuhorchen? Ihn zu beschatten? Ging Jette deshalb nicht ans Telefon?

Richard schnappte sich den Autoschlüssel.

25

Der Volvo kroch schleichend durch den Nebel. Richard konnte fast nichts sehen, nur eine milchig trübe Suppe. Die Sicht auf der Landstraße betrug kaum zehn Meter. Die wenigen Kilometer nach Niederwiek zogen sich endlos. Hin und wieder glitt das verwaschene Scheinwerferlicht eines entgegenkommenden Autos an ihm vorbei. Urplötzlich tauchte es auf und wurde gleich darauf vom Nebelbrei geschluckt. Er schickte ein Stoßgebet zum Himmel, dass ihm kein Radfahrer oder Fußgänger begegnen würde. Und ein zweites hinterher, dass Jette nicht zu Thomas Dahlke gefahren war.

Der Dunst lichtete sich ein wenig. Am Straßenrand konnte er die verzerrten Umrisse der ersten Häuser ausmachen. Niederwiek. Endlich. Richard war unsicher, wie er fahren musste, um am schnellsten zur Ferienanlage zu gelangen. Er hoffte, irgendwo auf ein Richtungsschild zu stoßen. Im Ortszentrum war der Nebel nicht mehr so dicht, eher ein durchsichtiger Schleier. Dennoch erschwerte er die Sicht. Konzentriert starrte Richard durch die Frontscheibe, um die Abzweigung nicht zu verpassen. An der nächsten Kreuzung erspähte er das Schild. Noch dreihundert Meter. Er setzte den Blinker und bog ab. Die Straße war eng und unbeleuchtet. Dazu hatte er Mühe, zwischen den seitlich geparkten Autos die Einfahrt zu finden. Erst im allerletzten Augenblick sah er sie. Richard bremste scharf und fuhr auf das Gelände der Ferienanlage ein.

Die Straßen hier schienen noch schmaler, noch verlassener. Hinter der gefühlten hundertsten Kurve erblickte er das Empfangsbüro. Im Schritttempo fuhr er daran vorbei. Die Fenster im Erdgeschoss waren erleuchtet, aber der Nebel verschleierte den Blick in die dahinterliegenden Räume. Er ließ das Bürogebäude hinter sich und parkte ein gutes Stück entfernt vor einem Ferienhaus. Da nirgends Licht brannte, nahm er an, dass es nicht vermietet war. Er zog das Handy aus der Jeans. Wieder wählte er Mulsows Nummer. Immer noch besetzt. Vielleicht telefonierte er mit Jette. *Hoffentlich.* Richard verfasste eine stichpunktartige Nachricht, drückte auf Senden und stieg aus dem Auto.

Während er auf das Empfangsbüro zulief, grübelte er, wie er vorgehen sollte. Laura hatte ihm erzählt, dass ihr Chef jeden Abend bis zehn Uhr im Büro war. Wenn Richard ihrer Aussage über die derzeitige Mitarbeiteranzahl Glauben schenken durfte, würde er niemanden außer Dahlke antreffen. Ein Punkt, der ihm wenig behagte, den er jedoch nicht ändern konnte. Er sollte sich schleunigst einen überzeugenden Grund für sein spätes Erscheinen einfallen lassen. Dahlke war kein Dummkopf. Wenn Jette tatsächlich bei ihm gewesen war, würde er sofort wissen, woher der Wind wehte.

Der Gehweg endete. Richard blieb stehen. Nur die Straße trennte ihn noch vom Bürogebäude. Trotzdem gelang es ihm nicht, durch den Nebel hindurch in die Fenster zu blicken. Er lauschte, konnte keine Motorengeräusche hören und eilte hinüber. Unentschlossen blickte er sich um. Plötzlich tauchte aus einer Dunstwolke die Kontur eines Autos auf. Es stand unweit der Stelle, wo Laura gestern ihren Opel geparkt hatte. Langsam näherte Richard sich dem Wagen. Nach fünf Schritten fühlte er einen Klumpen im Hals. Ein alter Nissan. Das hintere Seitenfenster war zugeklebt. Er legte die Hand auf die Motorhaube. Sie war noch warm. Demnach konnte Jette nicht allzu lange hier sein. Blitzschnell machte er kehrt und lief geduckt an der Hauswand entlang. Er stoppte. Über die Brüstung spähte er durch das erste Fenster und erkannte die Pantryküche unter der Treppe. Niemand war zu sehen. Er bog um die Hausecke. Dahlkes Büro. Leer. Die letzten drei Fenster gewährten Einblick ins Empfangsbüro. Ebenfalls leer. Wo war Jette? Und wo steckte Dahlke?

Ein weiteres Mal scannte Richard den Empfangsbereich, bis seine Augen an der Treppe hängen blieben. Das Dachgeschoss! Er lief zum Eingang, drückte die Klinke. Die Tür schwang auf. In der darauffolgenden Stille hörte er seinen Tinnitus. Er ging zur Treppe und hob den Kopf. Hinter dem Absatz war es dunkel. Richard zückte das Handy. Gerade noch rechtzeitig dachte er daran, es auf stumm zu stellen. Dann schaltete er die Taschenlampenfunktion ein und nahm lautlos Stufe um Stufe. Ein schmaler Flur. Vier Türen. Dahinter ein WC, zwei kleine Büros, eine Abstellkammer. Wie unten waren alle Räume verwaist. Wo sollte er jetzt noch nach Jette suchen?

Richard schlich wieder ins Erdgeschoss hinab, die Eingangstür fest im Blick. Unten angekommen, öffnete er den Kühlschrank. Lauras Apothekentüte lag im Gemüsefach. Er zog die Medikamentenschachtel heraus und entzifferte den Aufdruck. »Novo-Rapid FlexPen. Insulin.« Richard lief es kalt über den Rücken. Er schloss den Kühlschrank und spähte durch die Milchglastür in den sich anschließenden Raum. Die Steinsammlung auf dem Fensterbrett zog seinen Blick auf sich. Zögernd schaute er zum Eingang zurück, überlegte kurz und betrat schließlich Dahlkes Büro. Richard fand den Hühnergott mühelos wieder. Der flache, zwetschgengroße Stein wog schwer in seiner Hand. Am Rand waren drei Schlitze eingefräst. Die Einkerbungen für die Fassung. Es stand außer Frage, was er zwischen seinen Fingern hielt: Annika Schoknechts Kettenanhänger.

Richard spürte einen Luftzug. Schwach, beinahe unwirklich. Aber es reichte ihm allemal, um zu erkennen, was für ein selten dämlicher Idiot er war. Er drehte sich um. Dahlke lehnte im Türrahmen. Die Arme lässig über einen karminroten Pullover verschränkt, bedachte er ihn mit einem schmierigen Grinsen.

»Gefällt er Ihnen?«

»Nein«, sagte Richard nur. Er war viel zu sehr damit beschäftigt, seine Fluchtmöglichkeiten abzuwägen, als dass er nach einer geistreichen Antwort suchen mochte.

»Nicht?« Dahlke machte ein Gesicht wie ein Vater, der sein Kind beim Lügen erwischt hatte. »Das kränkt mich zutiefst. Mein liebstes Stück in der Sammlung.«

Richard legte den Stein zu den anderen zurück. »Dann passen Sie gut darauf auf.«

Er sagte es salopp dahin, doch seine Stimme vibrierte unsicher.

»Ja, ich bin tatsächlich zu leichtfertig. Sie haben mich gerade wieder daran erinnert. Vielen Dank, Professor Gruben.«

Dahlke löste sich vom Rahmen und machte zwei Schritte in Richtung Schreibtisch. Rasch überschlug Richard seine eigene Entfernung zur Tür. Er benötigte mindestens sieben.

»Verzeihen Sie vielmals, dass Sie warten mussten, aber langjährige Stammgäste haben eingecheckt. Demzufolge war der Redebedarf sehr hoch.« Wie in Zeitlupe zog Dahlke eine lange, spitz zulaufende Schere aus dem Stiftehalter. »Sie haben doch sicher keine Einwände, dass ich während unserer Unterhaltung meine Post durchsehe?«

Er fuhr den Arm aus. Die Spitze zielte direkt auf Richard.

»Nein.«

»Nehmen Sie ruhig Platz. Sie sehen ja, ich habe eine Menge Korrespondenz zu sichten.« Er deutete auf einen Stapel Briefumschläge.

Richard ließ sich wie ferngesteuert im Sessel nieder.

»Sitzen Sie bequem?«

»Ja.«

»Schön, sehr schön.« In einer einzigen schnellen Bewegung schlitzte er den ersten Umschlag auf. »Sie antworten ungewohnt einsilbig heute Abend. Geht es Ihnen nicht gut?«

»Ich habe mich schon besser gefühlt.«

»Verstehe ich.« Er schob die Scherenspitze in das nächste Kuvert. »Die tausend Fragen, die einen um den Schlaf bringen, nicht wahr?«

Der sarkastische Tonfall ließ darauf schließen, dass Dahlke keine Antwort erwartete. Also schwieg er.

»Sie können mich alles fragen, Professor Gruben.« Das scharfe Ratschen bohrte sich schmerzhaft durch Richards Schädeldecke. »Ich bin kein Monster.«

Das Katz-und-Maus-Spiel war vorbei.

»Andreas Schoknechts Urteil dürfte anders ausfallen.«

Dahlke wirbelte herum. »Annikas Tod war ein Unfall.«

»Unfall?« Fassungslos starrte er ihn an. »Sie haben das Mädchen mit einer Hundeleine erwürgt!«

»Denken Sie, ich wollte das?« Dahlkes Augen funkelten verärgert. Aber ohne jede Reue. »Das kleine Biest hat mich dazu gezwungen. Ich musste sie zum Schweigen bringen.«

»Sie hätten sich früher überlegen müssen, was Ihre abstoßenden Fotos bewirken könnten.«

»Weshalb tun Sie so angewidert?«, brauste Dahlke auf. »Ich habe nichts getan, was Annika nicht auch wollte. Ich habe sie mit meinem Auto herumkutschiert, dafür hat sie die Beine für mich breitgemacht. Ein Deal, mehr nicht.«

Richard sagte nichts. Denn Dahlkes Fingerknöchel traten unter dem festen Griff, mit dem er die Schere umklammerte, weiß hervor.

»Hätte Schoknecht damals nicht nur Augen für seinen größenwahnsinnigen Hotelneubau gehabt, wäre ihm vermutlich aufgefallen, mit wem seine Tochter sich nach dem Feierabend vergnügt.« Er grinste. »Die Kleine stand eben auf mich.«

»Sie ekeln mich an«, konnte Richard sich nicht zurückhalten zu sagen.

»Ich ekele Sie an?«, sagte Dahlke mit gespielter Überraschung. »Und bei Philipp war es Ihnen gleichgültig, ob er sie gebumst hat oder nicht? Mit ihm haben Sie sich jedenfalls trotzdem ein Ferienhaus geteilt.«

»Lassen Sie Philipp aus dem Spiel.«

»Ach, interessiert es Sie nicht, warum ich seine über alle Maßen geliebte Kamera hatte?«

Richard riss die Augen auf.

»Sehen Sie, es interessiert Sie sehr wohl. Also müssen wir auch über Philipp reden.« Mit der Schere gabelte er erneut einen Brief auf und steckte die Spitze unter die Lasche. »Doch gleich vorweg: Philipp stand auf ältere Semester. Nur komisch, dass außer Ihnen dies niemand wirklich glauben wollte. Da sind Sie aus einem ganz anderen Holz geschnitzt als diese Ulrike Mühlheimer.«

Diesmal schlitzte Dahlke den Umschlag langsam, fast lautlos auf. »Sie erinnern sich an Ulrikes Ausflug an den Weststrand? Philipp wollte an dem Tag zu irgendeinem Firlefanz nach Rostock, worauf sie keinen Bock hatte. Vielleicht hat er ihr deshalb seine Kamera geliehen. Als Fotojournalistin hatte er sie anscheinend für würdig befunden, das gute Stück anzufassen.« Seine Achseln zuckten kurz. »Tja, da habe ich mich eben um Ulrike gekümmert. Sie war völlig aus dem Häuschen, als ich mich anbot, sie zu fahren. Wir beide haben so angeregt miteinander geplaudert, dass Ulrike auf dem Rückweg ohne Kamera aus meinem Auto ausgestiegen ist.« Er ruckte den Kopf herum. »Und ohne ihren blauen Schal.«

Richard starrte sein Gegenüber an. »Der Schal gehörte Ulrike?«

»Ein Geschenk von Philipp.« Dahlke lachte heiser. »Ich war kaum im Büro, da hat sie mich angerufen. Sie bräuchte dringend die Kamera und ihren Schal zurück. Leider war ich sehr in Eile. Ich hatte für Annika und mich für den Nachmittag eine Ferienwohnung frei gehalten.« Wieder lachte er. Ein anzüglicher, abstoßender Laut. »Also haben wir vereinbart, dass ich die Sachen abends ins ›Meerblick‹ mitbringe. Die Wienkes und wir waren dort zum Strandfest verabredet. Als ich dann mit Annika zur Ferienwohnung fuhr, kam mir die Idee, ein paar hübsche Fotos zu schießen. Ich habe mir die Kamera und den Schal geschnappt und sie ein bisschen für mich posieren lassen.«

Angewidert sah Richard zu Boden. Er konnte den Mann nicht anschauen, ohne dabei die Fotos vor sich zu sehen.

»Nachdem wir unseren Spaß hatten, bin ich ins Büro, habe die Bilder von der Speicherkarte auf einen USB-Stick gezogen und sie anschließend gelöscht. Ulrikes Strandfotos blieben drauf.«

Richard hörte, wie Dahlke erneut einen Brief aufzureißen begann. Es verschaffte ihm ein wenig Zeit, seine Möglichkeiten durchzuspielen. Alles in ihm schrie danach, schleunigst aus dem Büro zu verschwinden. Doch er fand keine Lösung. Dahlke stand dichter zur Tür und hatte eine Stichwaffe in der Hand. Außerdem wusste Richard nach wie vor nicht, ob der Kerl Jette in seiner Gewalt hatte. Er konnte nicht weg. So oder so.

»Abends im ›Meerblick‹ war Ulrike überglücklich, die Sachen wiederzuhaben. Ich musste ihr hoch und heilig versprechen,

Philipp nichts von ihrem kleinen Missgeschick zu erzählen. Es war Ulrike furchtbar peinlich, dass sie sein Heiligtum bei mir im Auto vergessen hatte. Sie entnahm ihre Speicherkarte und gab Philipp die Kamera, als er später zu uns gestoßen ist. Doch Ulrikes Freude war schnell dahin.«

Richard hob den Kopf. »Was haben Sie getan?«

»Ich?« Er machte eine abwehrende Geste, wobei die Schere ruckartig vor seinem roten Pullover hin und her schwang. »An Ulrikes schlechter Laune war nur Philipps Eitelkeit schuld. Den ganzen Abend ließ er sich von Annika beweihräuchern, was für ein ›Wahnsinns-Fotograf‹ er doch wäre, und hat nicht geschnallt, dass die Kleine nur jemand anderen eifersüchtig machen wollte. Allerdings fruchtete Annikas bescheuerte Aktion bei mir nicht, bei dieser Ulrike schon.«

Plötzlich schoss Dahlke auf ihn zu. Unweigerlich drückte Richard den Rücken in die Lehne. Mit übereinandergeschlagenen Beinen setzte Dahlke sich in den anderen Sessel. Er fasste in seine Hosentasche und legte demonstrativ einen Schlüssel auf den Tisch. Den Fluchtversuch durch die Eingangstür konnte Richard abhaken. Dahlke bohrte sich die Scherenspitze in die linke Handfläche. Auf seinem rasierten Schädel standen Schweißperlen.

»Verstehen Sie nun, was ich vorhin meinte?«

Nein, Richard verstand nichts. Nur, dass ein Mörder neben ihm am Tisch saß. Unmerklich schüttelte er den Kopf.

»Sie haben nie wirklich geglaubt, dass Philipp auf Annika scharf gewesen war, stimmt's?«

Richard konnte nur stumm nicken.

»Wusste ich es doch. Aber Ulrike Mühlheimer, die war da ganz anders. Sie schäumte vor Wut, weil ihr neuer Freund stundenlang mit einem jungen Mädchen abhing. Mit einem bösen Blick hat sie schlussendlich ihren Schal gegriffen und ist ins Ferienhaus marschiert. Frisch verliebt, wie Philipp war, hätte man meinen können, er wäre ihr schnurstracks hinterher. Aber wie jeder weiß, hat – entschuldigen Sie, *hatte* – er eine nur schwer nachvollziehbare Eigenart.« Seine Mundwinkel stießen beinahe an die Ohren.«Philipp zog schon damals einen kräftigen Schluck einem anständigen Fick vor.«

Richard fuhr hoch. Er hatte sein Gegenüber halb aus dem Sessel gezerrt, als er vor Schmerz aufbrüllte. Sein linkes Knie sackte weg. Taumelnd ließ er von Dahlke ab. Er senkte den Blick. Die Scherenspitze steckte tief in seinem Oberschenkel. Blut quoll hervor.

»Na, na, Professor, immer schön locker bleiben.«

Abrupt zog Dahlke die Schere heraus. Stöhnend fiel Richard in den Sessel und presste die Hände auf die Wunde. Rote Rinnsale sickerten zwischen seinen Fingern hindurch. Dahlke begab sich zur Schrankwand und kehrte mit einem Stapel Servietten zurück.

»Es wäre schließlich jammerschade, wenn Sie nicht erfahren würden, wie der USB-Stick in Philipps Auto gekommen ist. Denn die Frage brennt Ihnen doch, seit Sie hier sind, unter den Nägeln.«

Die Servietten landeten in Richards Schoß. Keuchend drückte er sie auf seinen Oberschenkel. »Dahlke … Sie werden nicht davonkommen. Die Polizei weiß inzwischen längst, dass Sie –«

»Guter Versuch, Professor«, schnitt Dahlke ihm harsch das Wort ab. »Aber außer Ihnen weiß seit sechs beschissenen Jahren keiner, was Sache ist. Also lehnen Sie sich nach hinten und hören Sie gefälligst zu.«

Dahlke wischte die Schere in einer Serviette ab. »Irgendwann ging mir der Kinderkram mit Philipp tierisch auf die Nerven. Ich habe Annika zugeflüstert, dass ich im Auto auf sie warte. Das Luder ließ mich geschlagene zwei Stunden schmoren. Dazu war sie beschwipst, was mich total abgetörnt hat. Es wäre besser gewesen, ich hätte sie gleich nach Hause gebracht. Stattdessen fahre ich Hornochse mit ihr zum Parkplatz am Darßwald raus und lasse sie obendrein allein im Auto. Ich musste pinkeln.« Er grunzte. »Mit einem Mal steigt Annika kreischend aus und rennt weg. Zuerst hatte ich keinen Dunst, was da ablief. Bis ich kapiert habe, dass sie an meinem Handy war. Das kleine Biest hat meine Kurznachrichten gecheckt.« Wieder grunzte er. Inzwischen deutlich gereizter. »Ich könnte mich jetzt noch dafür ohrfeigen, dass ich die Nachricht des Immobilienmaklers nicht bereits im ›Meerblick‹ gelöscht habe. Durch Annikas alberne Show war es mir untergegangen. Dämlich, was?«

Dahlke machte eine ausschweifende Geste. »Andreas Schoknecht konnte für das Grundstück hier ein höheres Kaufangebot vorlegen. Nach einigem Zureden war der Immobilienheini aber bereit, Schoknechts Angebot für ein gewisses Sümmchen gesondert zu behandeln. Der Grundstückseigentümer hat die von ihm gebotene Summe nie zu Gesicht bekommen. Das Angebot war vom Tisch. Nur musste dieser Trottel von einem Makler mir die Neuigkeit per SMS mitteilen. Einschließlich seiner Bitte, ihm das versprochene Geld schleunigst auszuhändigen. Das war es, was Annika bei ihrer Schnüffelei herausfand. Ich musste sie aufhalten.«

»Dafür musste das Mädchen sterben? Für ein ... *Grundstück*?«, krächzte Richard. Die Servietten unter seinen Händen waren blutdurchtränkt.

»Hast du mir nicht zugehört?« Dahlke bohrte ihm die Scherenspitze in die Brust. »Es war ein Unfall!«

Einen Moment lang funkelte er ihn zornig an, dann ließ er den Arm sinken und starrte selbstvergessen auf die Steine auf der Fensterbank. Die Schweißtropfen rannen mittlerweile in verwackelten Linien von seinem Kopf.

»Im Wald hatte ich Annika eingeholt. Ich hab versucht, auf sie einzureden. Doch sie war stinksauer, geradezu hysterisch. Annika wollte ihrem Alten alles erzählen. Von dem Deal mit dem Makler und dass ich sie zum Sex gezwungen hätte, verstehen Sie?« Kurz wandte Dahlke sich ihm zu. Stumpfe, ausdruckslose Augen sahen Richard an. »Annika ließ sich nicht beruhigen. Sie hat geschrien wie eine Irre, mir die Kette vor die Füße geschmissen und ihre Tasche zu Boden geschleudert. Dabei rutschte die Hundeleine raus. Ich hab sie mir geschnappt und Annika um den Hals geschlungen. Sie sollte endlich ihre verdammte Klappe halten.«

Dahlke sinnierte stumm vor sich hin. Eine bedrückende, unheimliche Stille breitete sich aus. Richard dachte noch, wie aberwitzig es war, dass er das Brummen des Kühlschranks aus dem Nebenraum registrierte. Ausgerechnet jetzt, in diesem Moment, in den letzten Minuten seines Lebens. Denn Dahlke würde ihn nun nicht mehr gehen lassen. Niemals. Bei dem Gedanken regte sich etwas in Richard. Ein Gefühl, das immer drängender, immer stärker wurde. *Überleben. Irgendwie.*

»Sie wollten das Mädchen nicht töten.« Er versuchte, ruhig, souverän zu klingen. »Sie haben im Affekt gehandelt. Jedes Gericht wird das beachten.«

»Ich wusste, dass Sie mich am Ende verstehen«, sagte Dahlke, ohne ihn anzusehen. »Nur leider werden Staatsanwalt und Richter den Fall anders beurteilen. Denken Sie an den USB-Stick in Philipps Auto.« Er nahm den Hühnergott in die Hand und betrachtete ihn verkniffen. »Ich wollte nicht in den Knast. Schon gar nicht wegen diesem kleinen Miststück. Da kam mir der Gedanke mit Philipp. Es gab genug Leute, die ihn und Annika auf dem Fest gesehen hatten. Ich brauchte nur eine Kleinigkeit, die die Sache stichhaltiger macht. Ich habe den Stick aus meinem Büro geholt und bin zum Ferienhaus. Die arme Ulrike tat bestimmt kein Auge zu. Sie hätte sich sicher über ein bisschen Trost gefreut. Doch ich brauchte gar nicht erst ins Haus. Philipp hatte seinen Wagen nicht abgeschlossen. Es war ein Kinderspiel.«

»Und Ulrike Mühlheimer?«

»Was soll mit ihr sein?« Dahlke legte den Hühnergott weg und wandte sich ihm zu. Er schien verwirrt.

Richard stand auf und deutete an, dass er zur Schrankwand wollte, um sich neue Servietten zu holen. Er musste Abstand zwischen sich und Dahlke bringen. Dieser taxierte ihn aus schmalen Augen, während Richard hinüberhumpelte.

»Wo ist Ulrike Mühlheimer?«, formulierte er seine Frage deutlicher.

Immer noch blickte Dahlke verständnislos drein. »Ich weiß nicht, worauf Sie anspielen.«

Richard ließ die durchweichten Tücher auf den Boden fallen. Noch immer quoll Blut aus der Wunde, aber längst nicht mehr so stark. Richard presste neue Servietten darauf und blickte Dahlke an. »Ulrike ist verschwunden.«

»Das weiß ich. Jeder weiß das.« Er klang ungeduldig. »Als Philipp verhaftet wurde, hat sie umgehend ihre Koffer gepackt und ist nach Hause gefahren. Konnte ihr auch keiner verdenken.« Ein hämisches Grinsen trat in sein Gesicht. »Philipps neue Vorlieben haben uns alle angewidert.«

Richard zwang sich, es nicht zu beachten und seiner Stimme weiter Souveränität zu verleihen. »Ulrike ist aber niemals zu Hause angekommen. Seit jenem Sommer ist sie spurlos verschwunden.«

»Wer hat Ihnen das denn erzählt?«

»Jette Herbusch.«

Sofort wechselte seine Verwirrtheit in Vorsicht. »Was hat sie mit Ulrike zu schaffen?«

»Die beiden sind Schwestern.«

Dahlkes Mund öffnete und schloss sich. Richard konnte sehen, wie er diese Information förmlich in sich aufsog.

»Jette möchte wissen, was ihrer Schwester zugestoßen ist«, fuhr er fort. »Deshalb war sie doch gerade bei Ihnen.«

»Jette Herbusch war nicht bei mir«, schnauzte Dahlke.

»Ihr Auto steht vor der Tür.«

»Unsinn!« Er fuchtelte mit der Schere vor sich her. »Die Öko-Tussi habe ich seit dem Essen nicht mehr gesehen. Wobei hätte ich ihr auch behilflich sein können?«

»Bei der Frage, was Sie Ulrike angetan haben.«

»Sind Sie übergeschnappt?«, rief Dahlke aggressiv. »Wieso sollte ich sie umbringen?«

»Ulrike Mühlheimer wusste, dass Sie für die widerwärtigen Fotos verantwortlich sind. Jette hat sie in der Cloud ihrer Schwester entdeckt.« Richard hinkte nach links, die Tür im Blick. »Sie mussten Ulrike aus dem Weg schaffen.«

»Vergessen Sie's! Ich lass mir keinen dritten Mord anhängen«, brüllte er.

Richard blieb stehen. Mit festem Blick sah er Dahlke in die Augen. »Wieso Philipp?«, fragte er, erstaunt, wie beherrscht seine Stimme dabei klang. »Weshalb haben Sie ihn umgebracht?«

Dahlke musterte ihn kalt. »Umgebracht ist so ein hässliches Wort, Professor. Einigen wir uns lieber auf ›befreit‹. Ja, das gefällt mir: Ich habe Philipp von seinen Qualen befreit.«

Langsam kam er auf Richard zu. Automatisch wich er Stück für Stück zurück. Die Schere in Dahlkes Hand lähmte seine Sinne.

»Schuld ist nur Ihre durchgeknallte Schriftstellerin. Hätte sie beim Essen nicht mit dem Schal angefangen, wäre es niemals dazu gekommen.« Die Adern an seinen Schläfen traten dick hervor. »Philipp rief mich morgens im Büro an, ich soll ihn zur Polizei fahren, er selbst wäre zu besoffen dafür. Ich bin sofort hin, wollte ihn davon abbringen, aber er kriegte sich nicht ein. Unentwegt ritt er auf dem Schal und dieser Jette Herbusch rum und dass sie etwas über den Mord an Annika wüsste. Wenn Philipp zur Polizei marschiert wäre, hätte man den ganzen Scheiß neu aufgerollt. Das konnte ich nicht riskieren.« Er grinste diabolisch. »Nur gut, dass ich zur Sicherheit eine von Lauras Insulinspritzen eingesteckt hatte.«

Richard knallte mit dem Rücken gegen die Wand. Die Servietten rutschten ihm aus der Hand. Sein Gesicht war nur noch wenige Zentimeter von Dahlkes entfernt.

»Den Piks hat dein Freund nicht gespürt.« Die Schere drückte sich gegen Richards Bauch. »Ich habe dafür gesorgt, dass er reichlich intus hat. Nur beim Halten der Spritze musste ich Philipp ein wenig zur Hand gehen.«

Ein resolutes Klopfen ließ sie zusammenfahren. Verwirrt starrten sie einander an. Es klopfte erneut. Dann wusste Richard, woher die Geräusche kamen. Jemand pochte gegen die Eingangstür. Ruckartig löste er sich von der Wand und humpelte los. Er kam nicht weit. Dahlke hatte keine Mühe, ihn zu packen. Hart schlug er auf Richards Oberschenkel. Ein höllischer Schmerz jagte durch ihn hindurch. Er brüllte auf. Sofort presste Dahlke die Hand auf seinen Mund, sodass sich nur noch ein gedämpftes Röcheln seiner Kehle entrang. Das Klopfen an der Tür verstummte. Dahlke packte Richards Arm, bog ihn auf dem Rücken nach oben und stieß ihn vor sich her. Die Scherenspitze bohrte sich nun in die Nierengegend. Richard glaubte, Rufe zu hören. Aber der Schmerz wummerte zu laut in seinen Ohren.

Auf halbem Wege stoppte Dahlke. Er lauschte. Sein hektischer, stoßweiser Atem strich dicht an Richards Ohr vorbei.

»Scheiße, wer ist das?«, zischte er, ohne jedoch die Hand von seinem Mund zu nehmen.

Richard hatte das Gefühl zu ersticken. Er konnte sich nicht auf die Atmung durch die Nase konzentrieren. Zu sehr war er von Panik beherrscht. Brüsk schob Dahlke ihn Richtung Fenster weiter. Da der eiserne Griff ihn zwang, nach unten zu blicken, konnte Richard nur erahnen, wie er versuchte, etwas im Nebeldickicht zu erkennen.

»Verflucht! Ich sehe nichts.«

Dahlke stieß ihn nach vorn. Richards Stirn prallte gegen die Scheibe, sein Oberschenkel traf die Fensterbank. Schmerzerfüllt bäumte er sich nach hinten auf. Augenblicklich verschwand die Hand auf seinem Mund. Richard japste nach Luft. Ein Hustenanfall übermannte ihn. Mit dem linken Arm, der die ganze Zeit wie tot an seinem Körper gehangen hatte, versuchte er sich an der Fensterlaibung abzustützen. Ein Rufen drang zu ihm durch. Dünn und verzerrt. Dennoch ließ die Stimme seine Adern gefrieren.

»Jette ... nein!«

Dahlke, der immer noch Richards anderen Arm auf dem Rücken gedrückt hielt, rammte seinen Kopf brutal nach unten. Sein Gesicht schlug gegen den Heizkörper unter der Fensterbank. Er schmeckte Blut, war benommen vom Schwindel. Doch er befahl sich, wach zu bleiben.

»Jette.«

»Du sollst dein Maul halten!«

Dahlke schleuderte ihn herum. Die Faustknöchel trafen Richard zwischen den Augen. In seinem Kopf explodierte der Schmerz. Alles um ihn verschwamm und wurde mehr und mehr in ein tiefes Schwarz getaucht. Über ihm Dahlkes wütende Fratze. Die Möbel im Büro. Der Nebel hinter dem Fenster. Dann verlor Richard das Bewusstsein.

※※※

Der bittere, metallische Geschmack in seinem Mund holte ihn zurück. Eine zähe Masse aus Blut und Galle steckte in seinem Rachen. Richard würgte, doch nichts passierte. Vielleicht, weil er auf dem Rücken lag. Mit geschlossenen Augen tastete er um sich, suchte nach einem Halt. Seine Hand fand warmes Blech. Stahlblech. Der Heizkörper! Krampfhaft umklammerte er eine der schmalen Rippen. Er begann, sich daran hochzuziehen, wurde aber augenblicklich von einem heftigen Schwindel gepackt. Richard fiel zurück. Reglos lauschte er seinem rasselnden Atem, dem bedrohlichen Raunen im Hintergrund. Bis sein Verstand ihm signalisierte, dass es Stimmen waren. Wortfetzen flogen gedämpft zu ihm herüber.

»… wollen Sie überhaupt? … nicht, wovon Sie reden …«
»… Fotos vom Weststrand …«
»Noch einmal … Ihrer Schwester nichts zu schaffen.«
»… Ulrike muss …«

Jette! Richard erinnerte sich an ein Klopfen an der Tür, an ihre Stimme, die gerufen hatte. Er drehte den Kopf zur Seite. Blinzelnd hob er die Lider. Nichts. Nur ein grauer Schleier kreiste vor seinen Augen.

»Hören Sie … es reicht mir …«
»Sie haben Rike doch im Auto …«

Allmählich gelang es Richard, einen festen Punkt zu fokussieren. Sein Blick wurde heller. Klarer. Dahlke stand in der Bürotür. Die Hand mit der Schere lag auf seinem Rücken. Grüne Farbflecke tauchten im Rahmen auf. Der Saum einer Jacke. Richards Herzschlag setzte aus. Jette war im Empfang.

Erneut umklammerte Richard die Heizungsrippe. Diesmal wesentlich entschlossener. Stöhnend richtete er sich auf. Als er endlich saß, lehnte er sich völlig erschöpft dagegen. Doch er gestand sich nur wenige Augenblicke der Erholung zu, dann zog er sich mit einem Ruck ganz hoch. Übelkeit und Schwindel überrollten ihn. Sein verletztes Bein wackelte, drohte wegzukippen. Gerade noch im letzten Moment stützte er sich an der Heizung ab. Sein benommener Blick fing die Fensterbank ein. Die Steinsammlung. Richard packte einen faustgroßen Stein und schwankte zur Tür.

»… möchte nur wissen, ob Sie …«

»Verschwinde!«

Plötzlich machte Dahlke einen Schritt zur Seite. Für den Bruchteil einer Sekunde schaute Richard in Jettes Gesicht. Erstaunen und blankes Entsetzen wechselten sich darin ab. Dann schob Dahlke sich wieder dazwischen. Die Hand in seinem Rücken war verschwunden. Richard hinkte weiter, längst in dem Bewusstsein, dass er es nicht schaffen konnte. Mit einer schnellen, gezielten Bewegung stieß Dahlke Jette die Schere in den Hals. Ein tierischer dunkler Ton entwich ihrer Kehle. Ihr Oberkörper wölbte sich wie ein gespannter Bogen. Sie taumelte nach hinten und verlor den Halt. Dumpf schlug sie zu Boden.

Der Stein traf Dahlke am Hinterkopf. Ohne einen Laut brach er neben ihrem leblosen Körper zusammen. Richard schleppte sich vorwärts, sackte vor Jette auf die Knie und riss seinen Pullover über den Kopf. Verzweifelt drückte er den Stoff auf die klaffende Wunde. Er spannte die Muskeln an und presste so fest, wie er konnte. Mit allerletzter Kraft versuchte Richard das sprudelnde Blut zurückzuhalten.

Erst als sich ein zweites Paar Hände um ihren Hals legte, ließ er Jette wieder los.

26

»Mit einer Gehirnerschütterung ist nicht zu spaßen.« Mulsow stand in der Diele des Ferienhauses und musterte Richard beunruhigt. »Findest du, es war vernünftig, sich selbst aus dem Krankenhaus zu entlassen?«

»Rumliegen kann ich auch zu Hause.«

Der Polizist akzeptierte es mit einem nachsichtigen Grinsen und griff nach Rollkoffer und Laptoptasche neben der Treppe. »Ich warte dann mal draußen.«

Ungelenk hüpfte Richard auf den Krücken zur Garderobe, an der noch sein Mantel hing. Aus dem Augenwinkel nahm er seine Umrisse im Spiegel wahr. Er vermied es, hineinzusehen. Auch nach über vierzig Stunden dürfte sich an seinem Anblick wenig geändert haben. Obwohl ihm die mitleidige Miene der Assistenzärztin in der Notaufnahme verraten hatte, wie lädiert er aussehen musste, hatte ihn der Blick in den Spiegel dann doch schockiert. Dabei war er mit einer Gehirnerschütterung, einem angerissenen Oberschenkelmuskel und Hämatomen und Schwellungen im Gesicht noch glimpflich davongekommen.

Jette kämpfte dagegen auf der Intensivstation um ihr Leben.

Richard warf den Mantel über die Schulter und verließ das Ferienhaus. Er zog die Tür zu, beugte sich hinunter und legte den Schlüssel unter den Fußabtreter, wie er es mit Laura per E-Mail vereinbart hatte. Schwerfällig richtete er sich auf und humpelte los. Mulsow verstaute gerade seinen Koffer in den Volvo. Wie so oft in den vergangenen Stunden musste er daran denken, dass Jette es allein Mulsow zu verdanken hatte, dass sie überhaupt noch am Leben war. Er selbst war längst am Ende seiner Kräfte gewesen, als der Polizist plötzlich mit einem Kollegen ins Empfangsbüro gestürmt kam und seine Hände auf Jettes Hals presste. Richard wollte sich nicht ausmalen, was passiert wäre, wenn Mulsow seine Nachricht nur Minuten später gelesen hätte.

An den eigentlichen Moment konnte Richard sich kaum erinnern. Nur bruchstückhaft flackerten Stimmen und Bilder in seinem Kopf auf. Der Klinikarzt hatte ihm erklärt, dass sich Erinnerungslücken nach traumatischen Ereignissen innerhalb von Stunden oder wenigen Tagen in der Regel spontan wieder schließen würden und er sich keine Sorgen machen müsste. Doch er war nicht sicher, ob ein Gedächtnisverlust in diesem Fall nicht eher Segen als Fluch sein würde.

Eine dieser Lücken hatte Mulsow bereits während ihrer kurzen Fahrt vom Krankenhaus nach Gellerhagen für ihn geschlossen. Thomas Dahlke war inzwischen geständig und hatte die Morde an Philipp und Annika Schoknecht eingeräumt. Offenbar hatte Richard ihn nicht ernsthaft verletzt. Schon im Rettungswagen war er wieder zu Bewusstsein gelangt. Allerdings dürfte auch Dahlke noch eine Weile anständig der Schädel brummen.

Er war am Auto angelangt und verstaute die Krücken auf der Rückbank. »Danke noch mal, dass du mich fährst«, sagte er und warf seinen Mantel in den Kofferraum.

Mulsow hatte seine Uniform heute in Jeans und Strickpullover eingetauscht. Er hatte sich angeboten, Richard im Volvo nach Dortmund zu bringen und am nächsten Morgen dann selbst mit der Bahn zurückzufahren.

»Meine Frau hätte mich gelyncht, wenn ich dich in den Zug gesetzt hätte.« Mulsow schloss die Heckklappe. »Ich soll dir übrigens noch die besten Genesungswünsche ausrichten.«

Richard nickte nur. Sein Blick ruhte auf der Straße, wo er vor wenigen Tagen mit Jette gestanden hatte. Die Ärzte mussten sie in ein künstliches Koma versetzen. Sie war zwar stabil, aber nach wie vor in einem kritischen Zustand. Niemand in der Klinik wagte, eine Prognose zu stellen. Über ihr plötzliches Auftauchen in Dahlkes Büro konnte man vorerst nur spekulieren. Man vermutete, dass sie Dahlke zunächst nicht angetroffen hatte und später noch einmal zurückgekommen war. Doch den genauen Ablauf würde die Polizei erst rekonstruieren können, wenn Jette außer Lebensgefahr war und die Ärzte sie aus dem künstlichen Koma holen konnten. *Wenn.*

Am Morgen war Richard noch einmal bei ihr gewesen. Er hatte das Foto ihrer Schwester auf den Nachttisch gestellt und sich an Jettes Bett gesetzt. Als ein älteres Ehepaar mit verweinten Gesichtern ins Zimmer gekommen war, war Richard gegangen.

»Sind ihre Eltern jetzt bei ihr?«, fragte Mulsow, als hätte er seine Gedanken erraten.

»Ja, ich bin den beiden heute früh auf der Station begegnet.«

»Man will sich gar nicht vorstellen, was sie durchmachen.« Mulsow schüttelte den Kopf. »Zumal noch immer niemand weiß, was Ulrike Mühlheimer eigentlich zugestoßen ist. Dahlke bestreitet vehement, für ihr Verschwinden verantwortlich zu sein.«

»Er schien tatsächlich ahnungslos«, meinte Richard und stützte sich auf die offene Beifahrertür. »Ich sage es ungern, aber ich glaube ihm.«

»Auch, wie er an Stöbsands Kamera gelangt ist?«

»Ulrike hat als Journalistin für ein Reisemagazin gearbeitet. Sie war fototechnisch ebenso ein Profi wie Philipp. Dass er ihr seine Kamera anvertraute, kann ich mir schon vorstellen.«

»Und sie vergisst das Ding im Auto?«

»Sie haben geredet, sie war abgelenkt ... wieso nicht?«

Nachdenklich rieb Mulsow sich das Kinn. »Vielleicht ist Ulrike Mühlheimer wirklich unmittelbar nach ihrer Aussage abgereist. Ihr Handy war zuletzt in Stralsund eingeloggt und, wie die Kollegen aus Münster sagen, tat sie das einen Tag nach Stöbsands Verhaftung.« Er zuckte die Schultern. »Ist ja auch nachvollziehbar, dass sie umgehend die Sachen gepackt hat. Was sollte Frau Mühlheimer auch denken? Sie hat Stöbsand und das Mädchen auf dem Fest gesehen, und er war die Nacht über nicht im Ferienhaus.«

Richard starrte Mulsow an. »Sekunde ...«

»Was ist?«

»Weißt du noch, was ich dich bei unserem Mittagessen im ›Meerblick‹ gefragt habe?«

»Richard, du hattest viele Fragen an dem Tag. Sehr viele. Du musst mir schon auf die Sprünge helfen.«

»Warum Philipp in der Nacht nicht ins Ferienhaus gegangen ist, sondern mit zu Isa Wienke ins Kapitänshaus.«

»Was habe ich geantwortet?«
»Ich sollte sie selbst fragen.«
Mulsow, noch immer irritiert, hob die Augenbrauen. »Ich nehme an, das hast du getan.«
»Noch am gleichen Nachmittag.«
»Und?«
»Isa Wienke meinte, sie hätte Angst gehabt, Philipp am nächsten Morgen tot in seinem Erbrochenen zu finden, und wollte ihn deshalb nicht allein lassen.« Richard trommelte auf das Autodach. »Fällt der Groschen, Bert?«
»Ulrike Mühlheimer war im Ferienhaus. Stöbsand wäre nicht allein gewesen.«
Richard nickte langsam. »Isa Wienke hat mir Ulrikes Anwesenheit verschwiegen, und ich frage mich, warum.«

***

Fünf Minuten darauf hielt der Volvo im Bernsteinweg. Mulsow zog den Zündschlüssel ab und sah Richard fragend an. »Bist du sicher, dass du dabei sein willst? Ich kann dich über den Ausgang des Gesprächs auch später auf der Autobahn unterrichten.«
Sein Blick ging zum Kapitänshaus. »Nein. Ich möchte ... ich *muss* dabei sein.«
Sie stiegen aus. Richard holte seine Krücken von der Rückbank, unterdessen entriegelte Mulsow die Gartenpforte. Die dumpfen, gleichmäßigen Schläge einer Axt waren zu hören. Jemand hackte Holz. Während Richard Mulsow hinterherhinkte, richtete er seine Augen auf den verwaisten Wohnwagen. Darüber ballten sich dunkle Regenwolken über dem Bodden zusammen. Der trostlose Anblick schnürte ihm die Kehle zu. Schnell starrte er wieder auf Mulsows Rücken. An der Haustür warf der Polizist ihm einen letzten prüfenden Blick zu, dann drückte er die Klingel.
Isa Wienke, in Jogginghose und verwaschenem Sweatshirt, hatte schon bessere Tage gesehen. Eingefallene Wangen, ungekämmte strähnige Haare, ein fahler, beinah lebloser Teint. Ihre grünen Augen waren verquollen und blickten durch sie hindurch.

Mulsow zückte seinen Dienstausweis. »Dürften wir für ein paar Fragen ins Haus kommen? Es geht um Jette Herbusch.«

Isa Wienke antwortete nicht, sondern trat mit abwesender Miene zur Seite. Die beiden Männer folgten ihr in die Küche. Dort stellte sie sich ans Fenster, verschränkte die Arme unter der Brust und stierte in den Garten. Hinter der Scheibe erkannte Richard die rundliche Gestalt ihres Mannes, der unweit des Wohnwagens beim Holzhacken war.

»Wie gesagt, es geht um Frau Herbusch«, begann Mulsow, nachdem sie unaufgefordert am Küchentisch Platz genommen hatten. »Ihre Schwester, Ulrike Mühlheimer, ist vor sechs Jahren spurlos verschwunden. Die Hinweise verdichten sich, dass sie sich zuletzt in Gellerhagen aufgehalten hat. Wissen Sie etwas darüber?«

Stille.

»Frau Wienke?«

Nichts.

Es war schwer einzuschätzen, ob sie die Tatsache, dass Jette und Ulrike Mühlheimer Schwestern waren, in eine Schockstarre versetzte oder ihre Apathie noch immer Philipps Tod geschuldet war. Richard vermutete Letzteres.

Mulsow probierte es anders. »Philipp Stöbsand und Ulrike Mühlheimer waren zusammen im Urlaub hier. Können Sie das bestätigen?«

Isa Wienke drückte ihren Rücken durch. »Ja.«

»Sie kannten sie also?«

»Ich kenne alle von Philipps Freundinnen.«

»Also auch Frau Mühlheimer?«

»Das sagte ich bereits.«

»Gut«, erwiderte Mulsow geduldig. »Dann würde ich gern von Ihnen wissen, wann und wo Sie Ulrike Mühlheimer das letzte Mal gesehen haben.«

»Am Tag nach dem Strandfest.«

»Und wo genau?«

»Hier.«

»Hier im Kapitänshaus?«

Ein kurzes Zögern. »Nein. Im Ferienhaus im Lotsenweg.«

»Und Philipp Stöbsand war zu diesem Zeitpunkt wo?«

Isa Wienke wirbelte herum. »In Untersuchungshaft. Dafür hatte diese Ulrike ja gesorgt«, fauchte sie. Die stumpfe Leere in ihren Augen war einem hasserfüllten Blick gewichen.

Mulsows Stirn bekam Falten. »Wie darf ich das verstehen?«

»Lesen Sie nicht die Berichte Ihrer Kollegen?«

»Ich verschaffe mir lieber einen eigenen Eindruck, Frau Wienke«, entgegnete er gelassen. »Bitte klären Sie mich auf.«

Sie zog scharf die Luft ein. »Philipp konnte sich nicht erinnern, was nach dem Strandfest passiert war. Er war stinkbesoffen gewesen und hatte einen Filmriss. Er steckte buchstäblich in der Klemme. Und was tut Ulrike?« Isa Wienke schob erbost das Kinn vor. »Behauptet, Philipp wäre die ganze Nacht weg gewesen und erst am Morgen zu ihr zurückgekommen.«

»Sie selbst haben ausgesagt, dass Herr Stöbsand bei Ihnen war. Frau Mühlheimer hat demnach nur die Wahrheit gesagt.«

»Die Wahrheit?«, spie sie aus. »Wen interessierte die? Philipp saß bis zum Hals in der Scheiße. Doch diese Frau lässt ihn eiskalt in den Knast wandern. Die Polizei hat ihn wie einen Verbrecher aus dem Ferienhaus abgeführt.«

»Es ging um Mord, Frau Wienke. Ein fünfzehnjähriges Mädchen wurde erdrosselt.«

Sie lachte schrill. »Annikas Tod war Ulrike vollkommen egal. Sie hat nur der Gedanke zerfressen, Philipp könnte die Kleine angefasst haben.«

»Aber Sie wussten, dass dem nicht so war?«, fragte Mulsow.

»Natürlich.« Entrüstet funkelte Isa Wienke ihn an. »Ich kenne Philipp Stöbsand mein ganzes Leben. Ich weiß, was er denkt, was er fühlt, was er will. Und junge Mädchen wollte er nicht.«

»Die Tatsache, dass die Nacktfotos mit Herrn Stöbsands Kamera gemacht wurden, brachte Sie nicht einen Moment ins Grübeln?«

»Nein«, erwiderte sie. Doch Richard war ein leichtes Zucken um Isa Wienkes Augenwinkel nicht entgangen.

»Verstehe.« Mulsow machte eine beschwichtigende Handbewegung. »Sie sind also mit Ulrike Mühlheimer aneinandergeraten, weil diese Herrn Stöbsands Unschuld bezweifelte.«

»Das ist doch wohl erklärlich. Schließlich war Philipp in der Nacht nur irgendwo versumpft.«

»Irgendwo?«, hakte Mulsow sofort nach.

Isa Wienkes Angriffslust erstarb. Mit geweiteten Augen starrte sie die beiden Männer an.

»Frau Wienke, darf ich Ihre Aussage so deuten, dass Sie Herrn Stöbsand damals ein falsches Alibi gegeben haben?«

Sie ließ die Arme sinken und wandte sich wieder zum Garten um. Die Axt lehnte nun am Hauklotz. Sven Wienke war nirgends zu sehen.

»Am Morgen nach dem Fest fand ich Philipp schlafend in unserer Hollywoodschaukel. Er konnte sich nicht erinnern, wie er dorthin gekommen war. Er hatte einen totalen Blackout. Philipp wusste nur noch, dass Ulrike wegen Annika stinksauer auf ihn war.«

Einige Sekunden verstrichen, bis sie mit kühler Stimme weitersprach. »Ganz ehrlich? Mir wäre der Affenzirkus auch zu viel gewesen. Aber Philipps Selbstverliebtheit in Bezug auf seine Arbeit kannte nun einmal keine Grenzen. Besonders, wenn er trank. Dabei war es ihm gleichgültig, ob ein tattriger Greis oder ein Schulmädchen ihn mit Lobhuldigungen überschüttete. Irgendwann war er Annikas Geplapper leid, und er schrie sie an, sie soll sich endlich verpissen. Mein Mann war da schon weg. Als ich selbst gegangen bin, hat Philipp mit irgendwelchen Typen an der Theke Schnaps getrunken. Annika schlich zu der Zeit auch noch im ›Meerblick‹ rum.«

Isa Wienke spähte kurz über die Schulter zu Mulsow, als wollte sie sich vergewissern, dass er ihr noch zuhörte. »Nachdem Philipp wieder einigermaßen bei sich war, habe ich ihm einen anständigen Kaffee gekocht und anschließend ins Ferienhaus geschickt, damit er sich dort ausnüchtert. Ich dachte: Ein Kater wie jeder andere, bald ist das alles vergessen. Bis mein Vater plötzlich aufgelöst auf der Schwelle steht und mir von der toten Annika und Philipps Verhaftung erzählt. Ich war wie vor den Kopf geschlagen und bin sofort in den Lotsenweg, wo Ulrike schon am Kofferpacken war. ›Ich hab mich wohl in Philipp getäuscht.‹ Nur dieser eine Satz. Mehr hatte diese Person nicht übrig für ihn.«

Richard konnte sehen, wie Isa Wienke mehrmals angestrengt schluckte. »Später am Nachmittag bin ich zur Polizei gefahren und habe denen erzählt, dass Philipp und ich zusammen aus dem ›Meerblick‹ weg sind. Ich wusste nicht, ob jemand ihn noch zu einem späteren Zeitpunkt gesehen hatte, aber das Risiko musste ich eingehen. Sie meinten, sie werden meine Angaben prüfen, und sollten keine Ungereimtheiten auftreten, käme Philipp wieder auf freien Fuß.« Hörbar atmete sie aus. »Das war's.«

Mulsow wechselte einen kurzen Blick mit Richard, ehe er sich wieder Isa Wienke zuwandte. »Nur noch einmal zum Verständnis. Sie haben Ulrike Mühlheimer danach nicht wiedergesehen. Ist das korrekt?«

»Korrekt.«

»Nein, Isa.«

Sie drehten ihre Köpfe zur Tür. Sven Wienke war ins Haus gekommen und blickte resigniert zu seiner Frau hinüber. Er hatte eine ungesunde Gesichtsfarbe, dunkle Augenringe, und ein verhärmter Zug lag um die Mundwinkel. Sein sommersprossiges Gesicht hatte die jungenhafte Unbekümmertheit verloren.

»Was soll das?«, rief Isa Wienke erschrocken.

»Findest du nicht, dass es genug ist?«

»Sven ...«

Mit einem Wink unterbrach er sie. »Nein. Ich kann nicht mehr, Isa.«

»Wieso?«, schrie sie. »Wieso tust du das?«

»Philipp ist tot. Jette Herbusch schwebt in Lebensgefahr. Das alles wäre nicht geschehen, wenn du –«

»Sven ...« Ein letztes Drohen. Ein letztes Aufbäumen.

»... wenn wir Ulrike nicht hätten verschwinden lassen.«

Richard verspürte einen Stich in der Brust. Die Klinge, die Jettes Hals durchbohrt hatte.

»Du jämmerlicher Waschlappen.« Isa Wienke schüttelte den Kopf. Nicht wütend, eher ernüchtert.

»Tut mir leid, dass ich dich enttäuscht habe, Isa«, sagte Wienke niedergeschlagen, »als dein Komplize und als dein Ehemann.«

»Stopp!« Mulsow sprang von seinem Stuhl. »Einer von Ihnen beiden erklärt mir auf der Stelle, was mit Ulrike Mühlheimer passiert ist.«

Wienkes Mund war eine schmale Linie. »Isa?«

Sie schnaubte und trat wieder hinter das Fenster. »Ulrike kam noch am selben Abend bei uns hereingeschneit. Ich hatte Philipp gerade sein Alibi verschafft und war fix und fertig. Da steht sie vor mir und verkündet strahlend, dass sie jetzt weiß, dass Philipp unschuldig ist. Ulrike war so aufgedreht, ich habe kaum ein Wort verstanden. Es ging um Philipps Kamera, die sie bei Dahlke im Auto vergessen hatte. Und irgendwie darum, dass es ihr wieder eingefallen wäre. Ulrike hatte ihre Speicherkarte im Internet durch so ein Programm laufen lassen, das gelöschte Bilder wiederherstellt, und dabei Annikas Fotos entdeckt.«

»Verzeihen Sie die Unterbrechung«, sagte Mulsow und wartete, bis Isa Wienke sich zu ihm umwandte. »Frau Mühlheimer hat sich Ihnen gegenüber also explizit geäußert, Thomas Dahlke bezüglich Annikas Nacktfotos in Verdacht zu haben?«

Sie nickte. »Er hatte ja Philipps Kamera den ganzen Tag über bei sich.«

»Dann muss Ihnen doch bewusst gewesen sein, dass Thomas Dahlke auch für den Mord an dem Mädchen verantwortlich sein könnte.«

Die Verlegerin rang jetzt sichtlich nach Luft. »Ja … natürlich.«

»Dennoch haben Sie«, Mulsows Blick wanderte zwischen den Eheleuten hin und her, »entschieden, Ihr Wissen für sich zu behalten, auch auf die Gefahr hin, dass Annikas Mörder frei herumläuft.«

Sven Wienke sah sofort nach unten, während seine Frau noch nach einer Erklärung zu suchen schien. Schließlich blickte auch sie zur Seite.

»Okay«, sagte Mulsow, obwohl es alles andere als das war. »Was ist dann passiert?«

Da keiner der beiden reagierte, sprach er die Verlegerin direkt an. »Frau Wienke?«

»Was passiert ist?« Sie ballte die Fäuste. Die alte, aufgestaute Wut hatte wieder Besitz von ihr ergriffen. »Endlich war dieser Frau aufgegangen, dass Philipp nicht auf Schulmädchen steht. Nur leider ein paar Stunden zu spät. Denn ich hatte ihm gerade seinen Freischein besorgt.«

»Haben Sie Frau Mühlheimer darüber in Kenntnis gesetzt?«, fragte Mulsow.

»Natürlich, aber Ulrike hat nur blöd gelächelt und meinte, sie hätte etwas viel Besseres als ein Alibi: nämlich den *Beweis* für seine Unschuld.« Isa Wienke lachte schrill. »Diese Person brauchte tatsächlich einen Beweis, um zu Philipp zu stehen. Und damit wollte sie sich am Ende noch als große Heldin vor ihm aufspielen. Und vor der Polizei. Aber nicht mit mir.«

»Was haben Sie getan?«, platzte Richard heraus. Doch Mulsow schien es ihm nicht zu verübeln. Er hing nur weiter an Isa Wienkes Lippen.

»Sven und ich steckten mitten im Umbau. In der Diele gab es noch keine Kellerbrüstung. Ulrike hatte ihre Hand schon nach der Türklinke ausgestreckt, aber ich konnte sie nicht gehen lassen … Es war nur ein kleiner Schubser … Sie war auf der Stelle tot.«

Eine Weile sprach niemand ein Wort. Erst nach einigen Minuten unterbrach Mulsows Räuspern die Stille.

»Was ist mit Ulrike Mühlheimers Leiche geschehen?«, wollte er wissen.

Isa Wienke schlang die Arme um sich. Offenbar eine Aufforderung an ihren Mann. Er kam in die Küche und lehnte sich gegen den Kühlschrank. »Als ich dazugekommen bin, hockte Isa apathisch am Küchentisch. Ich wusste sofort, dass es kein Unfall gewesen war.« Mit einem kurzen Nicken deutete er in den Garten. »Drei Tage zuvor hatten wir die Baugrube für das Ferienhäuschen ausgehoben. Ich habe Ulrikes Leiche hineingelegt, mit Kiessand bedeckt und gleich in der Früh die Fundamente betoniert. Isa ist in den Lotsenweg, um Ulrikes Sachen zusammenzusuchen. Klamotten, ihre Kamera, MacBook. Nur den Schal haben wir zurückgelassen. Quasi als Zeichen des Abschieds.« Mit festem Blick sah er Mulsow an. »Bis auf ihr Handy ist alles im Beton verschwunden.«

Richard schaute zum Wohnwagen. Ihm drehte sich der Magen um. Dort, wo er und Jette gegessen hatten, wo *sie* geschlafen hatte, lag ihre Schwester in der Erde. *Philipps Freundin.* Begraben unter einer grauen Betonmasse.

»Wo ist das Handy von Frau Mühlheimer geblieben?«, hörte er Mulsow fragen.

»Nachmittags bin ich nach Stralsund, damit sich ihr Telefon dort einloggt. Später in der Nacht habe ich es dann am Hafen ins Wasser geworfen. Alles sah aus, als hätte Ulrike ihre Zelte von heute auf morgen in Gellerhagen abgebrochen.«

Sven Wienke suchte Richards Blick. »Wir haben Philipp weisgemacht, Isa hätte Ulrike von dem falschen Alibi erzählt. Was ja irgendwie auch der Wahrheit entsprach. Er ist völlig ausgetickt. Ihm war klar, dass Ulrike ihm kein Wort glauben würde, solange seine Unschuld nicht zweifelsfrei bewiesen war. Doch das konnte er nicht. Philipp hat nie den Versuch unternommen, noch einmal Kontakt zu ihr aufzunehmen.«

Richard brachte kein Wort heraus. Wie konnten die beiden Andreas Schoknecht überhaupt noch in die Augen blicken? Indem sie die Sache mit der Kamera für sich behielten, haben sie dafür gesorgt, dass Annikas wahrer Mörder jahrelang unbehelligt blieb. Und was war mit Philipp? Sie haben doch gesehen, was der ungeklärte Mord an Annika für sein Leben bedeutete, wie er mehr und mehr daran zugrunde ging.

Mulsow zog sein Handy aus der Hosentasche. »Ein perfekter Plan. Wenn Ulrike Mühlheimer die Fotos nicht vorher in ihrer Cloud gesichert hätte, die ihre Schwester nun Jahre später gefunden hat.«

Während Mulsow darauf wartete, dass der Ruf rausging, nickte er Richard zu. Er verstand und stakste auf den Krücken zur Tür. Da fiel ihm noch etwas ein.

»Sind Sie in Jettes Wohnwagen eingebrochen?«, wandte er sich an Sven Wienke.

Wienke blickte zu Boden. »Schon bei unserer ersten Begegnung hatte ich eine Ahnung, dass ich diese Frau von irgendwoher kenne. Beim Essen im Ferienhaus, als sie ständig nach dem Schal fragte, war ich mir sicher, dass ihr Besuch mit Ulrike zu tun haben musste. Nur den Zusammenhang sah ich nicht. In der gleichen Nacht brach ich ihr Auto auf, um einen Hinweis, eine Spur zu finden. Doch da war nichts.«

Wienke deutete zu seiner Frau, die reglos wie eine Statue am Fenster stand. »Nach Philipps Tod habe ich Isa gewarnt, dass wir wegen Jette Herbusch vorsichtiger sein sollten. Sie kanzelte meine Bedenken ab, aber mein ungutes Gefühl blieb. Ich bin in Jettes Wohnwagen, habe den Anhänger durchwühlt und das Schloss aufgebrochen, damit es nach einem Einbruch aussieht. Jedoch gab es auch dort außer ihrem Laptop und der Kamera keine persönlichen Dinge.«

Wienke schaute Richard an. »Dass Jette und Ulrike Schwestern sind, habe ich nicht kapiert. Erst gestern, als der Buschfunk die Runde machte, ist es mir wie Schuppen von den Augen gefallen.«

»Und Ihr Schwiegervater? Weiß er über Ulrike Bescheid?«

»Ich vermute, Helmut ahnt es«, antwortete er achselzuckend. »Ich habe damals die Lokalzeitung im ›Meerblick‹ gefunden, in der Rikes Vermisstenanzeige abgedruckt war. Sie war herausgeschnitten.«

Richard verließ die Küche. Draußen vor dem Haus atmete er hörbar aus. Er fühlte sich beinahe befreit, diese Menschen, diesen Ort verlassen zu können. Auf einmal musste er an sein Abendessen mit Jette denken, an seine Worte, die er über Philipp und die Halbinsel gesagt hatte. *Er liebt diesen Flecken Erde.* Nein, Philipp hatte diesen Ort nicht geliebt. Es war nur die Erinnerung gewesen. Die Erinnerung an das, was er hier verloren hatte.

Fröstelnd humpelte Richard die Auffahrt hinauf. Eine kühle Brise strich über sein Gesicht, einem Atemhauch gleich. Er blickte sich über die Schulter um. Traurig betrachtete er den bleigrauen Bodden. Und das Grab, das an sein Ufer grenzte.

27

Dreizehn Monate später

»Und was habt ihr heute noch vor?«

Richard klemmte das Handy zwischen Ohr und Schulter und öffnete den Kühlschrank.

»Henrik ist für Indoor-Spielplatz«, maulte Charlotte.

Er musste grinsen. »Was denn? Klingt doch super.«

»Ja, klar, Frittengeruch, hundert kleine Duracell-Häschen und genervte Eltern, die mehr schwitzen als ihr Nachwuchs, versprechen einen lauschigen Nachmittag.«

»Dafür wird er abends in einen Dornröschenschlaf fallen.«

»Ich tippe mal, wir tun es noch vor ihm.«

Richard nahm Butter und Wurst heraus und stellte die Sachen auf den Tisch. »Ich wünsche euch jedenfalls viel Spaß. Wobei auch immer.«

»Danke. Und du?«

»Was meinst du?«

»Hast du irgendetwas vor?«

Er zögerte. »Mal sehen.«

»Mal sehen, was?«

»Mal sehen, ob ich heute Abend noch weggehe.«

»Wohin?«

»Charlotte, ich weiß es noch nicht, okay?«

»Ja, okay«, sagte sie gedehnt. »Du kannst es mir dann nächste Woche erzählen.«

»Vielleicht«, entgegnete er lachend.

»Richard!«

»Ja, in Ordnung. Bis dann.«

Er packte das Handy auf den Küchentisch und schnitt eine Scheibe von dem Brot ab, das er heute früh nach dem Joggen vom Bäcker mitgebracht hatte. Es war ein frostiger, sonniger Morgen gewesen, und auch jetzt schien die Mittagssonne von einem stahlblauen Dezemberhimmel. Während er das Brot zurück in die Papiertüte schob, dachte er darüber nach, in den

Supermarkt zu fahren. Es war der 27. Dezember, ein Tag nach Weihnachten. Es würde überall nur so von Menschen wimmeln. Vor eineinhalb Stunden wäre er nicht zurück. Er sollte es besser bleiben lassen. Da Henrik bis Neujahr bei Charlotte war und er selbst noch genug Reste von den Feiertagen hatte, würde er schon nicht verhungern. Richard legte die Brotscheibe zu den anderen Sachen und ging noch einmal an den Kühlschrank, um eine Tomate herauszunehmen. Als er ihn schloss, erblickte er die Postkarte mit dem Lichterkranz, die mit einem Winnie-Puh-Magneten an die Tür angepinnt war. Philipps Mutter hatte ihm auch in diesem Jahr Weihnachtsgrüße geschickt.

Zwei Wochen nach seinem Ableben wurde Philipp in aller Stille auf einem Hamburger Friedhof beigesetzt. Frau Stöbsand vertraute Richard nach dem Begräbnis an, dass es sich für sie plötzlich falsch angefühlt hatte, ihren Sohn in Gellerhagen begraben zu wissen. Die Lügen und die Grausamkeiten der Menschen, die er zu seinen Freunden gezählt hatte, wären dort zu nah, zu gegenwärtig gewesen. Er konnte es gut verstehen.

Im Nachhinein betrachtet sah auch Richard manches anders. Wie Philipps Entscheidung, ihm die Geschichte um Annika Schoknecht zu verschweigen. Die ganzen Jahre war er davon ausgegangen, Ulrike Mühlheimer hätte die Verbindung zu ihm abgebrochen, weil es diese Nacktfotos gab. Philipp konnte sie nicht erklären, seine Unschuld nicht beweisen. Egal, was er beteuert oder zu seiner Verteidigung vorgebracht hätte: Annika Schoknecht war ein Makel, der immer an ihm haften blieb. Und dieser Makel hätte letztlich auch ihre Freundschaft vergiftet. Es war nur zu Philipps Schutz.

Richard setzte sich und fing an, die Tomate zu schneiden, legte das Messer aber bereits nach dem ersten Schnitt wieder beiseite. Gedankenverloren blickte er zu der Buche hinter dem Küchenfenster. Die kahlen Äste zeichneten sich im hellen Sonnenlicht schwarz gegen den wolkenlosen Himmel ab. Er dachte an Jette. An den sonnigen Novembernachmittag auf der Steilküste. Über ein Jahr war seither vergangen. Über dreizehn Monate, in denen er sie weder gesehen noch gesprochen hatte.

Bert Mulsow hatte Richard immer über den Stand der Dinge auf dem Laufenden gehalten. Daher wusste er, dass man Jette sieben Tage nach Thomas Dahlkes Scherenattacke aus dem künstlichen Koma geholt hatte und es keine bleibenden Schäden gab. Richard durchströmte eine Welle der Erleichterung, als der erlösende Anruf kam. Bei jedem ihrer Telefonate redete Mulsow stets über Jette. Auf diese Weise hatte Richard immer mehr über die wirkliche Jette Herbusch erfahren. Sie war drei Jahre jünger als er selbst, kinderlos, lebte in Gütersloh und war Kirchenrestauratorin. Nichts hatte ihn überrascht. Sogar Letzteres passte weitaus besser zu der Jette, die er kannte. Wahrscheinlich war ihre Arbeit Inspiration für ihren Roman gewesen. Die sterblichen Überreste ihrer Schwester wurden auf einem Friedhof in Münster beigesetzt, da auch Jettes Eltern dort lebten.

Richard hatte sich oft gefragt, wieso Jette und er es in den zurückliegenden Monaten nie geschafft hatten, miteinander zu reden, die unausgesprochenen Dinge zwischen ihnen zu klären. Keine E-Mail. Kein Telefonat. Kein Treffen. Dabei lebten sie gerade einmal sechzig Autominuten voneinander entfernt. Es hatte einfach niemand den Anfang gemacht. Und Richard wurde mehr und mehr von dem Gedanken beherrscht, seinen Zeitpunkt endgültig zu verpassen.

Der WhatsApp-Ton des Handys schreckte ihn auf. Er spürte ein warmes Kribbeln im Magen, als er die Nachricht las.

Beginn 19:00 Uhr, aber das weißt du ja ;)
Treffen uns dreißig Minuten davor im Foyer.
Ich freue mich.
Indianerehrenwort.

Die erste Nachricht hatte er ihr zwei Tage vor Weihnachten geschickt, als der Postbote mit ihrem Päckchen vor seiner Tür stand. Noch am gleichen Abend schrieb sie zurück und lud ihn zu ihrer Buchlesung am 27. Dezember in Münster ein. Dass er kommen würde, war seine zweite Nachricht. Trotzdem hatte er Charlotte die Lesung vorhin absichtlich verschwiegen. Denn auf die Fragen, mit denen sie ihn gelöchert hätte, wusste er einfach noch keine Antworten. Vielleicht gab es die, wenn der heutige Abend vorüber war. *Hoffentlich.*

Richard griff nach dem Buch auf der Fensterbank. Zweimal hatte er es bereits gelesen. Langsam fuhr er mit der Hand über den Buchdeckel. Über den Namen der Autorin. Jette Herbusch. Buchstabe für Buchstabe glitt sein Zeigefinger darüber. Das Kribbeln wurde stärker. Er lächelte und schlug die erste Seite nach den Verlagsangaben auf.

Auf einer ansonsten leeren Seite stand: »Für Richard«.

Liebe Leserinnen und Leser,

der Kriminalroman spielt auf der Halbinsel Fischland-Darß-Zingst, doch die Orte Gellerhagen und Niederwiek sind auf keiner Karte zu finden. Sie sind allein meiner Feder entsprungen.

Anja Behn, im Januar 2018

Anja Behn
STUMME WASSER
Broschur, 176 Seiten
ISBN 978-3-95451-710-7

»*Ein gelungenes Debüt. Anja Behn erzählt eine durchweg spannende Geschichte.*« Ostsee-Zeitung

www.emons-verlag.de

Anja Behn
KÜSTENBRUT
Broschur, 240 Seiten
ISBN 978-3-95451-957-6

An der Ostseeküste wird eine Galeristin ermordet aufgefunden. In ihrem Kalender taucht die Visitenkarte von Kunsthistoriker Richard Gruben auf. Obwohl die Nachricht darauf sehr persönlich ist, kann Gruben sich nicht an die Tote erinnern. Als Polizist Mulsow ihn bittet, sich in der Galerie des Mordopfers umzusehen, folgt er der Einladung – und gerät in einen vernichtenden Sog aus Gier, Schuld und Sühne …

www.emons-verlag.de